표현형

표현형

인쇄 · 2014년 5월 26일 | 발행 · 2014년 5월 31일

지은이 · 서용좌
펴낸이 · 한봉숙
펴낸곳 · 푸른사상
주간 · 맹문재 | 편집 · 지순이 | 교정 · 김소영

등록 · 1999년 7월 8일 제2-2876호
주소 · 서울시 중구 충무로 29(초동) 아시아미디어타워 502호
대표전화 · 02) 2268-8706(7) | 팩시밀리 · 02) 2268-8708
이메일 · prun21c@hanmail.net / prunsasang@naver.com
홈페이지 · http://www.prun21c.com

ⓒ 서용좌, 2014

ISBN 979-11-308-0231-2   03810

값 15,000원

 이 책은 한국문화예술위원회 · 광주광역시 · 광주문화재단의 문예진흥기금 일부를 지원 받아 제
작되었습니다.

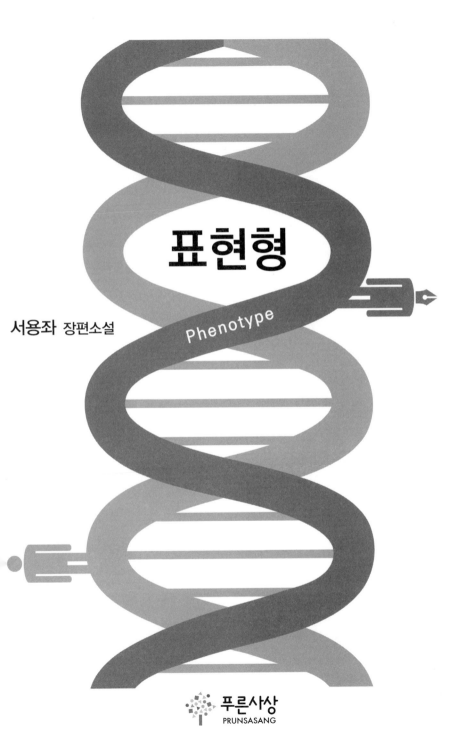

표현형

Phenotype

서용좌 장편소설

푸른사상
PRUNSASANG

글자, 글자들이, 내가 만들어낸 글자들이 널브러져 있다. 여기
저기 폴더에 파일에 숨어서 죽은 듯 쑤셔 박혀 있다.

등장인물이자 저자인 나는 1975년생으로, 남들 따라 의심의 여
지없이 하나의 목표를 가지고 공부했고, 소위 해외파 박사가 되
어 대학 강단에 섰다. 루소의 철학에 심취해서, 출신에 관계없이
인간은 평등하다는 사상을 흠모히면시, 젊은 시절을 다 보내고도
의기양양했다.

보름달 인생은 짧았다. 모교에서의 희망찬 시절은 끝났고 지방
대학으로 밀렸다. 아예 프랑스 문학 강의의 기회가 줄어드는 것
과 함께 점점 절망해 갔다. 우연히도 관심은 국어, 곧 한국어로
향했고, 한국어 교원 자격으로 지금은 외국인 대학생들에게 한국
어 강의를 맡고 있다. 벌이는 보잘것없으되 시간적으로 여유를
누리고 사는 연구직 세대 ······.

그러는 동안 컴퓨터 자판은 나를 저버리지 않는 유일무이한 세상으로 남았고, 나는 옆길로 새며 숨길을 텄다. 직접적인 계기는 독일로 형을 찾아 떠났다는 배승한 교수 - 젊은 나이에 전임이 되어 우리 강사들의 로망인 그 - 가 아무런 설명 없이 보내오는 독특한 메모들 때문이었다. 형의 추정 아버지, 그 아버지의 추정 아버지……. 그에게서 소식이 뜸할 때면 하릴없이 동류항 인간들에 대해 관심을 기울이며 유전자형과 표현형 사이를 신기해 하며 감탄하곤 했다. 그 모든 것들을 가두어 소설을 쓰기 시작했다.

갑작스레 나는 서둘기로 한다. 죽어 널브러진 글자들을 퍼 내버리자. 이 이상한 대리 역할 - 누군가에 무엇인가에 관해서 어설픈 글을 쓰는 일이 아니라 내 삶을 살기 시작해야 한다는 강박관념이 꿈틀거린다. 나는 글을 쓰는 일이 아니라 사는 일에 뛰어들어야 한다. 진부한 것은 생이 아니라 이런 글자들이다. 일단 열한 개 꼭지를 내다 버리자. 이것들이 인쇄되어 확실히 사라져 버리면 나는 껍데기를 벗듯 자유로워질 것이다. 어쩌면 날 수도 있을 것이다.

나는 만일 인간이 난다면 박쥐처럼만 날 수 있다고 상상한다. 둘 다 육지에서 살고 있는 유태반수류, 태반이 있고 항문과 비뇨생식기가 구분되어 있는 짐승이다. 박쥐의 경우 앞다리가 날아다니기에 알맞은 가죽날개로 변하였고, 손가락도 길게 늘어난 점이 다를 뿐이다. 이 엄청 발달한 날개로 새 중에서도 빠른 칼새에 도전할 정도라고도 한다. 나는 물론 속도를 내어 날아보려는 꿈은 꾸지 않는다. 그냥 이야기를 퍼 나르는 데 날개를 사용할 수 있었으면 할 뿐이다. 물론 왜 하필 새 중에서도 피를 빠는 흡혈귀와 비견되는 박쥐냐고 누군가 의아해 할지 모르지만, 박쥐가 사람과 가장 가까운 새라서 그렇다. 게다가 젊은 시절 내내 공부라는 귀신에 씌어 산 사람들은 대개 밤을 지새우며 영양을 공급받는다는 점에서 야행성 박쥐와 닮아 있다. 공부라는 것이 남의 기존의 지식을 – 몇 천 년 인류의 문화적 자산이라는 것도 결국 남의 것이니 – 빨아먹는다는 점에서 피를 빠는 박쥐와 무에 다르랴.

내 귀는 레이더. 귓구멍이 막히지 않도록 조심해서 소리를 듣자. 잘 들으면 잘 쓸 수 있을 것이다. 내 귀가 막혀서 소리를 듣지 못하면 필경은 박쥐가 그러듯이 날지 못할 것이다. 내 글의 등장인물들로부터 반사하여 오는 공기의 진동을 귀로 감수하여 그들에게 부딪히는 일은 삼가자. 그들에게 부딪혀 떨어지고 싶지는 않으니까. 물론 나에게도 귀소본능이 있지 않을까. 그렇지만 일단은 날자, 밖으로, 멀리. 나의 미토콘드리아를 복제해 내기 위한 마땅한 유전자형의 개체를 찾아서. 의학이라는 인공적 도움을 받지 않고서도 복제 생산이 가능한 지금.

이순규 – 동병상련의 시절 만났던 – 너는 다시 한 번 나를 불러야 한다, 나를 불러다오. 나는 글자들의 껍질을 벗고서 누군가 사람에게로 날아가고 싶을 뿐이다. 내 어머니의 어머니, 그 어머니, 그 어머니의 어머니들에게 뭔가 빚을 진 느낌이랄까. 무엇인가가 나를 흔들어 깨운다. 나는 딸을 낳아야 한다. 낳고 싶다. 글을 버리고, 너무 늦기 전에.

2014년 봄
한금실, 가공의 저자

■ 차례

배달민족

한 선생님!

....

아홉 명입니다, 아홉.

가볍게 젖은 어깨를 털며 들어선 나에게 언어교육원 여직원이
걱정부터 터뜨린다. 나는 아무 말도 할 수 없었다. 안쪽 책상에
앉아 있던 그 남자는 괜스레 조금 허둥대고 있는 듯이 보였다. 그
가 미안해 할 일은 처음부터 없었다. 미안해 할 일이 전혀 없다.
영어 세상에서 소외된 같은 제2외국어권이라 해도, 일단 언어가
다르면 전공이 다른 것이다. 전공이 다르면 다른 쪽의 불행(?)에
대해서 책임이 있을 수 없다. 전공이 같아도 마찬가지다. 학계에

서 살아남고 아니고는 도통 운수소관이었다. 그는 다만 소문만으로도 나를 안 되었다 싶어 하는 것이리라.

나에 관한 소문은 좀 초라하게 났을 것이다. 모교에서 버림받은, 한때의 유망주면 뭣하나. 서울의 적당한 모 여자대학의 1회 졸업생. 외국 유학에서 학위를 마치고 모교 강단으로 강사가 되어 돌아왔다. 8년 전 일이다. 그 당시 한참 돌아오던 해외파 박사들 틈에서 혜성처럼은 아니라 해도 충분히 빛나는 별들 중의 하나인 줄로 알았다. 더구나 어느 대학이건 1회 졸업생은 유리한 고지를 반쯤은 점령한다는 통념도 있었다. 그래서인지 최우수 대학들의 우후죽순 격인 잘난 박사들보다, 사람들은 오히려 나의 밝은 미래를 점치기까지 했다.

그리고 세월이 흘렀고 은사님들이 연이어 정년이 다가왔다. 기회가 온 것이다. 그동안 저 아래 후배 하나가 역시 학위를 마치고 돌아와 있었다. 그 세대는 지성과 미모를 한데 갖추는 세대였는지, 나의 비위로는 너무 여자 같아 보였다. 필시 학자적으로 부족할 거라 단정하고 미리 얕잡아 생각했었나 보다. 선거는 마지막 한 표까지 개표가 끝나봐야 알고, 뚜껑은 열어봐야 안다고 했다. 경력으로나 학자적 줏대로나 앞섰다고 자만했던 내가 후배에게 패했다. 이태 전 일이었다. 그제야 모교를 떠나고자 다른 대학의 문을 두드릴 생각을 해 보니 학력에서 밀렸다, 유수한 대학들의 이름에 눌려서. 일단 서울을 떠날 요량으로 지방대학을 기웃거렸다. 안쓰러워하는 눈길들을 도망쳐 나오는 데는 성공한 것인데, 결과적으로 오늘 이렇게 참담하다. 봄비에 살짝 젖은 머리카락에서 쉰 냄새가 피어오르는 것 같다. 실내조차 축축해진다.

한 선생님, 아홉 명입니다. 벌써 네 시가 넘었는데요.

직원은 다시 말했고, 나는 여전히 입을 열지 못했다. 아홉 명이면 폐강인 것을 누가 몰라서. 무슨 말을 할 것인가. 인문학 중에서도 그래도 외국어 강의는 도구과목으로 조금 쓰이고 있다 했지만, 그것도 나라 나름이다. 그러니 전국의 대학에 ○○정보통신영어대학교라는 간판을 갈아붙여야 할 지경 아닌가. 영어 일변도에다 최근에는 협력 수완으로 중국어와 근동의 언어들이 외려 주목을 받는다. 나는 점점 굳어지려는 입을 여는 대신에 눈을 들어 시계 쪽을 향한다. 무정한 시계는 멈추지 않고, 더 이상 사람은 올 것 같지 않다.

방법이 있어요, 궁여지책이지만.

우물거리는 말소리와 함께 그가 등록을 했다, 엉뚱한 과목에 아주 엉뚱한 방식으로.

사무직원과의 대화에 불쑥 끼어든 그가 제2외국어 팀장 배 교수였다. 오해하지 말라거나, 무안해 하지 말라거나, 그런 언급도 없었다. 이 엉뚱한 일을 호의로 해석한다? 강의 담당자가 속수무책이므로, 팀장이 책임진다? 규칙에 따르자면 폐강일 것을 면하는 일, 제2외국어 팀장이 그 일을 했다. 그것을 호의라 보면 호의다. 그러나 당사자에겐 치명적인 모욕감을 주었다.

나는 아무 말 없이 방을 나왔다. 밴댕이 소갈머리가 뒤틀렸다. 이튿날 아침에 사무실에 나가서 폐강 신청 절차를 밟으면 그만이었다. 그런데 밤사이 구세주가 생겼나 보다.

한 선생님, 괜찮게 되었어요. 다 저녁에 등록을 하신 분이······ 컴퓨터로요. 바로 입금까지도 끝냈고요.

······.

열한 명이 되었다니까요. 괜찮아요, 제2외국어 쪽은 보통 늘 그래 왔어요. 이만한 수로 설강하는 대학도 드물 거예요.

그래도 이건, 어제 일도 있고 해서.

마음 쓰지 마셔요, 배 교수님이 좀 고지식하세요. 아직 경험도 적으시고. 일단 폐강을 막는 것을 책임으로 아셔서 그러시는 거죠.

그럼 다시 명단에서 빼셔요. 당분간 얼굴 마주칠 일은······.

얼굴 마주치지 않으면?

그렇게 시작된 그와의 만남은, 어찌 보면 호의요 다른 한편 모욕이라는 이율배반으로 시작되었다. 애초 큰 규모의 조직체 안에서 데면데면 지낼 인연이었다. 도무지 인간과는 관계를 생각할 겨를도 없이 공부만을 한답시고 살아버린 청춘이 이제 와 안쓰럽게 돌아올 리도 없고.

나는 겨우 일 년을 그렇게 버티고 있었다. 드디어 겨울 강의가 펑크가 났다. 여름이면 저녁 시간이 겨울 들어서는 오밤중이 된다. 무슨 억척으로 늦은 시간 제2외국어 강의에 나방이 꼬인단 말인가. 매번 폐강이 될까 말까를 애태우며, 불안정한 수입에 매달려 살기에는 내 인생이 너무도 불쌍했다. 나는 아예 그만둘 생각으로 담당인 그에게 문자를 남겼다. ─ 송구영신. 이렇게 옛날사람이 되어갑니다. 다른 곳을 향해서 걷는 느낌이면서…….

받은 문자함에 메시지가 떴다. ─ 지상의 삶은 또 다른 별에서 만날 인연… 추위에 건강….

받은 문자함의 답은 반쪽짜리 줄임표까지 합쳐도 겨우 54자. 간단한 말로는, 이제 다른 별에서나 봅시다. 옳은 말이다. 이승에서 더는 볼 일은 없다! 지나간 인연은 지나간 인연이다, 악연이든 아니든. 악연을 움켜쥐고 부들부들 떨 일도 없지만, 좋은 인연이라고 해서 늘이려고 하면 그 성격이 변하고 만다. 짧을수록 좋은 것은 미니스커트와 연설이라더니, 거기에 인연을 더해야 할 것 같다.

그렇습니다. 옛사람은 지나가는 겁니다.

눈으로만 문자를 쓴다.

다른 별에서나 만날, 이승에선 다시는 볼 일 없을 사람에게 건강은 무슨.

건강은 무슨. 그런데 이렇게 예의바른 민족이 우리 민족이다. 배달민족.

그리고 갑자기 화두가 떠올랐다. 내가 만일 소설을 쓴다면 첫 소설의 화두는 바로 배달민족일 수도 있겠다. 결국 우리의 이야기일 테니까.

웬 소설? 혼자 쓸쓸히 웃는다.

소설을 아무나 쓰나.

하지만 평생 소설에 관해서 매달리어 온 것이 전부인데, 달리 무엇을 할 수 있을 것인가. 아직 옮겨가고 싶은 고장도, 눌러 있고 싶은 생각도 정리가 안 된 채. 침대 하나, 옷장 하나, 책장이 붙은 책상 하나가 전부인 원룸 안에서 똬리를 틀고 있다. 불 하나를 끄면 암흑이다.

그렇게 세월이 가던 어느 봄날이었다. 6년간의 모교 강단이 아리게 어른거렸다. 분홍빛 미래를 꿈꾸던 시절이었구나. 지방대학의 시간은 부질없었다. 아예 강의를 잃은 봄은 말 그대로 나른했다. 잔인한 사월? 사실은 막다른 골목이었다.

습관처럼 이메일 박스를 열다 눈에 띈 그의 이름. 그에게 무슨 일이? 결혼 소식? '배승한'이라는 제목의 이메일에서 상상되는 것은 그에 관한 어떤 소식일까 머리가 핑그르르 돌았다. 설마? 다행스럽게도 – 다행스럽게도? – 그것은 그에 관한 소식이 아니었다. 그의 결혼 소식도, 사고 소식도. 실망스럽게도 또한 – 물론 내가 그로부터 편지를 기다린 적은 없다 – 그것은 그의 편지도 아니었다. 편지글이라면 있어야 할 서두조차 없는 글. 어떤 의미에선 그것들이 나를 향한 것이라는 확증도 없었다. 우편물을 보내려고 합니다. 그것이 전부였다. 어느 문자 메시지가 이렇게 짧을까? 메시지보다도 짧은 이메일.

그리고 우편물이 도착했다. 가끔은 수첩에, 가끔은 작은 노트에. 다만 메모 조각들. 담화표지를 완전히 무시한 글. 글이라고 할 수도 없는 메모. 메모의 연속. 혼란된 메모 조각들. 왜 이것들을 나에게? 그러나 나는 그것을 머릿속에서 정렬해야 하는 숙제를 안은 느낌이었다.

지금부터 내가 정리한 것은 그의 메모 순서가 아니다. 메모에 날짜가 불분명했다. 날짜는 대개 있는 편인데, 가끔 연도가 없는 것이 있었기 때문이다. 정리하는 나 자신을 위해서 순서를 덜 헷갈리게 하려고 애를 쓴다. 가능하면 시대 순으로. 그의 아버지의 과거에서부터 그의 현재를.

● ● ●

아버지, 파독 광부

그는 독일에서 비롯되었다. 그가 독일에서 잉태된 이야기를 시작하자면 1970년대 한국판 엑소더스, 노동 엑소더스를 이야기해야 한다. 그의 아버지는 해외 파견노동자 1세대로 독일에 나갔다가, 아내와 아들(?) 둘 사이에서 줄타기 삶을 살았다.

그의 메모에는 객관적인 자료들로 넘쳐났다. 무슨 이야기를 하려는지, 자료들과 아버지의 삶 사이에서 무엇을 찾으라는지. 해외 파견노동자라면 대개 사우디에 파견된 건설노동자들을 생각하지만, 1965년 태국의 고속도로 공사에 진출한 것이 해외 건설사업의 시초였다. 그보다 앞서 1963년 12월 20일에 이름하여 서독 광부 파견을 위한 결단식을 치른 250명의 대한민국 국적의 남자들이 선발대였다. 수십 대 1의 경쟁을 뚫고 뽑힌 젊은 광부들은 서독의 채탄기술을 배워 돌아올 것을 다짐했다. 이튿날 1진 120여 명이 서독으로 출발했다. 그러니까 1963년 12월 21일, 중학교 책에서 들어봤던 루르 탄광지대를 향해 김포공항을 출발하는 에어프랑스 기내에는 123명의 광부들이 타고 있었다. 월급이 162달러 50센트로 계약이 되어 있으니 두려움은 설렘에 녹았다. GNP가 80달러 이쪽저쪽일 때였으니 기가 막히는 수입이었다. 그때 1달러가 한국 돈 250원인가 260원 정도였으니 어땠겠는가. 한국은 여전히 열에 세 명은 실업이었고, 통계가 그렇지 사방에 널린 것이 실업자였다.

이를 시작으로 1960년대에 수천 명의 우리나라 광부들이 서독으로 진출했다. 1967년 이른바 서독 간첩사건으로 서독과의 관계가 나빠지면서 광부 파견이 중단됐지만, 이후 70년대에도 우리나라 광부 수천 명이 서독으로 갔다.

그의 아버지 배 아무개 씨는 1971년에 스물네 살의 나이로 독일의 탄광으로 흘러 들어갔다. 광부 첫 지망을 망설이고 그냥 소위로 못 박았던 형이 5,000원도 못 받는 월급을 한탄했던 일을 그는 분명히 기억했다. 그때 군 동기 중에 서독 광부로 간 친구는 근열 배의 월급을 받는다던 형의 말이 계속 귓가에 맴돌았었다. 그뿐이 아니었다. 1965년 10월 그 이름도 용맹한 육군 맹호부대 파병에 자원했던 형은 그곳에서 산화하고 말았다. 긴긴 일 년이 지나고 어느 날 106후송병원의 수술대 위에서 싸늘한 시신이 되었다고 전갈이 왔다. 그러니까 1967년 4월 중순 경 치탄의 308고지에서 의식을 잃고 후송된 것이 마지막 행적이었다. 행불자가 된 것보다는 낫다고…… 보고된 것이 전부였다. 행불자라면 시신을 수습하거나 확인하지 못한 미 귀대병을 말한다고 했다. 더욱 고통스러운 최후를 맞을 수도 있었으니. 그러나 얼마 뒤 두코 전투의 주역이었던 같은 맹호부대 기갑연대 ㄱ중대 ㄴ소대장은 복부 관통상과 머리, 팔 등 엄청난 총상을 입고 전장에서 의식을 잃었지만 몇 주 후에 의무중대로 살아 돌아왔다는 기적 같은 소식도

베를린축

있었다. 목숨만 붙어 들어오면 반드시 살려낸다는 미군 이동외과 병원 덕택이었다고. 운명의 여신의 심사를 누가 알랴. 그때는 형이 미군 병원으로 이송되지 못했던 것이 한이었다. 미군은, 형의 편지에 보면, 적의 시체들도 한데 모아 덮어서 장사를 지내준다고도 했었다. 다른 증언들에 따르면 더러운 짓도 했다지만.

어쨌거나 집은 형의 죽음만 빼면 다른 것은 더 나아졌다. 미국은 한국군을 차출하기는 2차대전의 일본과 마찬가지였지만, 대우에서는 크게 다른 나라라고 여겨졌다. 일제 때의 초근목피 대신 미국과 관련해서는 곁에 가면 떡고물이 있었다. 형은 죽고 떡고물이 남았다. 그가 대학 문턱을 밟을 수 있었던 것도 형의 떡고물, 형의 죽음이 가져온 떡고물 덕이었다. 문제는 형의 죽음을 이겨내지 못한 아버지였다. 아버지는 순식간에 폐인처럼 몰골이 변해 갔다. 형의 죽음 값으로 산 논밭을 어찌 벌어먹느냐고, 건사를 못하시더니, 결국 아무렇게나 다 넘겨버렸다. 가세는 다시 기울었다. 그래서 그가 떠났다. 1971년 독일로 떠났던 그가 1976년 말 돌아올 때만 해도 환율이 500원쯤이었으니 일단 그 돈은 대단한 거였다.

아버지의 이야기

이역만리에서 한국 남녀들이 그나마 동포끼리 서로 만날 수 있었던 것은 교회의 선교활동 등에 힘입은 것이었다. 그렇게 독일 교회 건물을 빌려서 예배를 보는 곳에서 나는 아내를 만났다. 저녁이기에는 이른 시간이었지만 조촐한 한식 식사가 우리들 마음을 녹여주었다. 처음 만났을 때 아내는 유난히 영이 순이의 얼굴이라서 눈에 띄었다. 내 눈에 띄었다. 아내 옆의 여자가 고급공무원 중에서도 지원해서 서독 간호원이 된 사람의 이야기를 강조했다. 첫 파견자들 중에 그런 사람이 있었던 것이 사실이고, 아내도 그 대단한 분 이야기를 지금도 심심찮게 한다.

5개 국어를 구사하는 그 양반은 지금도 한의약박물관에 자원봉사를 나가 안내를 한대요. 자원봉사 경력은 무려 20년도 넘고, 봉사시간만 따져도 3만 시간이 넘어서 '서울을 빛낸 인물 600명'인가 그런 어마어마한 기록에 들어 있다더라고요. 기네스북보다 나은 것이, 남산 서울타워 아래 타임캡슐로 보존된다나요. 텔레비전에도 나왔고요. 암튼 첨에 간호고등 나와서 동두천의 외국 사람, 미국은 아니고 어디 외국 사람 야전병원에 취직해서 서양말을 배웠다느만요.

누가 뭐래요, 능력이야 타고 나는 것이제.

아니, 의사들이 영어를 쓰니까 저절로 배웠기도 하겠지요.

암튼 공부를 더 해 가지고 나라에서 필리핀인가 어딘가로 유학을 보내주어 또 공부를 하고 그러다보니 보건부라던가 그런 데서 공무원이 되었대요. 그런데 여보 들어요?

그래 내 가만 들을 테니 마저 해봐요.

그런데도 서독에 젤로 먼저 갔더래요. 일단 돈을 더 받으니까.
그 양반 참 대단한 것이, 결혼도 했는데 갔더래요. 아무리 서양말
이라도 다 같은 건 아닐 테니 고생했겠지만, 어디 아예 외국말 깜
깜한 우리하고야 같았겠어요.

당신은 어쩌다가……, 그래 나 같은 사람 만나서…….

새삼스럽게 왜 그래요. 나는 지쳐서 떠났다니까요. 어디에서도
지쳤더랬어요. 워낙 시골이다 보니까 곰수리에서 대처로 나와 고
등학교 공부했으니, 것도 대단했죠. 그래도 중고등 6년을 자취하
면서 다녀봐요, 늘 지쳐 있었다니까. 빨래와 밥해 먹는 건 말할
것도 없고, 심지어 된장까지 직접 담가 먹어봤나요?

첨에는 아내의 이야기 중 이해가 안 가는 대목이 더러 있었다.
어린 나이에 살림을……. 나중에 어머니가 다른 어머니라는 것을
알고는 괜스레 미안해졌다. 나는 진짜로 날 낳아준 엄마가 다른
식구들 눈치 봐가며 꾹꾹 눌러주는 밥을 먹고 자랐으니까.

난 일찍부터 독립한 거요, 쌀만 가져다 묵었제. 자취할 때 한 방
쓴 친구도 일가는 일가였어요, 같은 고향. 부락은 달라도 같은 성
씨에 같은 고향이었죠. 그런데 제 외사촌언니 자랑이 시끌벅적했
어요. 그 언니가 외국에서 돈을 번다고요. 서독이라는 나라에 간
호사로 취직했다니. 그 얘기를 들었을 땐 정말 귀가 번쩍했다니

까요. 서독이 뭐예요. 독일, 독일, 라인 강의 기적 독일. 아는 건 그것뿐이었지만, 외국 아녀요? 일본도 중국도 아닌 진짜 외국? 정말 아무나 무엇이 되는구나. 당시는 신문에 서독 병원에서 일할 간호사와 간호보조사를 모집한다는 광고가 매일 실렸어요. 그때는 큰 병원의 정식 간호사들도 대우가 좋다는 소식에 독일 취업을 신청하는 분위기였고, 막 고등학교 교련 교사 발령을 받았는데 우리가 탄 비행기에 함께 타고 간 선생도 있었다니까 그래요.

그래 누가 뭐라요.

아내는 허리를 세우는 척하면서 눈을 들어 하늘을 본다. 하늘을 보는 것이 아니라 눈을 감는 것이리라.

어머니

유순한 사람이 되라고 붙여준 이름을 가진 유순은 유순했다. 그 또래의 고향 여자아이들은 다 유순했다. 사촌들이 일찍 대처로 나가서 공부를 했기 때문에 유순 또한 일찍 중학교 시절부터 대처로 나와서 공부를 할 수 있던 것은 행운이라면 행운이었다. 고등학교를 졸업하지만, 이번에는 사촌들처럼 서울까지는 따라 진학할 수 없다는 걸 일찍이 알았다. 유순을 다시 고향으로 유혹하는 것은 없었다. 졸업하자마자 찾은 돌파구는 바로 서독 행이었다. 간호원 양성소를 수료한 후 서울에 있는 해외개발공사를 통해 서독 병원 취업을 지원했다. 그것이 정해진 코스였다. 병원 측에서 취업허가가 나오면 독일 취업비자를 신청하는 것이었고, 다음은 석 달이나 독일어를 배워야 했다. 지방의 여고에서 독일어를 2년이나 배웠다는 사실이 조금은 도움이 되었다. 물론 독일어 공부는 뒷전이었었다. 1, 2학년 때에는 서독 간호원 생각일랑 꿈에도 하지 않은 때였고, 영어 다음에 또 배우는 외국어가 부담스럽기만 했다. 그때 열심히 따라하지 않았던 것이 조금 후회되기도 했다. 하지만 기본적인 단어나 문장들이 언젠가 들어본 기억이라도 있었다. 생판 독일어를 모르는 다른 이들을 보면서 조금 우쭐하기도 했다. 구텐 타크, 이히 코메 아우스 코레아. 이히 프로이에……. 안녕하세요, 저는 한국에서 왔어요, 만나서……. 다른 사람들은 '코레아'란 발음도 틀렸다.

어머니의 이야기

1972년 11월 30일이었다. 그때는 김포공항에 가보는 것도 하늘의 별따기나 같았다. 우리 마을에서 김포공항에서 비행기로 떠나본 사람은 내가 처음이었다. 우리가 타고 갈 비행기는 전세비행기라 했다. 비행기에도 전세가 있나? 어쨌거나 전셋집이 그냥 집만 못한 것처럼, 전세비행기는 그냥 비행기만 못한 것일 수도 있겠다 싶었다. 다만 비행기가 어쩌면 좋은지는 알 수 없는 노릇이었다. 아무튼 전세라면 온통 우리만 탄다는 것이란다. 그런데 우리나라 비행기가 아니고 일본 비행기였다. 일본 비행기라면 더 나은가? 그땐 분명 뭐든 한제보다는 일제가 더 나았다. 비행장은 북새통이었다. 우리 같은 간호보조원과 진짜 간호원을 합쳐서 250명이 타고 갈 비행기를 보려고, 모여든 사람이 두 배는 넘었다. 우리 식구들은 없었다. 3년 뒤에 돌아오겠다는 약속을 나는 누구에게도 하지 않았다. 할 사람이 마땅히 없었다. 큰집에 계시는 할머니께는 인사를 갔지만, 3년 그런 소리는 잘 못 알아들으실 만큼 귀가 먹었으니까. 어머니, 동생들의 어머니한테는 3년 뒤에 오겠다고 말하고 싶지 않았다. 3년 뒤에 오는 것은 나도 잘 몰랐다.

버스보다 몇 배나 커 보이는 비행기에 질렸다. 지레 겁이 났다고 해야 맞다. 가벼운 연도 가끔은 곧장 가라앉는데, 이 무거운 것이 어떻게 뜰까? 그런 염려를 뒤로하고 비행기는 구름 속으로 둥실 떠올라 들어갔다. 비행기는 정말 지구를 반 바퀴 도는 모양이었다. 어쨌거나 물리시간에 배운 무엇인가를 실제로 경험하기 위해서 용을 쓰고 느낌을 갖느라 피곤한 줄도 몰랐다. 북극이다. 알래스카. 어쩌면 내가 책에서만 보던 북극에 오다니. 밖으로만 내다본 북극이 아쉬웠다. 그 매서운 공기를, 북극의 겨울 공기를 꼭 만져보고 싶었는데. 그냥 쉬기만 한 비행기는 다시 이륙하여 마침내 12월 1일 드디어 독일 땅에 착륙했다. 그곳은 이름이 프랑크푸르트, 지금도 유럽의 돈이 넘실대는 곳이지만, 그때는 세상의 중심인 듯했다. 우리는 세상의 중심에서 어딘가로 흩어질 모

양이었다. 또 한 번 어수선한 수속을 마치고 모두 짐 가방을 부둥
켜 들고 공항 밖으로 나오자, 온 데 서독 지역병원에서 온 버스며
승합차들이 줄지어 대기하고 있었다. 우리들 몇은 당나귀 음악대
로 유명한 곳 브레멘으로 갈 것이었다. 버림받은 당나귀, 개, 고
양이 그리고 수탉의 처량했던 출발을 상상하며, 또 멋진 결말을
우리 것인 양 상상하며, 의기양양하게 승합차에 올랐다. 정확히
는 우리가 브레멘까지 가는 것은 아니었다.

우리를 태운 승합차는 브레멘까지 가기 전에 남서쪽으로 40킬
로미터 못 미친 빌데스하우젠이라는 도시에서 멈췄다. 한 번 멈
췄던 시간을 빼고도 다섯 시간 이상을 달린 뒤였다. 산간과 숲에
둘러싸인 곳으로, 가보지도 않은 강원도 어디쯤 같은 곳이리라
느껴졌다. 그러나 초가집이나 판잣집 대신 어딜 가나 빨간 지붕
들이 초록빛 나무들 사이에 거의 똑같은 모습으로 모여 있었다.
누군가의 집이 불쑥 커서 뒷집의 햇빛을 몽땅 빼앗아버리거나 그
러는 일이 없어보였다. 희한했다. 일곱 난장이들처럼 똑같이 작
달막한 키의 집들이 일고여덟씩 있었다. 바깥 창틀도 약속이나
한 듯이 동네마다 밤색이면 밤색 흰색이면 흰색이었다. 그건 참
신기한 모습이었다.

우리가 도착하기 보름 전쯤 시간당 200킬로미터가 넘는 태풍이
몰려와 건물이며 차량이며 완전히 망가진 일들이 널렸더란다. 물
론 우리는 그런 사태들을 알지 못했다. 기숙사에 갇혀서? 그랬다.

기숙사에서 단 하루를 쉬고 월요일부터 근무에 들어갔다. 1972년 12월 4일 월요일이었다. 우리나라보다 시간이 늦게 간다고. 이상한 체험이었다. 물리시간에 배운 그대로, 고향의 할머니는 벌써 오후 곁두리 걱정을 하고 있을 시간에 우리는 서둘러 일어났다. 사실은 거의 밤을 새웠는데, 그게 시차랬다. 그러고는 새로운 시간에 새로운 공간에 갇혔다. 그냥 부품나사처럼 시계추처럼 건물 안에서 건물 안으로만 이동했다. 뉴스 하나도 알아들을 수 없었다. 컬러텔레비전이라는 것이 나온 지 몇 년이 안 되었고 참 신기한 것은 틀림없었지만, 아무것도 들을 수 없었다. '구텐 타크', 그건 별 소용이 안 되는 독일어였다. '구은 타, 타' – 그렇게 여기에 와서 배운 독일어가 더 유용했다. 아니, 아예 어색한 웃음기가 더 잘 통했다. 검은 머리의 우리는 백의의 천사였다. 미소는 사람을 천사로 만들어주니까. 사람들, 독일 사람들은 천사에겐 슬픔도 고통도 없는 것이라 느끼는 모양이었다. 우리는 슬픔이나 고통 같은 무거운 감정들은 없는 인형 취급을 받았다. 말 잘 듣고 일 잘하는 부지런한 인형.

때로는 인형이 복도 터질 수 있다는 것을 경험하기도 했다. 일가친척이라고는 아무도 없는 독일 할머니가 죽었는데, 침대 머리맡에 넣어둔 종이돈 다발을 몽땅 차지하게 되었으니 말이다. 우리가 그냥 슬쩍 갖는 것이 아니었다. 오랜 병상의 할머니가 숨을 몰아쉬며 뭐라고 하던 말 중에, 우린 몰랐지만, 미리 옆자리 사람들에게 그렇게 말했더란다. 자기가 죽으면 아무개 간호원 주라고, 평생 처음 손톱 발톱 깎아주는 젊은 사람을 만나보았다고.
실제로 서양 노인들은 너무나 뚱뚱한 사람들이 많았고, 그러면
자신의 발을 만질 수가 없었다. 영락없이 그림책에 나오는 마귀
할머니 몰골이 되어 있는 손톱 발톱을 깎아주는 일은 우리들에
겐 어렵지 않았다. 나도 할머니한테 가면 늘 손톱 발톱을 깎아드
렸었다. 그만한 일에도 이 할머니들은 '당크 당크 힙시 힙시' 그
렇게 우물거렸는데, 고맙고 예쁘다 그런 말인 것은 나중에야 알
아들었다.

　물론 그런 일들은 한참 뒤에 병실에 배속되었을 때의 일이었
다. 처음에 우리들 간호사도 아닌 간호보조사에게 돌아온 일은
응급실과 영안실 사이 심부름이었다. 일이 별로 없는 날에는 응
급실과 영안실의 깨끗한 의료집기들을 다시 닦는, 해도 안 해도
되는 일을 할 때도 있었다. 다 씻은 식기의 물기를 마른 수건으
로 제거하는 일 같은 것은 너무 쉬웠다. 이런 일 시키려고 비행
기 태워서 사람을 사오는지, 그 부자 나라가 한심하기도 했다. 물
론 알코올 솜으로 시체 닦는 일에 비할 수 없이 쉽고 편했으니 오
지기만 했다. 나중에 병실에 배속되었을 때에도 간호보조사가 하
는 일은 말 그대로 간호사를 보조하는 일이었다. 정해진 시간에
병실을 찾아가 장갑을 끼고 환자에게 연고를 발라주는 일은 그중
일다운 일이었다. 약국에서 병실로 약을 가져다주는 일, 변기를
대주는 일, 변기를 빼내는 일, 환자에게 식사를 나눠주는 일, 식
사를 거두어들이는 일. 아, 나중에 들으니 전설적인 아줌마 간호

사들도 독일에서 일했다고들 말하지만, 우리는 여섯 모두 처녀들이었다. 어쨌거나 꿈 많은 처녀들. 우리는 말썽 없이, 사랑까지는 아니라도 귀여움을 받을 만큼은 열심히 일했다.

정말 어색했던 일은 우리가 그 나라 이름으로 불리게 된 일이었다. 열흘쯤 되었을까, 아무튼 얼마 만에 우리 여섯을 한 곳으로 부른 병원 관계자는 우리에게 서양식 이름을 하나씩 지으라고 했다. 환자들은 물론 병원 사람들이 우리들 이름을 기억하지 못하고, 또 제대로 부를 수도 없다고 불평을 하기 때문이라 했다. 성을 갈라는 말은 다행히 아니었지만, 우리는 저마다 아는 독일 이름을 생각해내야 했다. 나는 생각나는 이름이 성모 마리아밖에 없어서 마리아로 하겠다고 했다. 그런데 마리아밖에 모르는 사람들이 많았다. 할 수 없이 언니뻘에게 양보를 하고서 메리라고 하려다가 사람들을 얼마나 웃겼는지 모른다. 그게 그것이랬다. 아무튼 독일 소설 어딘가에 나오는 주인공 이름이 떠올라서 그냥 루이제가 되기로 했다. 마리아, 루이제, 사라, 엘리, 주잔, 로테. 이 무슨 이름들인가, 누런 얼굴에 물고기 눈을 한 검은 머리의 처녀들이. 하긴, 여기가 아니더라도 가톨릭 신자가 되려면 어차피 서양식 이름으로 따라야 했다. 그건 그랬다. 고향 친구 중 언니 하나가 한국에서도 유난히 그런 서양 이름으로 불리는 것을 보았다. 어쨌거나 나는 그곳에서 루이제였다.

최근 들어서는 그 독일에서 외국인 거주자들을 아주 색안경으로 보는 풍조가 생겼다 해서 놀랐다. 참 웃긴다 싶다. 그때는 아쉬워서 데려가 놓고, 이름까지 저희들 식으로 고쳐 불러놓고서, 거기 뿌리 내리면 미워하다니. 우리들 중에는 그곳에 남아서 출세한 사람도 있다. 또 가끔은, 아주 가끔은 늦은 나이지만 대학에 진학하는 열성파들이 있고, 그렇게 해도 성공하기도 했다. 아무튼 성공한 경우라면 꽤 유명한 화가가 된 사람도 있으니까, 물론 독일 이름으로. 독일 이름이란 독일 남자와 결혼해서 생긴 이름이다. 연애가 상당히 인생을 지배하는 것 같기도 하다. 똑같이 독일 남자와 연애를 한다 하더라도 말이다.

연애 — 우리는 물론 사랑이라고 믿었고 지금도 그렇게 부르고 싶지만, 사람들은 그냥 연애라 그랬다. 마리아, 루이제, 사라, 엘리, 주잔, 로테가 모두 연애를 했다면 그 말은 틀렸다. 누가 연애를 하는지는 금세 드러났지만, 다른 사람들 이야기는 내밀하게 알지도 못하니까 말할 수도 없다. 독일 남자 조심해라, 연애로 끝나고 마니까! 그것이 우리들에게 내려진 금기였다. 진짜 이유는 따로 있었다. 연애를 시작하면 아무래도 용돈이 많이 들고, 용돈을 아껴서 고향에 보내려고 타국에 온 그 목적에 금이 가기 때문이었다. 우리 집만 해도 그랬다. 독일 병원에 취업하는 과정에서 한국에서 들어간 돈부터 갚아야 했고, 무엇보다 아버지가 오랜 병으로 돌아가신 집안은 누군가 일으켜야 했다. 그때 돈 400

마르크씩은 누구나 집으로 보내는 것 같았다. 그러니까 우리들은 용돈으로 50마르크 정도를 남겨두는 것이 고작이었다. 그것도 아껴서 현금이 불어났다. 돈을 쓸 일이 없었다. 고사리를 뜯어 말리다 냄새 때문에 혼이 나기도 했지만, 우리는 억척스레 먹을 것도 아꼈다. 병원 식당에서 먹을 때 많이 먹어둠으로써. 그렇게 1년쯤 지나자 고향 집에 텔레비전을 사드릴 수 있었다. 누구나 대개 그랬다. 딸을 독일 간호원으로 보낸 고향집은 활발해진다는 것이었다. 정신을 다잡고, 연애 같은 것은 말아야 했다.

그래도 3년째 되던 해 여름, 우리도 독일 간호원들처럼 난생 처음 휴가라는 것을 떠나보기로 했다. 말하자면 유럽여행이었다. 하필이면 우리는 독일의 북쪽에 처박혔으므로, 독일 사람들이 휴가를 떠나는 남쪽을 향하기에는 돈이 빠듯했다. 그래도 여행에는 흐름이 있었다. 다들 남쪽으로 떠나는 것이 휴가인 줄 알았다. 우리도 그런 때도 있었다는 말이다. 돈이 중했지만 한 번쯤은 숨통을 터야 살았다.

다시, 어머니

정작 3년간의 계약이 끝났을 때 유순은 브레멘의 다른 병원에 계약을 했다. 왜 꼭 브레멘에 가고 싶었을까? 여전히 그림동화에서의 브레멘 음악대가 궁금했기 때문이었을까. 그렇게 낭만적이기는 틀린 나이였는데도. 게다가 취업할 수 있는 병원은 많지 않았고, 정신병원에 일을 얻었다.

인구 50만이나 될까, 유순이 중고등학교를 다닌 한국의 지방도시의 인구 정도였지만, 면적은 엄청났다. 사실 브레멘의 면적 따위는 생각해 보지도 않았다. 그럴 겨를이 없었다. 6년간 학창시절을 보낸 중소도시에는 고작 시내를 가르는 하천이 있었을 뿐이나, 브레멘은 가도 가도 끝없는 강을 끼고 양쪽으로 도시가 뻗어 있었다. 강을 몸으로 치면 정강이까지는 작은 배들이 올라 다니는 항구였다. 환자들을 보며 차츰 알게 된 일이었지만 사실 순 백인들만 있는 것은 아니었다. 철강산업 등 노동자들이 많아 다른 인종들도 섞이어 있었다. 그곳의 외지인이라 해도 물론 우리 같은 동양인이 아니라 얼굴선이 날카로운 중동인들, 그러니까 중간쯤 되는 사람들이었다. 저절로 숙연해지는 역사를 자랑하는 시청 건물은 우리나라로 치면 세종대왕 때와 비슷한 시기에 지어졌다고 들었다. 복음교회라나, 우리나라 말로는 개신교들이 대부분이라는데도 성당 같은 건물들은 여전히 많이 보였다. 유순은 기독교 신자가 된다면 성당 때문만으로도 가톨릭이 되고 싶을 것 같았다. 그들이 한국으로 돌아오기로 할 때쯤 그러니까 76년 봄, 브레멘에서 남쪽으로 좀 떨어진 곳에 한인 천주교회가 있다는 말을 들었다. 계속 독일에 남아 있었더라면 혹시 모를 일이었다. 다만 성당 속에 들어가 앉아 있기 위해서라도 그곳에 가게 되었을지.

그때 유순은 무엇인가를 약속하기 위해서라도 신앙심이 절실한 때이기도 했다. 무엇인가를.

다시, 아버지의 이야기

네 어머닌 우리가 독일에 도착할 무렵 벌써 계약기간이 만료되어 미국으로 떠난 한국 사람들 이야기를 들려주더구나. 미국에서는 그때 한국의 간호원 자격증을 그대로 사용하여 취업할 수 있었다 했고, 한 번 서독에서 살아본 사람들이라 미국이라고 별 다르겠냐고 그런 생각들이라 했다. 똑똑한 누군가는 미국에 가서 대학에서 장학금 받고 공부를 하기도 했는데, 그때 미국에는 간호원이면서 암에 관련된 공부를 하면 장학금을 주는 대학도 있었다고 하더라. 실행은 못 해도 그런 꿈들을 꾸었더래.

물론 네 어머닌 그런 꿈을 꿀 위인은 아니었지. 네 어머니가 맡게 된, 결국 내가 맡아야 할 네 형 요한의 문제도 컸다면 컸다. 형은 네 어머니의 죽은 언니가 남긴 아들이었다. 친언니는 아니지만 여기 와서 외로운 생활들 견디면서 동기간 같아진 사람. 그 언니가 벌써 오래전부터 이 세상 사람이 아닌 거라.

그 언니는 내나 네 어머니랑 비슷한 운명으로 외국에 돈벌이 나간 신세. 그 언니의 이야기라 해서 네 어머니 이야기와 다를 바 있겠느냐. 독일에서 일했던 한국인 간호사에게 그 사회에서 개성이라거나 감정이 무슨 작용을 했겠냐 말이다. 문제는 그 연애였제.

아버지가 들려준 어머니의 언니뻘 간호사의 연애는 처음부터 암담하게 시작되었다. 병원에서 환자로 맞닥뜨린 남자, 그 백인 남자의 모습은 예수 같았더란다. 영화에서 본 예수. 독일에서 처음 만나본, 주위에 흔한 아주 희멀건 뚱보들 사이에서, 그는 오히려 눈에 띄었다. 조금 짙은 머리카락에 다소 가라앉은 얼굴색을 한, 키가 훤칠하고 이목구비가 뚜렷한 남자.

그럼, 첨엔 다 똑같더라, 독일이나 스위스나 오스트리아나. 다 어려운 독일 말 멋들어지게 하고. 한국 처녀들은 〈사운드 오브 뮤직〉의 나라 오스트리아라면 무조건 감탄의 대상이었겠지. 네 어머니라도 그랬을 것이야. 그럼, 그 사람이 조금은 덜 서양 사람처럼 생겼다 했제, 그러면서 키는 훤칠하고. 아무튼 그런 인상을 다들 다정함으로, 고향의 느낌으로 느꼈더래. 거기까진 아름답지. 다음은 비극적인 연애의 시작이었지, 다른 한쪽은 일탈의 시작이었고.

연애? 시작은 허망했다더라. 아버지는 말을 쉬이 잇지 못하셨다.
요하네스라는 이름의 독일 남자는 오른쪽 팔다리가 다 부러져

들어온 환자였더래. 난생 처음 만난 제 누이와 더불어 여행 중이
었더래. 누이랑 어떻게 난생 처음으로 만났냐고? 그거야 거기 서
양 사람들한테는 흔한 일이기도 하지. 아, 동서독도 우리 남북처
럼 갈려 사니까 더더욱. 암튼 둘은 시인이었다는 저들의 아버지
가 태어난 도시까지 가려다가. 운전은 누이가 했고. 이 독일이란
나라가 제한속도가 없는 나라지 않냐. 둘 다 초행길이었고. 그렇
게 해서 병원에 실려온 것이었지. 누인 곧 떠나고. 어디로? 제 자
리겠지.

연애? 결과는 참담했지 뭐. 그 남자는 일단 빈으로 돌아갔고.
그럼 빈 사람?

그가 빈 사람은 아니고, 동독에서 빈으로 유학 나온 사람이었더
래. 제 아버지 고향 빈에 가서 누이를 찾아 나선 것인데, 처음 만
난 것이었대. 아무튼 언니는 독일을 떠나 빈으로 직장을 옮길 수
가 없었다더구나. 당연하지, 계약은 독일 계약이고. 오스트리아
가 좀 복잡한 나라냐. 그때도 파리에도 그냥 가는데 오스트리아
는 통과만 하려 해도 비자 받아야 하고 어쩌고, 중립국 아니냐.
물론 직장을 그만두는 것은 절대로 할 수 없는 일이었지. 일은 계
속하는데, 뱃속에 아기의 생명을 의식하자 어쩔 줄 몰라 했겠지.
곧 배가 불러왔고, 그것이 직장에서 크게 문제가 되지는 않았지
만, 한국 사람인 언니는 미혼모가 될 예정이었기에 수치심이 어
쨌겠어? 아기를 낳고 이름을 지어주어야 했을 때 요하네스는 어

느새 베를린에 있었다던가. 그러다가 더 멀리 동독으로 돌아갔겠지. 원래 왔던 곳으로. 그것까지여.

동독 – 동독이 어디냐. 그곳이라면 그 언니가 직장을 그만둔다고 해도 죽어도 갈 수 없는 땅, 공산주의 나라로 돌아간 것 아니냐. 그때 언니는 삶을 포기했다는구나. 자살? 그런 건 아니지. 나는 어쨌거나 잘은 모른다. 산후에 그냥 먹지도 자지도 못하고 앓아누웠는데, 병원에 함께 있던 한국 간호원들이 아기 요한을 돌보았지. 아기 이름은 따로 지었다기보다는 아기 아버지 요하네스를 줄여서 부른 이름 그대로였대. 아기와 아버지가 무슨 차이가 있었겠어, 애 엄마에게는. 아이 엄마가 막상 그렇게 죽어가는 중에 네 어머니가 계속 내 얼굴만 보더구나. 네 어머니랑 내가 미래를 기약할 만큼 가까이 의지하고 지내던 때였으니. 요한은 그렇게 해서 우리에게 남게 되었지. 절차가 간단하지만은 않았지만, 어쨌거나 한국 여자가 낳은 아이를 한국 부부가 키우겠다니 일이 쉬웠지. 나도 어떻게 그런 생각을 따라갔는지 모를 일이야. 암튼 그 덕택에 결혼이 급물살을 탔지. 결혼 하나는 독일이 간단하더구나. 나중에 한국 돌아가서 제대로 하자고 하고, 그냥 한국 교회 목사님에게 갔어. 결혼이 성립되니까 입양은 아주 쉬웠고. 어쨌거나 우린 곧 귀국을 서둘렀지. 최소한 한 달을 남겨두고는 그만둔다고 말해야 하더구나.

형을 찾아서

그러니까 내가 독일 유학을 가게 된 계기는 결국 형을 뒤따라간 여정이었다. 형은 고등학교를 마치자마자 군대에 들어갔다. 한국인 남자에게 군필은 유학의 필수 조건이었으니까. 그러고는 제대하자마자 서둘러 독일로 떠났다. 한국에서 자란 청년답게 부모님께 큰절을 하고서. 여권에도 분명한 한국인 배요한이었다. 그리고 돌아오지 않았다, 너무나 오랫동안.

요한 형은 자신의 처지와 친부의 존재를 일찍 알게 되었다. 서양 남자였던 친부보다도 더 이목구비가 뚜렷해서 한눈에 동생인 나의 비릿한 모습과는 대조되었다.

큰아는 참 다르게 생겼네여.
글쎄, 어매 아배가 서양밥 묵고 낳아서 그렇겄제.
아니, 영판 달라.
둘쨋 여기 와서 낳았으니까 다른 거지, 뭘 그래.
그래도.
조용 혀, 한 날 한 시에 난 손가락도 길고 짧은디 뭘 그러나.

두 살 터울의 두 아들을 흔적 없이 키우려던 부모님의 소망은 일찍 깨졌다. 독일에서 낳았으니까, 독일에서 독일 소시지 먹고 낳았으니까, 라는 변명은 통하지 않았다. 배달민족에 다른 피가 섞이면 사뭇 다르게 나왔다. 그렇다고 형이 크게 말썽부리는 아이는 아니었다. 오히려 형이 형이라고 큰소리 한번 치지 않은 것이 가장 마음 아픈 부분이었다.

형은 초등학교 졸업쯤 해서 독일 아버지의 이야기를 듣게 되었다. 한국인 어머니의 이야기도 함께였을지? 그때 어머니는 요하네스라는 본명을 알려주었다. 그래도 단 한 번도 요하네스라고 부르는 일은 없었다. 요한과 승한 사이에서 이름이 변할 수는 없었다. 어머니는 한 번도 우리를 차별하지 않았다. 크게 배운 것 없는 어머니지만 참 너그러웠다. 직업이 백의의 천사였으니까 뭐. 어머니는 젊은 시절 그렇게 고생해서 모은 경험과 돈을 가지고도 그대로 시골에 살았다. 아버지의 고향이 아니라 어머니의 고향이었다. 왜 어머니의 고향이었을까, 진짜 외할머니도 외할아버지도 안 계신 고장인데? 그 생각엔 곧 답이 나왔다. 아버지의 고향에서라면 형과 나와 다른 얼굴로 살아가기가 더 수월하지 않았을 것임을. 물론 아버지의 고향에도 할아버지는 안 계셨다. 어쨌거나 아버지는 농부이자 목수이며 모든 것을, 어머니는 온 동네 의사와 간호사를 겸하면서 부지런히 사셨다. 키위라는 이상한 종의 식물 재배에도 성공했고, 오리 농사로 질 좋은 쌀 생산을 들여와 동네는 전체로 넉넉해졌다. 그래서 형이 대학에 진학하지 않고 입대를 서둘렀을 때 많이 서운해 하셨다. 그렇지만 어서 군대를 마치고 독일로 유학 가겠다는 설명에 걱정 반 희망 반으로 그런 승낙을 하신 것이다.

형은 배요한이라는 법적 이름으로 뮌헨의 괴테어학원에 등록을 하고 떠났다. 그러니까 처음 기착지가 뮌헨이었다. 자신의 출생지 브레멘이 아니라 뮌헨을 선택했을 때, 괴테어학원 본부가 있는 곳이라고만 했다. 그러나 우리들 모두는 형이 일부러 뮌헨에 가고 싶어서 가는 것을 알았다. 형의 아버지가 당신의 누님을 만나서 지진과도 같은 충격에 쌓였다던 곳이었다. 그리고 우리는, 집에 남은 우리 모두는 형이 브레멘이고 어디고 아버지의 흔적을 찾아 나섰을 것임을 안다. 내가 형이라도 그랬을 것이니까. 내가 대학 일학년 때의 일이었다.

형으로부터 소식은 점점 느려진 것이 아니라 처음부터 드물었다. 그러다가 뚝 끊겼다. 나도 곧 군대에 입대했으므로 어머니는 두 아들의 편지를 바라느라 야위어 갔을 것이다. 휴가 때 보는 어머니의 모습이 놀랍게 초췌해 갔다. 한번은 갑자기 무서운 생각이 들었다. 그렇다고 어머니에게 편지를 쓰는 일이란 군대 동기생들 누구라도 어색하게 생각하는 일이었다. 시대가 그랬다. 어머니의 편지를 받는 일도 창피한 일에 속했다. 그래도 가끔씩 어머니는 편지를 보내셨다. 형 때도 그랬고, 군대에 면회를 오시거나 그런 부모님은 아니셨다. 우리 고향에선 아들 군대 면회 다니고 그런 집은 없었다. 그러니 궁금한 마음에 편지를 쓰셨을 것이다. 그러다 문득 깨달았다. 지금 어머니가 쓰시는 편지는 형을 향한 것이라는 생각에 미친 것이다. 어머니는 형의 소식이 더 궁금한 것이다. 그런데 형으로부터는 소식이 거의 없었으니까 내게

베를린 묵주

편지를 쓰신 것이다. 그러고 보니 형하고는 주소조차 끊긴 지 한참이 지나 있었다.

제대하고 복학한 뒤의 일상은 전방에서 보낸 군대 때보다 더 전투 같았다. 나는 어쨌거나 형의 흔적을 찾아나서야 한다는 강박관념에 죽어라 공부에 매달렸다. 장학금을 받아서 독일에 가기 위해서였다. 그렇지만 독일에 한정하지 않고 유럽지역 통틀어서 한두 명 뽑는 선발시험에 어찌 붙는단 말인가. 그래도 전력투구를 감행했다. 졸업 전에 시도한 시험에서 한 번 떨어졌다.

한 번의 실패는…….
아서라, 우선 떠나거라.

아버지의 말씀에 깜짝 놀랐다.
네 어머니가 많이 아프다.
어머니가 많이 아프시다고요? 어디가 특별히 안 좋으세요?
보면 모르겠냐. 어디가 한참 안 좋다. 통 밥을 못 드신다. 네 형이 시작했던 어학원부터 가서……. 요하네스 베르너, 독일 남자의 이름이다. 거기서부터 살펴라. 그 사람의 아버지는 시인인가 그랬다더라.

그 정도의 말씀에 일 년을 더 시험 준비로 보낼 수는 없었다. 형과 같은 코스로 뮌헨의 괴테어학원을 목적지로 일단 떠나기로 했다. 어머니는 앙상해진 손으로 봉투를 하나 쥐어주셨다. 아버지 모르게.

정 막히거덩, 정 어렵거덩 그때 펴 보거라.

그런 부탁을 정 어려울 때까지 기다려야 하는가. 나는 그래도 여정을 꾸려 출발할 때까지 봉투를 열지 않았다. 네덜란드 항공사 비행기가 암스테르담으로 도착해서 거기서 독일로 들어가는 것을 알고서, 나는 가장 싼 요금의 그 노선을 탔다. 그런데 암스테르담에서 쾰른 행 비행기는 오싹했다. 자동차로 말하면, 참 미안한 말이지만, 장갑 끼고 모퉁이 돈다는 프라이드 같은 것. 여남은 명이 타자 이륙한 비행기엔 좌석이 스물이 될까 말까 싶었다. 그 요동치는 몇십 분을 참는 것은 참으로 무서운 일이었다. 나는 그 정신에도 어머니의 편지를 찾았다. 손에 드는 가방 안에 여권 가까이 두었으니까. 어머니의 편지를 보지 못하고 비행기가 떨어질지도 모르는 불안감 때문이었다. 그런데 봉투를 손에 쥔 순간 다시 마음에 걸렸다. 이상하게 겁이 났다. 찢는 손이 떨렸다.

형은 바로 네 형이…….
무슨 말인가. 형이 나의 형이라니. 형이 형이지 그러면? 어머니는 무슨 말을 하시려는 것인가? 설마……. 그것은 설마여야 했다. 아니 그래야 한다는 법은 없었지만, 설마는 설마다. 나는 애써 고개를 흔들며 깨어났다. 다음을 읽으려고.

그 순간 도착 안내방송이 나왔다. 나는 다시 비행기가 떨어질 것이라는 환상 때문에 몸을 가눌 수 없었다. 서둘러 몸을 사렸다. 비행기는 쾰른 땅에 무사히 내렸다.

쾰른에서 처음 계획은 기차를 타고 뮌헨으로 가서 짐을 푸는 일이었다. 그런데 그렇게 남쪽으로 갔다가 브레멘까지 올라올 이유가 없었다. 어쨌거나 브레멘은 코앞이다. 비행기로 그 창공을 건너 왔을 것이다. 물론 어학코스 시작 날이 빠듯하기는 했다. 그래도 역의 보관소에 큰 짐을 맡겨놓고 형의 출생지로 먼저 향하기로 했다. 출생지에서 무엇을 건질 것인가, 생각에 미치자 멍해졌다. 서독 파견 동양인 노무자의 아들이 이제서 형이 태어난 병원에 가서 무엇을 찾는다는 말인가. 아는 것이라고는 형의 출생연도와 이름뿐. 찾으면 또 무엇을 할 수 있을 것인가. 형의 출생기록을 찾아서 무엇을 하려고? 형의 아버지 요하네스 베르너는 그 이름으로 기록에 남았을까? 혼외자에게도 생부의 이름이 적히는가? 독일의 출생신고 제도에 대해 아는 것이 없으니 의문만 떠돌았다. 기록에 있다고 치자. 그러면 기껏 생년월일만 의미가 있을 것이다. 주소라면 늘 바뀌는 것이니까. 경찰 신분도 아닌, 더구나 외국인이 독일인 누군가의 행방을 합법적으로 문의할 수나 있는 것일까? 또 기차 속에서 발견한 일인데, 어머니의 편지가 보이지

않았다. 비행기 안에서 손에 들고 있다가 흘린 모양이었다. 이를
어쩐다?

어쨌거나 형의 흔적을 찾는 것은 한강에서 바늘 찾기였다. 형의
흔적을 더듬는 것은 결국 그의 아버지 요하네스 베르너의 그림
자를 쫓는 것과 같았다. 그리고 그 편이 더 수월했다. 실마리라도
있으니까.

독일 남자, 요하네스 베르너

예상대로 나는 독일 남자의 입원 기록 같은 것을 찾아내지는 못
했다. 그 독일 남자를 찾을 아무런 권리가 없기 때문에. 독일 남
자 요하네스 베르너를 기억하는 한국인은 거기에 없었다. 다행히
오래전에 간호사 일을 그만두고 베를린으로 간 한국인 간호사에
대해 이름만 겨우 얻어 들었다. 한국 식당을 한다고 들었으니 찾
기 쉬울 것이라고. 어머니보다 훨씬 나이 들어 보이는, 말 그대로
뚱뚱한 직원이었다. 간호사이신지요? 그렇게 묻고 싶은 것을 참
았다. 그렇게 되면 오히려 경계할지도 모를 일이었다.

옛날 한국 간호사들을 기억하시나요?
아, 베를린으로 가 볼 것이면, 그 사람은 어쩌면 그 이야기를 알

지도 모르겠어요.

왜 그렇게?

몇 년 전에도 똑같은 사람을 찾아온 젊은이가 있었으니까 생각이 더욱 또렷하네요.

베를린. 나는 뮌헨을 포기하고 베를린으로 향할 수가 없었다. 개강 날짜에 대려면 시간이 빠듯했다. 그러다 생각을 바꾸었다. 내가 여기에 오게 된 목적을 잊지 말자. 어머니는 한시바삐 형의 소식을 기다린다. 개강에 늦으면 대순가.

베를린 행 기차는 급행이었다. 베를린에서 한국 식당 찾기는 쉬울까? 염려보다도 쉽게 발견할 수 있는 곳에 한국 식당이 있었다. 우리 같으면 서울 명동 비슷한 거리에서 발견한 한국 식당에서는 그동안 벌써 그리워진 김치찌개를 먹을 수 있었다. 그러나 주인이 브레멘에서 온 분들이 아니었다.

브레멘에서 온 이 아무개라는 분을 혹시 아십니까?

주인 아주머니는 아예 내 앞 걸상에 앉았다. 또 박 아무개 씨? 아니, 이 아무개 씨를! 아, 그게 그거라 혼란스럽죠? 여긴 아예 남편 성 하나로 통하니까, 헤어 리, 프라우 리, 헤어 박, 프라우 박. 우리 여자들은 독일 와서 결혼하면 성은 아예 잃어버린다니까요. 참 그건 그렇고. 그런데 이상타. 몇 해 전에도 꼭 당신만 한 젊은이가 그 사람을 찾더니만.

그러니까 이곳 한국인들이 남편 성을 써버리기 때문에 그렇게 어려웠던 것이다. 이 아무개라는 분은 박 아무개가 되어 있었고, 형도 그 사람까지를 찾아냈다. 나는 형의 뒤를 잘 따라가고 있었다.

박 아무개 아줌마는 식당을 하는 것이 아니라 - 첨엔 그럴 생각이었다가 아예 시작도 하지 않았다 했다 - 한나절 한국 식품점을 보고 있었다. 그 아주머니는 조금 더 알고 있었다.

그 나쁜 사람은 꼭 봉함엽서를 보냈는데, 발신자 주소는 없었어요. 첨엔 빈, 다음엔 베를린. 우편 소인으로 보아서 빈인지 베를린인지 알 뿐이었어요. 모르지요, 속에다는 썼겠지요. 우리들이 겉봉만 보고 속닥거린 말들이죠. 우리 모두 다 가슴 졸이며 편지를 기다렸어요. 아기 엄마 운명이 우리 운명이었으니까. 그 나쁜 사람이 나중에는, 그러니까 그 아기 데리고 부부가 한국에 돌아가 버린 다음에, 그땐 동독 소인이 찍힌 봉함엽서가 왔는데, 참 우린 그것을 한국에 보낼 수도 안 보낼 수도 없었어요. 한국 가서 아들을 또 낳았다는 소식도 들었는데.

그래도 소식을 전해…….

그래 말이에요. 다들 어쩔 줄 몰라서. 그런데 바로 형이라고요, 그러니까? 접때 먼저 날 찾은 젊은이가? 참 잘생기기는 했더라만. 똑같이 이래 이야기해 줬어요. 나도 그때 결혼 직전에 깨져가지고 상심했던 때이고. 또 학생, 학생이라고 불러도 되죠? 난 그때 학생 엄마가 차라리 부러웠을 때라서. 어찌되었건 아들 데리고, 뭣보다 탄탄히 벌어 귀국했는데, 잘 살라고 두지 뭣하러……. 다 소용 없어, 친부모 핏줄이 중요한 것이 아니라 아따 같은 사람들끼리, 아따 한민족 공동체, 아따 배달민족 안 있나, 그런 것이 중요하니까는. 형은 참 섞어져서 잘생기긴 했더니만. 그러니까 형이 제 아버지를 찾더구먼, 그것이…… 암튼 학생 아버지 같은 분은 세상에 없을걸. 다른 남자 아이를, 것도 서양 사람 아이를. 한국 남자치고 누가 그런 것을…….

한국 남자치고? — 말끝이 이상하긴 했지만, 조선식 사고방식의 한국 사람들은 입양 자체를 꺼리는 편이었고, 더구나 서양 사람 핏줄의 아이를 입양한다는 것은 선뜻 쉬운 일이 아니었음에는 백 퍼센트 동감한다. 거기까지였다. 나는 더 이상 시간이 없어 뮌헨으로 어학원 시작에 대어 가야 했다.

베를린

괴테문화원 어학코스는 2개월 단위였다. 그 2개월 단위의 코스 사이, 외국 학생들은 우선 프랑스나 이탈리아 여행을 선호한다. 물론 나는 베를린이 급선무였다. 그 일주일 동안에 아무것도 건질 수 없었지만, 나는 베를린엘 다녀왔다. 당연히 대학 등록 준비도 베를린을 향했다. 물론 원래의 베를린대학, 그러니까 동쪽의 훔볼트대학이었다. 어딘가 그쪽이 더 가까울 것 같은 이유로.

어학코스에서는 중급에 합격해야 대학 진학이 가능한데, 말하기가 마음에 걸렸다. 좋지 않은 점수를 걱정했지만, 평점에서는 중급에 겨우 우를 받아서 진학이 가능했다.

21세기의 베를린, 더 이상 분단이라는 단어가 없는 곳. 그러나 사실 여전히 무엇인가가 들끓고 있는 베를린이 좀 불편한 도시인가. 몇 년 전에 시장이 되었다는 이 도시의 수장은 사회민주당의 진보 인사인 줄로만 알았더니, 웬걸, 게이를 표방하고도 당선된 사람이었다. 꼭 100년 전에도 베를린은 게이의 수도라고 했다. 그러니 한편 또 얼마나 편한 도시인가. 1977년생 한국 남자는 이곳에서 그리 눈에 띄는 인종은 아니었다. 통일 후에 두 배로 불어났다는 4만 명 정도의 재학생 중 나는 4,500명이 조금 넘는 외국인 학생 중에 하나. 열 명에 한 명 이상은 외국인 학생이다. 다른 쪽 자유대학엔 외국인이 더 많다고 했다. 밖에 나가도 외국인이 많았다. 꽤나 열린 도시다.

내가 전공하려는 과목은 무심코 문학이었다. 철학이나 문학은 보통 그저 수리에 약하고 실리에도 덜떨어진 경우에 선택하게 되는 과목이라고 생각한다. 우리나라에서는 그렇게 생각한다. 나의 경우에는 그게 아니었다. 독일을, 독일 사람을, 독일 남자를, 독일 남자 시인을 찾는 그를 이해하는 방편이었다. 어찌 보면 선택이라기보다는 그리로 밀렸다. 그러는 몇 년 동안에도 형은 감감 소식이었다. 대신에 나는 현대문학의 황금기 언저리에서 놀라운 인물을 발견했다. 카스파 에스 베르너 —

카스파 살로모 베르너의 이름에서 멈춰버린 이상한 경험에서 나는 1920년대 표현주의 작가들 연구를 논문의 목표로 삼게 되었다. 공부를 하면서 느낀 의문점들로 보아도 독일 문화의 황금시대를 이루어 냈다고 하는 그들에 대한 연구는 나의 흥미를 자극하기에 충분했다. 한마디로 같은 출발점에서 국수주의 문학과 사회주의 리얼리즘의 극단적 결과가 나온 뿌리이니까. 식물로 말하면 전혀 다른 꽃을 피우는 하나의 줄기라고나 할까. 여기서 내 연구와 관련된 이야기는 접어두어야 한다. 카스파 에스 베르너가 직접 연구대상도 아니었으니까.

다만 그가 내가 찾는 요하네스 베르너의 아버지인 것은 확실했다. 그가 시인이 아니라 극작가로 알려졌지만 그것은 문제가 안되었다. 독일어에서 '디히터'는 시인이요, 작가요, 뭐 그런 것을 다 포함하니까. 그것보다는 베르너라는 이름이면 충분했다. 또 1902년이라는 출생연도가 아버지이기에는 딱 떨어지게 맞지는 않지만, 아들을 낳는 나이가 어디 딱 떨어지는가. 그가 그의 아버지인 것은 거의 확실했다. 다음이 내가 조사한 것이다.

요하네스의 아버지

요하네스는 분단 독일의 냉전 분위기 속에서도 압박 없이 자란 세대에 속했다. 아버지 카스파 베르너가 어쨌거나 전후 서구 사회를 버리고 동독 사회주의 공동체를 선택한 이상 아들은 우수한 출신성분을 가진 셈이었으므로. 또한 부계 혈통이 오스트리아인 이라는 상대적인 특권을 누리며 동독의 철조망 안에서 비교적 자유롭게 성장했다. 아버지가 돌아가신 뒤에도 상황은 마찬가지였다. 특히 1971년 울브리히트에 이어 호네커가 권력을 승계했을 때는 동서독 관계 전체가 푸른 신호등을 만났다. 교조주의적 공산주의자의 시대가 간 것이었으니까. 울브리히트는 바이마르공화국 시절 벌써 공산당 베를린지구 서기였고, 나치 집권 후 모스크바로 망명하여 전쟁 중에는 소련군으로 복무했다가 전후 귀국하여 도이칠란트 통일사회당을 설립한 골수 공산주의자였지만, 집권 이래 독재자적 면모를 의심받았다. 새로운 주역 호네커는 나치 12년 지배 동안 10년을 감옥에서 보낸 확고한 반나치주의자로, 진정한 사회주의자가 권좌에 오르자 젊은이들은 무언가 봄바람이 느껴진다고 믿었다. 그곳에서 보기에 저쪽 – 서독에서는 사회민주주의자의 전설 브란트가 집권해 있었다. 70년대 벽두엔 동독의 문단에서도 상당히 정치적일 수 있는 주제들이 나왔다고 한다. 김나지움 독서목록에는 주인공 젊은이의 "새로운 슬픔"의 원인을 권위적 교육자와 그 비슷한 어른들에 돌리는 등, 규범에 대한 적대감, 모범적 문화에 대한 비판으로 가득한 작품들이 들어 있었다. 더러는 통상적인 삼각관계의 구도 속에서 실제로는 순응 메커니즘, 허위, 모순들의 가면을 벗기는 작업들. 사회주의 사회에서 왜 개인들은 사적인 행복을 방해받고 있는가 의심하는 책들마저 나오고 있었다.

요하네스가 빈을 향한 것은 순전히 뿌리가 그리운 회귀본능 때문이었다. 아버지의 늦둥이인 그에게 아버지는 이름으로만 남았다. 소년기를 반나치 사회주의 교육을 제대로 받고 자랐던 그였지만, 아버지에 대한 그리움은 서쪽으로 향했다. 온전한 사회주의의 아들로서, 그는 빈대학으로 유학 허가를 받을 수 있었다. 아버지의 흔적에 대한 일반적인 관심은 그를 오스트리아 깊숙이 아버지의 고향을 찾게 했다. 이복누이가 있단다, 거기까지가 어머니가 일러준 아버지의 흔적이었다. 아버지의 고향으로 향했던 요하네스는 이복누이가 빈 근교에 있지 않고 벌써 뮌헨대학에 나가 있다는 사실을 알았다. 뮌헨의 이복누이와 연락을 시도했다. 뮌헨에서 누이를 만났다.

클라라 브레너, 나이 차이가 한참 되는 누이였다. 우리나라 말로 띠동갑도 넘는. 그러니까 남매는 전혀 다른 아버지 이미지를 가진 채 서구와 동구에서 살아왔다. 딸은 진작 오스트리아를 떠나 뮌헨대학에서 문학과 철학을 공부하고 출판사에서 원고심사원으로 일하며 제 글을 쓰고 있었다. 아버지의 재능이 딸에게서도 확인될 법했다. 다만 이번 세대에는 드라마가 아니라 소설이었다. 소설은

주목할 만한 영웅 대신 설명이 필요한 시대를 담기에 더 적합한지도 몰랐다. 그 자신은 손위 누이와 달리, 또 자라난 동독 사회의 영향이었을지, 글쟁이의 유업을 이어갈 하등의 관심이 없었다. 화학을 전공하는 그는 염료라거나 페인트 등 응용화학 분야에 관심이 있었다. 그러나 아버지가 잘 나가던 작가였던 시절에 대한 관심은 당연했다. 누이가 그 길을 보여줄 것이었다.

우리 아버지의 진짜 고향에 가 보자.

진짜 고향?

할아버지들이 살았던 곳.

할아버지들?

넌 그걸 몰랐던 거야? 우리에겐 할아버지가 둘이야.

이른 문명, 출생 서류 정정, 결혼, '이상한' 관계 – 아내 자살, 아카데미 퇴출 – 재혼 – 친자관계 소송 – 아카데미 재입회 – 재퇴출 – 레지스탕스 – 이혼 – 동베를린 행. 눈이 휘둥그레졌다. 누이와 더불어 아버지의 원래 고향 슐레지엔을 향하는 중이었다. 느닷없는 비밀이 그를 강타했다. 요하네스는 까무러쳤다. 누이의 이야기는 까무러치고도 남을 일이었다. 무엇보다 할아버지에 관한 이야기. 뿌리 이야기. 그에게는 그러니까 할아버지가 둘 있었다고. 정확히는 아버지에게 두 명의 아버지가.

아버지에게 두 명의 아버지가? 그가 알고 있었던 아버지는 히틀러 집권 이전에 이미 성공한 극작가였다는 사실뿐이었다. 비밀은 엄청났다. 상상도 할 수 없는 비밀. 혈통의 문제, 아버지가 1/2 유대인이라는 사실이었다. 그런데 어떻게 유대인이 아닐 수 있었는가?

카스파 베르너 – 베른슈타인

문학사전? 여기에서 나는 인물사전이나 문학사전 등을 찾아보았다. 일단 카스파 베르너 – 재미있는, 아니 슬픈 일이다. 보통 카스파 에스 베르너라고 불리는 카스파 살로모 베르너의 출신란에는 요나스 베른슈타인의 '입양자'라고 기록되어 있다. 아버지 요나스 베른슈타인의 항목에서는 카스파 베르너의 '아버지'라고 기록되어 있다. 아버지는 아버지이고 아들은 입양자?

카스파 베르너(카스파 살로모 베른슈타인의 예명)는 유대인인 아버지 요나스 베른슈타인과 독일인 어머니 사이에서 태어났고, 1920년대의 벽두에 표현주의에서 출발한 극작가였다. 그러니까 히틀러의 집권 이전에 이미 문명을 날렸던 것. 무슨 예감이었을까. 정확히 1929년에 그는 어머니로부터 자신의 출생에 관한 '이상한' 증명을 받아두었다. 예명으로 썼던 베르너가 정당하다는 것은 아니나, 그가 아버지 요나스 베른슈타인의 친자가 아니라는

증명서였다. 나치 이전에도 유대인은 개종만이 유럽 문화에의 입
장권을 받는 것이었다. 이것은 내 말이 아니다. 세기를 풍미했던
시인이자 독설가 하이네도 그렇게 말했으니까.

그러니까 카스파 베르너는 히틀러 집권 전에 벌써 1/2 유대
인의 피를 부인하는 서류를 만들어 두었다는 것이다. 순 독일
인이었던 어머니는 아들의 희망에 따라 아들을 유대인 핏줄에
서 보호해야 했다. 아들의 생부를 순 독일인 누군가로 지목했
으니, 자신이 혼외자를 데리고 유대인과 결혼했음을 증명하는
것이다.

더구나 이미 나치 집권 직후에 프로이센 아카데미에서 축출 당
했어야 할 위인이었지만 '이상한' 친분이 그를 구하고 있었다는
데. 카스파 베르너의 특별한 아내는 소문에 의하면 나치 복판의
권력자와 삼각관계였었다고. 그것이 사실인지는 몰라도 아내는
너무 젊은 나이에 자살로 생을 마감했다. 곧이어 그가 재혼했을
때가 1937년. 곧이은 오스트리아 합병은 오스트리아의 유대인 작
가에게는 위험 그 자체의 환경이 되었다. 그는 유대 혈통의 교사
이자 작가였던 아버지 요나스 베른슈타인에게 친자 포기 소송을
내었다. 결국 이삼 년을 끈 소송 끝에 아버지는 아들이 완전한 아
리안임을 서류상으로 확인해 주었다. 곧, 아버지 요나스 베른슈
타인은 아들에게 패소하여 부권을 영원히 상실했고, 입양자 아들
은 예명 베르너로 개명이 확정되었다. 물론 독일인 신교 목사의
친자 확인 증언하에서다. 한 젊은이의 목숨이 달려 있다 하더라

도 그 신교 목사의 역할은 대단한 것이었다. 사람들은 여태 독일 여자와 유대 남자의 아들이던 젊은이가 새삼스럽게 독일인 신교 목사의 혼외자라는 설에 고개를 흔들면서도, 그런 일이 조작될 수 있다고는 믿지 않았다. 그것이 성공했기에 아들이, 요하네스의 아버지가, 나치 시대를 살아남았다는 사실이었다. 때로는 짐 승이고, 벌레고, 벌레만도 못한 유대인이 아니라는 증명서가 있었으니까.

다시금 프로이센 아카데미에 받아들여진 것도 잠시, 곧 출판금지와 재퇴출을 경험해야 했던 카스파 베르너. 그토록 곤혹스러운 입장에 빠졌던 그는 두 번째 아내, 전형적인 합스부르크 백성이던 아내와 더불어 전쟁을 살아남았다. 물론 마지막을 향하던 1944년의 어느 날엔 레지스탕스에 관련하여 반군사적 행동으로 체포되는 운명을 겪었다. 감옥에 대한 연합군의 폭격이 그를 구해 냈고, 그것이 전후에 그를 구한 결정적 요인이 되었다. 아카데미 퇴출이나 출판 금지보다는 이 레지스탕스 관련 행동이 부각되었다. 더구나 그의 영어 실력은 나치 초기의 협력이라는 문제점을 넘어서 그를 구해 냈다. 과거의 나치 시절의 경력보다도 영어 실력이 중요시 된 것은 오스트리아의 작은 도시에서도 역시 마찬가지였다. 그런 상황에서 자신의 정치적 과거를 정당화하는 노력이 따랐을 것이다. 그렇지만 아무리 요약해서 오른쪽 왼쪽을 구분해 보려고 해도 안 되는 것이 그의 이력이었다.

결국 아내는 그를 떠났다. 현실적으로는 그가 아내를 떠난 것일까. 순 독일 혈통의 어머니도, 순 독일 혈통의 아내들도 더 이상은 그의 곁에 남아 있지 않았다. 한 아내는 세상 자체를 버리더니, 다른 아내는 그를 버렸다. 그는 모색했다. 새로운 삶은, 새로운 다른 곳에서! 옛날의 동지들, 표현주의 시절의 동지들, 나치의 집권으로 흩어지기 전의 동지들이 아직 다른 곳에 건재했다. 소련군 점령지였다. 미국 점령지에서 앞장섰던 정치 경력을 가지고서도 그는 대담하게 그쪽으로 건너갔다. 물론 옛 동지들, 바이마르 시대의 동지들과 접촉한 다음이었다. 그곳에 다른 국가가 생겨난 다음이었다. 그때 벌써 독일은 반쪽으로 나뉜 둘이었다. 그 길로 오스트리아에 남은 아내와 두 딸과는 더욱 멀어지게 되었다. 오스트리아가 중립국으로 남아서만은 아니었다. 동베를린에 정착했을 때는 이미 오십을 넘긴 나이였지만, 새 출발은 새 출발이었다. 옛 동지들 덕에 사회주의 국가 건설 이데올로기에 동참하는 지식인 계열로 분류되었다. 나치 시절에 다소 핍박을 받은 극작가 이미지가 한몫을 했다. 정작 작품 활동을 하기에는 그의 공산주의 사상은 분명하지가 않았다. 역시 다행히도(?) 문화연맹은 함께 표현주의에서 출발했던 작가들이 장악하고 있었다. 또 무슨 매력이 남았을까? 그는 문화연맹의 사무직으로 있던 젊은 작가 지망생과 다시 한 번 결혼했다. 아들 요하네스를 보았다. 그러다가 아들이 세 살이 지났을 무렵 맹장염으로 사망했다. 1956년 말.

여기까지다. 서양에서 맹장염 사망?

또 다른 사이트다. 다시 카스파 베르너의 이야기. 그는 순 독일인 증명 덕택에 나치 시절을 살아남았다. 그러나 출판은 여전히 난관에 부딪쳤고, 제국작가연맹에서는 그를 재차 탈퇴시켰다. 여기까지는 일치한다.

요하네스가 들어 알게 된 또 다른 충격적 이야기는 아버지에게 자신의 어머니 이전에 두 명의 아내가 있었던 사실이었다. 그는 당연히 아버지의 오스트리아인 아내의 존재는 알고 있었다. 그래서 이복누이를 찾아 나섰던 것이다. 그런데 한창 나치 시절에 짧았던 결혼이 더 있었던 것은 처음 알게 되었다. 어떻게, 순 독일 혈통과 결혼했었구나, 매번.

누이는 상당히 정확하게 첫 번째 결혼의 화려함과 수치를 함께 이야기해 주었다. 일찍 성공한 극작가와 극단 배우지망생. 오스트리아 문학은 독일 문학과 경계를 나눈 적이 없었지만, 국경은 독일제국과 오스트리아-헝가리제국으로 나뉘어 있었다. 일찍 성공한 오스트리아 출신 극작가와 순 독일 태생 극단 배우지망생의 관계는 가능한 일이었다. 그러나 미모의 아내와 나치 실력자와의 공생관계는 ……

그만, 그만. 그는 갑작스러운 정보들에 눌렸다. 아버지 상이 일시에 파괴되는 느낌이었다. 문화연맹에 전설적으로 남은 1세대 작가들과의 동일선상에서 아버지를 이해했던 그에겐 날벼락이었

표현형

다. 아버지가 사상적으로 다소 의심을 받았던 부분, 나치와의 일시적 공생관계, 그것이 훨씬 더 이해하기 쉬웠다. 일신의 안위를 위해 유대인 아버지를 부인할 수 있었다는 사실은 청천벽력이었다. 결혼마저도 안전을 위한 것 이상의 의미로 해석되지 않았다. 아니면 어떻게 아내를 나눈다는 말인가, 비록 그것이 수군대는 말에 불과하더라도. 어떤 상황에서 미모의 젊은 아내가 자살을 택하는가? 누이의 어머니는 또? 전쟁에서 살아남은 뒤에는 순 독일 혈통이 의미가 없었는가? 아니지. 자신의 어머니도 순 독일 혈통이다. 그럼 아버지의 순 독일 혈통에 대한 파격적인 선호는? 그것은 다름 아닌 자신의 유대 혈통에 대한 반작용 아닌가? 바로 그렇기 때문에 아버지의 유대 혈통이 의심할 수 없는 사실이라 믿어졌다.

그리고선 여행 목적지가 바뀌었다. 그것이 아버지가 첫 번째 아내를 만났다는 함부르크, '독일극장'을 향해 방향을 선회했다. 그리고 사고가 났다. 브레멘 못 미쳤을 때.

백인 남자, 백인으로 보였던 남자

그러니까 그는 나중에 알고 보니 혈통으로는 반의반쯤 유대인이었어.

그런데 우리 동양인들이 서양인들의 눈에 그것이 그것이듯, 우리들의 눈에는 그것이 그것이었지.

앵글로 색슨인지 아리안인지 유대인인지는 참 알아보기 힘든 구별?

서유럽 유대인 남자와 동양 여자가 낳은 아이의 정체성은 무엇일까? 그에 앞서 그는, 승한은 형 요한의 아버지였다는 서유럽 태생의 1/4 유대인의 정체성이 무엇인가 고개를 갸웃거렸다. 소용없었다. 알다가도 모를 일, 아니 아예 모를 일이었으니까. 유대인보다 저열하다고 간주되는 동양인, 그것이 편해서였을까. 강자앞에서 굴하는 사람이 약자에게 더 세다고 하는 법칙의, 저열한법칙의 소산?

사랑에 빠진 여자가 알 수 없었던 사실은 요양 중이던 요하네스의 혼돈이었을 것이다. 그는 으스러졌던 어깨뼈가 다 낫고도 요양병동 신세를 져야 했다. 뇌 손상은 전혀 없었지만 불안 초조에몽유병 증상까지 남아서 몇 달을 그렇게 허송해야 했다. 그에게는실존적 의미의 공황상태에서 하필 사고를 당한 것이었으니 이해도 된다. 사랑 같은 감정이 호사일 만큼 정신이 나갔을 때. 그러니까 사고는 누이를 만난 뒤의 충격에 비하면 미미한 것이었다.

그 시대를 살아남은 사람들에게서 정치적 변절은 아주 가끔은용서될 만한 변명거리를 발견한다. 다른 가족을 위해서, 자신의목숨에 관한 일이었으니까……. 그러나 무엇보다도 친부를 부인했던 아버지 상은 '도덕적인' 현실사회주의 사회에서 태어나서 성장한 후세로서는 감당하기 어려운 것이었으리라. 동독의 청소년들이 반파쇼 교육의 효과로서 나치를 악으로 규정지으며 성장했을지라도, 그것이 곧 유대인에 대한 연민과 미화로 직결되지는 않는다는 것. 그런 것쯤은 세상이 다 아는 일이다. 어느 날 갑자기 자신의 유대 혈통을 간단히 받아들일 유럽인은 극소수에 불과하다. 아니, 없을 것이다.

생각해 보라. 타민족 착취를 정당화하는 식민주의 등에 완강하게 저항하여 당대에 시대적 대표자로 불렸던 지드 같은 사람도 프랑스에 거주하는 유대인이 프랑스어로 작품을 쓰는 것을 통탄했었다. 프랑스인에게 충분한 실력이 없어지는 날, 누군가가 특질적인 인간이 프랑스인의 이름으로, 프랑스인 대신에 그 역할을 하도록 허용하기보다는, 프랑스인이 사라져 버리는 편이 훨씬 좋을 것이다, 라고. 유대인으로 하여 프랑스 문학이 발전하니 차라리 사라지는 편이 좋다니! 유대인은 유럽의 군중 속으로 섞이어 들어갈 수 없었으니 말이다. 단순히 피로 인한, 이 민족적인 거절을 어떻게 받아들이겠는가.

핏줄

무서운 핏줄의 비밀이 드러난 후. 요하네스 베르너의 절망을 상상해 본다.

나의 아버지가 절반 유대인? 유대인? 어불성설. 아버지는 반유대적, 아니, 아리안 예찬, 초인적 인간의지에 대한 소신으로 문명을 얻은 분 아니었던가. 프로이센 아카데미에까지 들어갈 수 있었던 분. 얼굴도 잘 기억하지 못하는 아버지였지만, 남겨두고 간 족보는 확실했었다. 아버지의 아버지, 할아버지는 엄연한 신교 목사였다. 작가들 중 상당수가 목사의 아들들이었다. 그의 어머니, 동독에서 그를 낳아준 어머니의 설명으로는 아버지에게는 유대인의 피가 흐를 수 없었다. 그런데 느닷없이 교사요 극작가였다는 유대인 할아버지? 그렇담 절반의 유대 피를 가진 아버지?

아버지의 청년기 문제작이었다는 『살의』의 내용에 치가 떨렸다. 그러면 그것이 픽션이 아니었단 말인가? 상징적 의미로, 권위에 대한 반항으로, 자유를 쟁취하기 위한 껍질 벗기로서의 아버지 살해가 아니라, 실제 아버지를 살해하고픈 충동이었다? 물론 극에서도 아버지 살해는 일어나지 않는다. 아들의 확고부동한 살의에 질식한 아버지가 저절로 쓰러져 버리기 때문이다. 아버지 스스로 아버지임을 포기하라고 종용한 극이었나? 몸서리쳤을 것이다.

그리고 무너졌다. 이번에는 작가의 아버지가 아니라 그의 아들이 무너졌다. 그 아버지의 '살의'에 질려서. 살의는 다름 아닌 핏줄의 거부였다. 핏줄을 거부하는 아버지에게서 아들로 태어난 존재는 무엇인가? 나는 그 아버지를 부인할 수 있을 것인가?

나는 갑자기 그의 메모들의 무더기를 배열하거나 발췌하는 작업을 덮었다. 이게 뭘까? 민족의 문제가 보통 예민한 것이 아니구나. 가해자 그룹 아리안의 정체성을 지닌 사람이 어느 날 갑자기 자신에게서 피해자 유대인 피를 확인하는 일. 이상한 것은 그때의 가해자가 그 한때의 과오를 덮고서 여전히 우월한 의식을 지니고 있다는 것. 그때의 피해자는 지금도 무언지 모르게 배척당하는 느낌에 서늘해진다는 사실이다.

피. 핏줄? 최근의 유전자 표지 조사다 뭐다 해서 밝혀진 이야기들을 따라가 보면, 인류의 모든 DNA가 아프리카로 거슬러 올라간다고 하는데? 모든 남자에게서 발견되는 Y염색체, 모든 여자에게서 발견되는 미토콘드리아 – 그렇게 해서 15만 년 전 모두 하나의 뿌리였던 호모 사피엔스가 이렇게나 원수처럼 갈리어서. 세렝게티의 호모 사피엔스. 이제는 원수처럼 갈라선 민족, 민족들.

그중 유대인은? 신의 부름에 답한 아브라함은 누구이며, 무엇이 유대인들의 운명을 전 세계로 흩뜨려 놓았나. 디아스포라 – 그 끝없는 이산의 시작. 그 피가 그의 형에게? 형에게는 1/2 유대인 할아버지와 순 독일인 할머니가 있다. 그러니까 형의 아버지는 1/4 유대인, 3/4 독일인. 형은 어떤가. 분명한 1/2 한국인, 나머지 1/2 중에 유대 핏줄로 말하면 1/8. 다시 해 보자, 1/2 한국인, 3/8 독일인, 1/8 유대인. 그의 형은 나치 시절이라면 수용소 행인가? 그렇다. 나치 시절에는 1/8까지 유대인으로 분류되었다. 나치 시절이 지나서 천만다행이다.

지금은 어떤가? 일반적으로 부계 유대인은 유대인으로 간주되지 않는다. 어머니나 할머니가 유대인이면 유대인이다. 그보다는 시너고그에 참석하는 정도가 유대인을 결정한다. 유명하기로는 마릴린 먼로가 아서 밀러와 결혼하기 위해서 유대인으로 개종했을 때도 그랬고, 바렌보임과 결혼하면서 개종한 첼리스트도, 이름이 뭐였더라, 유대인으로 간주된다. 그러면 혈통이 그리 대순가?

다 같이 아브라함의 자손이면서 이스라엘 민족과 아랍 민족으로 나뉘어 적대하기를 수천 년. 왜 유독 이스라엘 민족만이 국가를 잃고 흩어지는 운명을 겪는가. 어떻게든 살아남아야 했을 운명, 동화를 통해서, 아니면 그 나름대로의 시너고그 공동체를 통해서 배타적으로. 중부유럽의 유대인 – 그들은 최근 이론에 의하면 혈통으로는 7세기에서 13세기에 걸쳐 동남부 러시아 지역에 있었던 카자르왕국의 후예들로 간주되기도 한다. 중부유럽 유대인들의 혈통은 그러니까 터키계 백인의 혼합 유목민족이다. 그래야 그들 아슈케나짐 계통의 유대인들의 애매한 모습들이 설명되기도 한다. 그들은 원래의 셈족에서 유래한 지중해 계의 유대인 세파라딤의 외모가 아랍족과 비슷한 것과는 사뭇 다르다. 유대인은 인종 분류에서 코카소이드가 아니던가.

게다가 오늘날엔 세계의 경제권을 장악한 그들을 오히려 배우려 한다. 물론 경원하는 마음을 감추지 않으면서. 우리나라에서도 유대인들의 지혜의 서 『탈무드』는 스테디셀러에 속한다. 우리는 – 한국인들만 말고 어쩌면 온 세상 사람들이 – 지금 눈부시게 잘 나가는 유대인들을 흠모한다. 그들이 성공을 꿈꾸는 모든 이들의 로망이니까. 성공하는 법, 부자 되는 법! 그 첫 번째 롤모델들이 모두 유대인이다. 법칙 하나, 날아오른 새에게는 국경이 없다 – 그들의 국가 초월적 적응을 일컫는 말이다. 법칙 둘, 영감을 무한 리필하기 – 쉬운 말인가. 아무도 믿지 않는 카산드라의 말에 귀를 기울이라 – 인텔인가 무슨 회장 아무개는 그 말로써 유명하다. 프랑스의 대통령은? 그 콧대 높다는 프랑스인들이 선출한 대통령도 유대계다. 그가 비록 파리에서 태어났지만, 전후 프랑스로 이민 온 헝가리 귀족 출신 부친과 그리스계 유대인 – 세파라딤 – 모친 사이의 자녀이므로 절반은 유대인이다. 어머니가 유대인일 뿐 아니라, 이른 부모의 이혼으로 외할아버지에게서 성장했으니 유대인 아니고 뭔가.

성공한 유대인들의 이야기를 쓰자면 수백 개의 논문이 필요할 것이다. 수백 사례를 분석해야 하니까. 내 말은, 어찌하여 유대 혈통을 받아들이는 일이 그렇게 어려웠을까 하는 부분에 대한 나의 이해 부족이다.

배달민족

잠깐, 유대인 타령이 지금 무슨 이야기인가? 유대인 핏줄이 섞인 형을 찾아 잠적한 배 교수는 누군가? 그 길을 따라 적고 있는 나는? 그럼 우리 민족은? 나의 처음이자 궁극적 관심인 배달민족은? 나는 갑작스레 인터넷을 뒤적였다.

오늘날 지구상의 인종은 피부 색깔, 머리의 모양, 머리카락의 색깔과 조직 등 형질적 특징에 따라 몽골로이드, 코카소이드 그리고 니그로이드 등 세 인종으로 분류된다. 흔히 유럽에서 건너간 미국의 백인들이 코카소이드이다. 그래서 유대인도 백인이구나. 그리고 같은 조상 아브라함을 가진 아랍인들도 당연히 그들에 속한다. 여기에 이르면 혼란스럽다. 노아의 아들 셈은 아브라함에 이르러 아랍 민족과 이스라엘 민족을 갈라놓더니, 다시 다윗왕의 후예 예수 그리스도로 인하여 기독교인 갈래를 만들어 냈다. 유전자인지 계보인지로 말하자면 그들은 모두 하나의 핏줄이다. 노아가 누구인가. 그의 직계조상 셋은 카인과 아벨과 함께 아담의 아들이고 보면, 이슬람교, 유대교 그리고 기독교 전체가 아담의 자손들이 갈라서 숭상하는 종교이다. 많은 순서로 말하자면 10억이 넘는 가톨릭과 그 절반이 안 되는 개신교 그리고 정교회와 성공회 등을 다 합친 기독교가 20억 인구에 못 미치며, 이슬람이 14억 정도로 다음을 따른다. 다음이 힌두교도로 10억, 불교

신자는 4천만 정도라고 하는데, 크게 보면 힌두교권이 아니던가. 유대교인은 실상은 단 1,500만 정도라고 하니, 그 목소리에 비하면 수는 적다. 그 또한 기독교로 변화 확장되었다고 보면 어떨까. 이렇게 기독교(유대교) 20억, 이슬람 14억, 힌두교(불교) 10억에, 물론 공공연히 종교를 부정하는 10억 인구를 제하고 나면 무엇이 얼마나 남는가? 당연히 그들 모두 인종 분류로는 대부분 코카소이드. 아리안에 속하는 게르만인들이 유대인을 말살하려던 일은 형제의 난에 불과하다. 그 나머지는?

세상에 그 나머지는 많지 않다. 아니, 지금 종교가 문제가 아니다. 인종의 갈래가 궁금한 것이다. 우리나라를 보라. 종교의 자유를 만끽하는 나라에서 기독교인과 불교도의 구별은 인종과 무관하다. 우린 기본적으로 한 핏줄이다. 어쨌거나 우리 민족은 몽골로이드, 몽골 인종에 속한다. 몽골 인종은 가장 최후에 인류의 계통수에서 지분되었다고 하니 언제쯤이었나. 아무튼 그 이름이 유래하는 몽골인 외에 이누이트, 아메리카 인디언, 말레이인도 모두 몽골 인종이다. 몽골 인종 중에서도 우리는 스스로를 배달민족이라고 한다. 우리 역사상 최초 나라, 또는 우리 민족을 지칭하는 용어란다.

함께 강사실을 사용하던 이박 생각이 난다. 역사철학 전공인데, 전공과는 달리 한국통이었다. 자신의 말로는 자의식을 가진 한국인으로, 그 부분에서는 늘 열을 낸다.

『환단고기』에 보면 고조선보다도 더 일찍 배달이라는 나라가 있었다니까요.

거야, 현재 사학계에선 실증적이 아니라는 이유로 인정하지 않잖아요.

그게 바로 식민사관이죠. 백산과 흑수 사이 위치까지 나왔는데, 지금의 백두산과 흑룡강 중간 지역이죠.

흑룡강이라면, 그러니까 아무르 강까지? 설마, 그렇게 추정하는 거겠지요.

추정이라니. 수도로 알려진 신시의 역사를 쓴 「신시역대기」에 보면 18대를 내려가면서 환웅이 통치한 기간이 1,500년이 넘어요. 어찌 이것이 픽션이겠어요? 14대쯤엔 철제 무기로 중원까지 정복했다고 하면? 또 조선시대에 황해도 구월산에 환인, 환웅, 단군의 신주를 모신 삼성사의 존재가 허구라고요? 27대 500년의 조선은 믿으면서?

환웅이 그럼 왕의 개념?

그런 셈이지요. 18대를 이어간 왕의 계보가 분명한 국가였다니까요.

저는 그 이름 '배달'이 궁금한데요. 왜 배달이죠?

거야 국조 단군과 관계 있는 박달나무의 어원에서 단서를 찾을 수 있습니다. 곧 박달나무는 다른 말로 배달나무이자, 단군 및 단군족의 나무라는 사실을 말하죠. 배달은 백달의 음운변형이고, 박달은 백달의 모음변형이며, 백달은 백산의 다른 표기입니다.

우와, 그걸 외우세요?

외울 것이 뭐. 어쨌거나, 아니, 그러므로 박달나무는 배달민족의 나무라는 뜻이며, 우리는 백산민족, 곧 백두산 민족이라는 것이죠. '밝달' 민족이라고 하는 경우에는 빛의 산을 말하기도 하지만.

아, 된 것 같아요. 됐습니다. 정말 입력이 안 되는데요.

그게, 객관적으로 우리는 이웃 중국에서 동이족으로 불립니다. 말 타고 활 잘 쏘는 동이족은 단군 통치 이래로 동방 조선의 구이(九夷)를 모두 한 겨레로 일컫는 말이죠. 말갈 여진도, 일본 왜이족도 다 포함할 수도 있어요. 그러나 지금은 만주족과 일본족을 뺀 한민족이 배달민족의 원형으로 남아 있는 것이고요.

일본족도 동이족이라고요? 처음 듣는…….

거참, 중앙아시아 지방으로부터 구석기 시대를 전후하여 몽골과 만주지방에까지 이동해 왔다가, 후에 일부가 일본으로 옮겨가서 일본족의……. 거참, 일본에 한국인 DNA를 가진 분포가 주민의 25%정도는 된다는 보고가…….

그만하시죠, 정말.

아니, 잠깐만. 신라의 엉거주춤한 통일이 배달민족을 갈라놓았지요. 통일국가에 소속될 수 없는 나머지 배달민족이 고구려의 땅을 포함해서 만주 등까지 정착했으니. 어찌 보면 북쪽 경계는 무너졌다기보다는 확장되었지요.

지금 생각해 보니 그의 말에도 일리가 있었다 싶다. 배달민족은 만주 벌판에도 뿌리내렸다. 오늘날 한민족은 한반도 밖으로도 중국 조선족 약 270만 명, 러시아 지역의 고려인 약 50만여 명을 포함하여 미국 등 전 세계에 700만 명 이상이 살고 있단다. 8,000만 명이 넘는다. 가만, 그의 형은 1/8만 한민족이므로 이 숫자에 포함이 안 되나? 아니, 그는 포함된다. 법적으로 한국인 배요한으로 등록된 한민족의 일원이다. 그러면 남쪽 인구에 포함된 외국인 100만 명은 여기서 빼내야 하나? 아, 그만두자. 인구통계를 뭐하는 데 쓸 것인가.

나는 아직 시각이 없다. 나를, 우리를 바라보는 시각이. 어설프게 외국 문학 전공을 하고보니 서양 문화 중심으로 문화를 판별한다. 개인주의냐 집단주의냐 – 그러면 나는 우리 민족의 집단주의적 사고가 저열하다고 느낀다. 내부집단에 충성을 보이는 이 나라가 싫다. 이런 마음 때문에 안정된 직업을 못 가졌는지도 모른다. 이런 마음이 들켜서. 이런 마음을 들키면 누가, 어느 조직이 좋아하겠는가. 불확실성에 대한 회피성이 지독하게 강한 결과 나타나는 초조와 불안 – 이것이 바로 우리 고맥락사회의 특징이다. 조바심에서 오는 우리의 부지런은 발악이다. 이것이 도태된 자의 변명일까. 선악의 구별은 또 얼마나 혹독한지. 성공이 선이다. 그런대도 정직하게 말하자면 난 몸살 나게 초조하다. 이렇게 불안하게 사는 일이 언제까지 지속될 수 있을까. 글은 쓸 수나 있을까? 누군가가 인쇄하겠다고, 읽겠다고 할 글을?

나는 다시 슬며시 그의 메모 쪽지로 눈을 돌린다. 지금은 그의 메모에 따른 습작일 뿐이다. 내가 쓰고 싶은 배달민족 이야기는 아직 멀다. 준비도 되지 않았다. 눈앞의 메모 쪽지들이나 잘 정리할 일이다.

● ● ●

병원 생활

메모는 요하네스의 의혹 부분에 오래 멈춰 있다. 한없이 편해 보이는 천사들 사이에서, 그러나 병상의 그는 혼돈 속을 헤매고 있는 양으로 적혀 있다.

그때 아버지는 자신의 유대 성분을 알고 있었을까? 나치 집권 이전에도, 집권 초기에도 분명히 나치 찬양적 작품을 썼다. 왜 유대 성분의 부정을 시도했을까? 그것 자체가 너무도 확실한 유대인의 피를 알고 있었다는 증거가 아닐까? 하긴 빈은 특별한 곳이다. 다른 의미에서가 아니라, 그 유명한 독설가 카를 크라우스 자신이 유대인이라고 누가 생각할 수 있었겠는가. 유대인 프로이트에 대한 폄하의 의미에서 정신분석이야말로 새로운 유대인의 질병이다 라고까지 했으니까.

친나치적인 작품으로 성공한 아버지가 어쩌다 나치의 금서목록에 올라갔을까? 아버지의 의심스러운 혈통 때문이 아니라 작품의 내용 때문이었다고 했다. 어쨌거나 이 금서 이력 때문에 나중에 반나치의 공적이 부각되었다니. 인생은 아이러니다. 더구나 문단 일선에서 후퇴하자, 오스트리아 쪽의 저항단체와도 은밀한 작업을 시도했었던 정의로운 사람이 되었다. 그래서 나중에 그가 동독 사회에서 인정받을 수 있었다. 마침 옛 동지들 덕택으로 그 유명한 '베를린 앙상블'에서 일할 수 있었으니까. 그만 하면 당당한 이력을 가진 아버지인데, 아버지의 생부가……. 아니, 아버지를 배반한 아버지라니.

용서하자 그를, 아버지를. 아니, 사람이라면 못할 짓이다. 무슨 소리, 생명의 위협 앞에서는 누구나 무력하다. 파시즘 시기에 그 진영에 휩쓸려 들어가면서 아버지를 배신한 아버지. 생부이면서 양부라는 증명을 내준 할아버지 또한 극작가였다는 사실은 뭔가. 글쟁이 DNA까지 물려받고도 제 아비를 팔아치운 아버지의 상은 나치만도 못한 것 같았을 것이다. 나치는 적어도 아리안의 피를 지키련다는 명목으로 방계 유대 피를 말살하려는 범죄를 저지른 것에 불과하다. 그에 비해 아버지의 존재 자체에 대한 말살은?

그런 어두운 상황의 환자와 무심한 간호원의 관계는 한시적이고 잠정적일 운명 아니었던가. 요하네스는 학생 때 참여했던 연극 이야기를 자주 되뇌었다 했다. 연극 같은 것은 알 수도 없었던 한국의 간호원들. 교대시간이 끝나고 그의 병상을 찾으면 정원으로 나가서 들려주던 이야기라 했다. 주인공 이름도 극의 제목과 비슷한데, 극이 안도라면 주인공은 안드리, 아니면 그 반대이든가 하는 이야기였다.

주인공의 아버지는 마을의 덕망 있는 교사였는데, 그는 자신의 명예를 위해 아들을 부정했더란 말이오. 이웃해 있는 적국의 여자와 사이에서 낳은 아들이니 혼외자였던 것.

혼외자? 밖에서 낳은 아들?

응, 바람을 피워서 밖에서 낳은 아들. 그 아들을 마치 선심에서 주워온 아이인 양, 유대 아이로 키웠더래요. 멀쩡한 독일 핏줄을 유대인이라 하여 '다름'을 차별해서 기른 것.

불쌍하게도.

그 아이는 정말로 자신이 유대인이라는 선입견에서 그렇게 자라나고 그렇게 행동하게 되었지. 마침내, 마침내 숱한 유대인의 운명처럼 죄인이라는 숙명을 안고 죄 없이 죽어갈 때까지.

죽어갈 때까지?

마지막 순간에도 친아버지는 진실을 밝힐 용기가 없었고 아들을 죽음으로 내몰았죠. 모두의 죽음을 대가로 한 종말.

……

명예를 지키려고 혼외자를 부정하는 아버지들은 이 연극 말고
도 더러 있겠지.

그래도.

뭐가 그래도?

우리나라에선 밖에서 아이 낳아서 데려오는 일이 더러 있는
데…….

제 아이라 하고서?

우리나라에선 오히려 입양이 드물고.

희한한 나라네. 밖에서 낳아온 아들을 받아주는 아내들?

예.

그렇다 쳐. 여기 아들을 부정한 아비는 아비를 부정한 아들보다
나은 걸까 아닐까?

누가 아버지를 부정해? 아버지를 어떻게 부정해?

아, 모르는 소리.

요하네스는 고개를 세차게 저었다. 한국 간호원 유순은 눈만 크
게 떴을 것이다.

누이의 변명이자 이론은 아버지라는 권위가 나치의 권위로 대
체되어 그 권위에 속박당한 것이 아버지 세대들이라는 것이었
다. 나치가 희망이었을 때. 세계대공황 직후에는 나치가 유일한
희망으로 보였다고 했다. 그래서 나치가 다수당이 되었고 ─ 나
치의 프로젝트에 동참하고자 했던 야심 찬 작가라면 유대인 아

버지를 버려야만 했을 것이라는 해석. 용서인가 동정인가? 누이
는 아버지를 용서할 수 있는가? 더구나 자신과 어머니를 떠난 아
버지를?

아, 모르는 소리. 세상에는 아버지를 부정한 아들도 있지.
설마.
있다니까.
아들이 제 아버지를 아버지가 아니라고 하면, 그럼 누구의 아
들?
그러게, 유순. 나는 당신의 아들이 아니오, 아버지. 그럼 나는
누구의 아들일까?
요하네스, 오늘은 너무 엉뚱한 말만 하네. 그만 들어가 누워야
겠어. 잠을 잘 못 잔 것 아냐?

요하네스는 몸과 마음이 겉돌았다. 그는 직감했다, 누나가 잘
못 생각했다고. 아니면 미화한다고. 아버지는 그 이전에 벌써 친
부 확인 서류를 어머니로부터 받아낸 뒤였으니까. 이 말을 누이
에게 하지는 않았다. 할 겨를도 없었다, 곧 사고 속으로 내던져졌
으니까. 말을 했더라도 소용없는 일이다. 말이 어떤 사실도 바꾸
어 주지 않으니까.
나치란 동독에서는 죄악 그 자체로 배웠다. 서방 세계에 나와
보니까 - 한참 후에 알게 된 사실인데 - 나치는 그리 나쁜 것은

아닌 모양이었다. 아니, 그보다는 이런 식. 나치는 물론 나쁜 것이었지만, 세상에서 유일무이하게 나쁜 것은 아니라는 견해가 주도적이었다.

또 다른 버전도 가능하다. 나치에 동조한 것을 살아남기 위한 행위로써 용서한다고 치자. 남은 하나, 혈통 말이다. 유대 혈통이 용서되는가. 나에게 물려준 유대의 피. 유럽에서 유대인으로 살기. 이 피는 어느 세월에 희석이 되어 사라지는가. 동화유대인. 기독교인이 되어도 조금도 묽어지지 않는 피의 성분. 그는 숙명의 피에 발광하다가 홀연히 사라졌다.

종적

이제는 베를린이었다. 동서가 합쳐져서 정말 대도시가 된 곳. 어느 곳에서 형의 종적을 볼 수 있을까. 베를린대학 재학 내내 형의 흔적을 찾아 다녔다.

그가, 승한이 60년대 말, 70년대의 주거공동체에 눈을 돌린 것은 우연이었다. 절필한 68세대 대학생들의 온상에서 형의 아버지 세대를 갑자기 느낀 때문이었다. 약물과용으로 요절한 한 젊은 작가가, 정확히 말하자면 그의 미완성 작품이 눈에 들어왔을 때였다. 아버지가 나치 어용작가였다는 짐으로 받은 고통 ― 그 대목에서 형의 아버지 요하네스를 괴롭혔을 비슷한 과거의 부담이 떠올랐기 때문이었다.

바로 그 공동체는 특히 스스로를 코뮌이라고 부르던 일단의 젊은이들의 공간이었다. 그곳을 거쳐간 사람들에게서 그에 관한 실마리가 나올까? 일단 어디에서부터 수소문할지도 문제였다. 지금은 더러는 이른 죽음으로 더러는 독일을 떠나버린 사연들 때문에 그들의 종적이 묘연할 것 같았다. 그러나 헨젤의 조약돌처럼 흔적을 남기기도 했다. 시대를 격동 속으로 몰아넣은 사건들과도 접촉이 되는 부분들이 있었기 때문이었다. 그들 중에서 감옥에 수감되었던 한 오프셋기술자가 그랬다. 분명 이름이 같은 사람의 소설이 출판되어 있었다, 『우리들』. 오프셋기술자가 소설가가 되지 말라는 법도 없지 않은가. 오프셋인쇄의 수요가 감소하며 디지털인쇄가 선호되는 세상에서야. 또한 70년대에 우후죽순처럼 번성한 자전적 성장소설 작가들 반열에 이 오프셋기술자도 한 자리를 차지할 수 있었던 것이다.

그 오프셋기술자—소설가를 찾아내는 일은 그리 어렵지 않았다. 다만 그 오프셋기술자—소설가가 이제는 또 느닷없이 사진작가가 되어 늘 여행 중이었기 때문에 그의 일정을 따라 만나보기가 수월찮았다.

이번에는 또 누구요?
저는……. 그럼 또 누가? 그럼 혹시?

여전히 깡말라서 다른 독일인들과 쉽게 구별되는 그 오프셋기술자—소설가는 대뜸 '또 누구냐?'고 물었다. 그러니까 형도 이 작가를 찾아냈구나.

아, 예. 형이었군요. 제가 궁금한 것은 형의 행적이지만, 일단 형에게 들려주셨을 형의 아버지에 대해서 좀⋯⋯.

형? 형의 아버지라?

예, 제 형입니다. 형은 아버지를⋯⋯.

그런데 당신이 형제라면? 그럼 당신은?

예, 형의 동생이지요, 얼굴은 좀 달라도. 형을 기억하시나요? 제가 찾는 건 물론 형입니다.

아, 그러니까 형.

예, 제 형이 아버지를 찾아서.

형, 그 아버지의 아들이 찾아온 건 몇 년 전 초여름이었지요, 아마. 아버지에 관해서는 그에게 이미 들려준 이야기인 걸, 또⋯⋯.

형의 아버지가 제게는 힌트입니다. 부디 다시 한 번.

오프셋기술자 – 소설가 – 사진가의 이야기

요하네스를 어떻게 만났느냐고요? 당신이 알고 왔다시피, 이곳 서베를린의 코민, 주거공동체에서 만났지요. 1970년대에는 주거공동체가 이곳 서베를린의 의식 있는 젊은이들의 생활방식 속에 그 나름대로 퍼져 있었지요. 우리는 대개 어디선가 모여들었어요. 서독 본토에선 진작부터 군복무를 피하는 손쉬운 길이기도 했고, 동독 출신의 요하네스라고 특히 이상할 것도 없었어요. 처음엔 출신도 밝히지 않았지만요. 우린 출신도 배경도 서로 따지지 않았어요. 부르주아 도덕에서 볼 때 무질서, 무분별은 오히려 우리의 정체성이었죠. 시민사회의 가족 개념이 송두리째 깨진 이곳 공동체에선 인간애면 그만이었죠, 누구이건 무엇을 하건. 마약이라는 부작용도, 예 뭐, 인정할 건 해야죠, 어쨌거나 우리의 폭풍 같았던 혁명의 대상은 우리의 무작정 건강한 몸도 포함되었으니까요. 건강해서 그 다음은? 다른 사람들의 시간과 노동을 착복하여 얻은 건강이라면?

무엇보다 요하네스는 정말 앤리헤 베그리페 – 동류항이란 어려운 말이라서 나중에야 알았다 – 딱 제 친구를 만났지요, 역시 유명 나치 작가의 아들을. 그러니까 요하네스는 어떻게 이 작가 친구를 뒤따라 우리에게 온 것인데, 어떻게 만난 것인지는 몰랐어요. 과거에 관심을 안 두는 것이 우리들의 방식이기도 했다니까요.

그 친구는 나치시절 막강한 실력의 소설가를 아버지로 두었지요. 엄청 힘든 과거의 덫을 쓰고 있었던 거죠. 아니 물론 어떤 아버지의 아들들도 어느 점에선 비슷하겠지만요. 예컨대 내 아버지는 출전 3일 만에, 그러니 너무나도 젊은 나이에 전사해서 부도덕

할 틈도 없었지만, 과거의 짐은 마찬가지였죠. 나중에야 알았지만, 요하네스도 작가를 아버지로 두었더군요. 해서 그가 그에게 집착을 보였던 것이죠. 그것도 나중에야 알았지만, 요하네스에게 절반의 유대인 아버지가 물려준 유산도 쉬운 건 아니었죠. 암튼 작가의 아들들 – 우리 독일의 경우 작가의 아들들은 무서운 심적 부담에 시달리죠. 특히 이 친구는…… 우선 그 자신이 벌써 글을 발표하는 수준의 작가였고, 굳이 비교하자면 요하네스는 글과는 거리가 멀었어요. 또 아버지의 그림자가 너무 짙게 드리워져 있던 것도 요하네스완 달랐지요. 확신에 찬 나치였던 그 아버지는 벌써 나치의 정권 창출 이전에 『용맹스러운 민족』이든가 그 비슷한 종류의 인종주의적 작품들로 유명했기 때문에, 어린 아들은 건전하고 밝은 어린 시절을 보냈을 것이외다. 그렇지만 나치는 곧 패망했고, 시골로 은퇴한, 그러나 여전히 강한 권위의식에 사로잡힌 아버지 밑에서 그 나름 힘들었답니다. 또 상상해 봐요, 공부를 하다가 이율배반적으로 깨달았을 아버지의 상을. 신들린 듯 분서갱유의 앞잡이였던 아버지의 모습을 소화해 내기는 힘들었을 것 아니오. 다 같이 무엇인가를 송두리째 잃어버린 세대라고 분노했던 우리들 중에서도 누구보다 훨씬 불행했던 거죠. 그러한 분열은 젊은이를 정말로 피폐하게 만드는 거죠, 나락에서 빠져나올 유일한 길은 약물이었을까요? 아니, 우리들 모두 알 수 없는 분노와 절망에 많이들 그 유혹에 들렀어요. 지금 생각하면 해방은 새로운 감옥의 문턱이었다 싶기도 해요.

자, 요하네스의 이야기. 우리 코뮌에는 요하네스와 그 유명 작가의 아들 이외에 그의 여자친구인 목사의 딸, 절필한 시인 그리고 필하모니에서 나와서 전자회사에 다니던 친구랑 나, 그렇게 함께 살았어요. 우리들과 함께 살면서 그는 많은 것을 의아해 했어요. 우선 내가 혼자서 미니출판사를 차려 잡지를 발간하는 일에 제일 의아해 하더라고요, 불법이었으니까요. 동독 젊은이들이 원하는 온갖 자유를 여기서는 이미 누리면서도, 심지어 군복무 면제의 자유까지를 누리면서 이런 불법 인쇄물들을 통해서 구하려는 것이 무엇인지 이해를 못했어요. 『카뮈의 부조리성의 문제』비슷한 학위를 하고서도 사회주의 대학생연맹에서 맹활약을 하는 친구도 이상하다는 거죠. 뭔가 이율배반적이라고. 또 어떻게 카라얀의 필하모니를 자발적으로 떠날 수 있는지, 그가 클라리넷을 버리고 하는 일은 지멘스의 수위라니. 게다가 사회주의 대학생연맹에서 적극적으로 활동하면 할수록 사회민주당을 저주하게 되었다는 시인이자 가수가 우리 집엘 자주 왔었는데, 그 모든 것을 요하네스는 첨엔 정말 이해 못 하더라고요.

그는 너무 깊이 서독의 폐해 속으로 들어와 버린 셈이었죠. 처녀림과도 같은 동독 사회로 다시 돌아가기에는 너무 오염에 노출되었다고나 할까. 그런대도 그는 서베를린에서의 느낌, 그 적응과정을 기록하는 대신, 동독에서의 체험을 회고적으로 메모해 두는 방식으로 자신의 정체성을 확인한다고 하더군요. 동독의 청소년답게 자유도이칠란트청년단에서 길러졌으니. 그는 다른 아이들과 똑같이 6살에서 10살까지는 푸른 목수건을, 그 다음에는 붉은 목수건을 두르고 자라났겠지요. 히틀러 청소년단과 다른 것이 있다면 목수건의 색깔이 갈색이 아니었다는 점, 그리고 인사말이 '히틀러 만세!'에서 '우정!'으로 바뀐 것이었음을, 뒤늦게나마 알게 되었다고. 기관지 『젊은 세계』는 물론, 아예 독서의 나라 동독을 경험하면서, 그는 홀어머니의 아주 모범적 아들은 아니었다고 했어요. 어머니의 소원은 아들이 아버지처럼 작가가 되는 것이었는데, 자신은 지치도록 의무독서를 하다 보니 직업으로 글을 읽거나 쓰고 싶지 않았다고. 반파시즘 망명문학들이 그곳 고전이었지만, 『제7의 십자가』나 『벌거벗은 채 늑대들 사이에서』 같은 소설들이나 영화는 정답이 있는 수식처럼 재미가 없었더래요. 인간은 파시스트 늑대보다 더 강하다! 이렇게 뻔한 답을 위해 우회가 심했을 뿐이라고.

독서는 여기서 우리와 함께 살면서 재미있어했어요. 동독에서 권장되었던 작가들보다는 듣도 보도 못했던 조이스나 프루스트, 아참, 카프카도 물론, 또한 베케트나 지드 등, 동독에서 시민사회의 퇴폐주의라고 혹독하게 비판되었던 작가들의 호기심 가는 읽을거리가 여긴 넘쳤으니까요. 물론 우린 그 반대로 그런 작가들을 부정하고 있었는걸요, 그런 무기력한 퇴폐성을 왜 읽는답니까. 보니까, 청소년기가 상당히 결정적인 영향을 주는 것이더라고요. 문제는 그가 책 읽는 일에 경직되어 있었던 점인데. 동독에서 독서나 글쓰기는 그에게는 공식 외우기 같았다고 그러더군요.

작가가 되는 것도 라이프치히에 가서 문학원에 들어가면 쉽게 될 수 있었다나. 그라면, 나치에게 박해받은, 혈통에 대한 의심 때문 이었을망정 일단 나치의 박해를 받은 작가의 아들로서, 그라면 우선순위로 발탁될 수도 있었을 것인데. 거기 문학원에 간 그의 친구는 문학사, 문학이론, 마르크스-레닌주의 그리고 창작의 실제를 배운다고 했다던. 그가 빈대학으로 나오기 전까지 못해도 백 명 정도는 새로운 공화국에서 작가들이 생산(?)되었다고 하더 군요. 하지만 생산이란 그에게는 특별한 염료나 그에 따른 새로운 기술들이지 작가는 아니라고. 그래서 우선 고향 오스트리아로 유학을 나왔을 때도, 어차피 베를린대학으로 옮길 심산이었대요. 프러시안블루 - 300년 전 그 전설의 감청색의 산실이 이곳 베를 린 아니던가요.

저, 그분이 그 다음에⋯⋯.

아, 우선 들어봐요. 일은 다른 방향으로 흘러갔지요. 우리 중에 작가가 있었다고 했지요, 그 친구의 깡마른 여자친구가 아들을 낳게 되었어요. 그러자 아이는 공동의 아이였지요. 저쪽에서는 일하는 어머니들을 위해 유아기 아동들을 위한 킨더가르텐이 완벽하게 운영되고 있는데, 여기서는 고작 집에서 공동육아라니. 요하네스가 그렇게 섣불리 내뱉는 말에 다들 웃었지요. 전통적으로 현모양처인 여성이 육아를 담당한다는 식의 시민사회의 방식은 우리들이 가장 혐오했던 것이었으니. 어떻든 우리 중 요하네스가 유난히 아기를 잘 돌보았어요.

아기를 잘 돌보아요?

예, 아기 돌보는 데 남녀노소 구별은 없었다니까요, 이곳에선. 우린 그가 시간이 많아서 아기에 열중한다고 생각했었지요. 직업이 따로 없었기 때문이라서. 그는 대학에 등록은 했었는데, 공부에 열을 올리지는 않았으니까요. 아무튼 그러니까 그때 요하네스에게서 서독 어딘가에 아이가 태어나 있었을 것이라고요? 댁의 형이란 사람은 그런 이야긴 없었는데. 참 듣도 보도 못한 말이군요. 그가 알기나 했을까요? 아이의 존재를요, 미안합니다. 하긴 그렇게 유난히도 아기를 돌보는 이유가…… 뭐 이유까진 아니라 해도 켕기는 뭔가가 있었을까요?

그냥, 그분 이야기를 마저…….

우리들이, 일은 점점 더 꼬였어요. 우리 코뮌의 유일한 여성이자 아이의 어머니가 정작 집을 떠났거든요. 아기를 놔둔 채로요. 그것도 다른 남자친구에게로. 아이를 떠나는 엄마의 부도덕성을 상상도 할 수 없어 하던 요하네스는 촌놈이라는 눈총을 받았어요. 애 아버지조차도 전혀 이의를 달지 않았으니까요. 다만 애 아버지가 점점 더 약물에 의존해 갔어요. 떠난 여자친구는 더 큰 이상을 위해서 사생활을, 아이까지를 버렸다는 것을 우린 모두 알고 있었어요, 요하네스만 몰랐죠. 그는 도대체 우리들의 대안 모색을…….

대안이라면 이 사회가 썩어 문드러졌다는 말인가요? 단 한 번도 독일이, 그때의 서독이 썩어 문드러진 사회였다고는 생각해본 적이 없었는걸요.

부패하지 않은 사회라면 이상향이었게요? 아닙니다, 결코 아니었죠. 독재자의 독재는 아니었지만, 자본과 정치, 게다가 교회까지 합세한 삼위일체의 교묘한 군림이었죠. 민중은 언제나 어리석죠, 빵과 서커스만 주면 만사형통이라던 히틀러의 말에도 일리는 있어요. 배부르면 진실 따윈 눈감으니까. 아이 엄마는 신문에 대서특필되는 사건들의 주인공이 되어갔어요. 새로운 남자친구와 함께 테러사건들에 휩쓸린 뉴스가 나오고, 그들은 온 나라를 문자 그대로 충격의 도가니로 내몰았죠, 체포와 구금과…… 말로는 다 못 하죠, 왜 학생도 뭐 다 알겠지요, 이 나라 70년대의 소용돌이들을. 얼마 지나지 않아 그 친구는 수면제를 너무 많이 먹고 깨어나지 못했어요. 그는 응급실로 이송되고 요양병원에 보내졌지요. 이어서 사회복지센터 사람들이 와서 아직 우유에 의존한 아기를 아동보호소에 위탁해 버린 사단이 났어요. 그 즈음에 요하네스는 더욱 넋을 놓았던 것 같아요. 아기의 운명이 그에게 그렇게 충격인 것은 그땐 몰랐어요. 다만 그 후로…….

그 후로?

아무튼 나도 잡지사건뿐 아니라 격한 데모현장에서의 불법 선전물 문제로 경찰과 마찰이 있었죠. 체포당하는 과정에서 총격사건까지 발생했으니, 결국 오랜 시간 감옥에 있었지요. 처음 몇 달 동안 감옥으로 몇 번 면회를 온 것이 내가 그를 만난 마지막이었어요. 그가 코뮌을 나갔다고 다른 친구가 말해 주었어요, 서베를린을 떠나려 한다고. 그러고는 연락이 끊겼죠. 난 6년 동안 그렇게 들어앉아 있었으니. 그동안 우리의 체험을, 우리의 좌절을 반성 겸 쓴 것이 소설로 팔려 나갔어요, 채 출감도 하기 전이었죠. 얼떨결에 작가가 된 거죠. 우리들 중에 진짜 잘 쓸 수 있었던 친구는 영 떠나버렸는데. 그 친구는 요양병원에서 수면제에 또 뭐에 잔뜩 삼키고서는 깨어나지 못했다지요. 내 서툰 책은 단기간에 베스트셀러가 될 수 있었지요. 오래 감옥에 있는 상황이 선동적이었을지. 어떤 의미로든 좌절한 젊은이들이 우리 자신의 이야기를 읽는 기분으로 읽었기 때문이겠죠.

자신들의 이야기를 읽는 독자들?

예. 나 스스로는 소설가라는 느낌이 없어요. 나는 그저 전무후무한 경험의 내용만으로 소설가라고 떠밀린 것이죠. 심상도, 의지도, 소설을 쓰는 일에 대한 뼈를 깎는 고민도 없었으니까요. 당연히 후속 작품들에선 실패했고요.

그럼 지금은?

사실 우린 뭔가 뿌리를 잃은 거죠. 우리의 투쟁이…… 사실 우린 삶이 투쟁이어야 한다고 믿었던 세대니까요. 이 나라가 생경

해져서 밖으로 떠돌기도 했어요. 그래도 댁의 형이 – 요하네스의 아들이라고요? – 나를 찾을 수 있었던 것은 출판사를 거쳐서라면 누구라도 나와는 연락이 닿을 수 있었던 때문이었지요. 학생도 마찬가지고.

그럼 지금 그분은 혹시…….

하지만 이젠 내 책들은 거의 팔리지 않아요. 책이 무엇인가를 이야기하던 시대는 끝난 거죠. 언어는 소통의 기능을 잃었어요, 그래서 사진을 찍지요.

소통 부재라고요?

예. 동서의 대치도, 좌우의 대립도 무너져 버린 유럽이 답이오. 여전히 자유와 평등과 박애를 외치는 교육자적 작가는 시대착오. 독서대중이 필요로 하는 것은…….

그보다는, 그분은 오스트리아로 가셨을까요? 바로 동베를린으로 가셨을까요?

모를 일. 어디로 향했건 지금 그의 아들이 한 가닥 도이치의 울림을 따라 어디든 찾지 않을까요?

도이치의 울림?

보르헤스를 아는가요?

…….

독서는 다른 낯선 두뇌를 가지고서 생각하는 것이라고 예찬했던 작가지요.

아, 예.

독서에 관해서라면 아르헨티나 국립도서관 관장으로 있으면서 그에게 부족한 것이 무엇이었겠소?

…….

앞을 거의 못 보았으니. 80만 권의 책과 어둠을 동시에 가져다 준 신의 절묘한 아이러니라고 그랬다던가. 그래서 더 울림이 중요했던 것인지. 그가 세상에서 가장 울림이 그득한 언어는 도이치라고 하지 않았나요.

왜 하필?

그냥 해 보는 말이오. 지금은 동서남북 자유로이 도이치의 울림을 따라 그가 아버지의 흔적을 따라갈 수 있지 않겠나 그 말이오.

자유로이 도이치의 울림을 따라.

∙ ∙ ●

여기까지, 그의 뒤죽박죽 메모는 베를린에서 멈춰 있었다. 그가 아직 공부하고 있었던 시절에서 멈춘 것. 그가 보낸 것은 현재의 이야기가 아니었다. 공백은 너무 길었다. 그 다음을 어떻게 이어가야 할지, 갑자기 전기가 나간 것처럼 내 손가락의 작동이 멈췄다. 애초에 이 기록은 뿌리 없는 나무에 물 주기였다는 느낌이 밀려왔다. 구상도, 가닥도 없이. 흩어진 메모 조각에서 무엇인가를 건져 올리기. 나는 무슨 알갱이를 향해서 이 종이 부스러기를 헤집고 있었을까. 벌써 스산한 계절의 축축함이 밴다.

그해 겨울도 점점 깊어만 갔다. 그에게서 더는 소식이 없이. 정적 속에서 자판도 쉬고 있었다.

다시 봄이 꿈틀거린다. 언어교육원에서 연락이 왔다. 프랑스어 강의도 다시 강화해 보려는 전갈이었다. 제2외국어 담당은 그가 아니었다. 사무직원은 그대로였다.

베를린축

한 선생님! 이번에도 고생 좀 하시겠어요. 독일어와 프랑스어는 수준을 세분해서 나누지 않아서요.

…….

배 교수님은 다시 독일에 가셨답니다.

예.

안 놀라시네! 다들 놀라시던데요. 벌써 지난봄에요, 갑자기.

묻지도 않았는데 직원은 그의 이야기를 흘렸다.

개인적인 일이라고. 사람들 말이, 모르죠, 독일에 두고 온 애인이 있었다든가, 암튼 누군가를 찾으러 갔다고, 추측들만 성하죠. 정말 그랬을까요?

그랬구나.

나는 확신한다. 그가 다시 한 번 형을 찾아 나섰다고.

왜 그는 100% 핏줄도 아닌 형에게서 자유롭지 못한 것일까. 동포의 끈? 배달민족의 품도 아니질 않는가? 생물체를 조직하는 미세한 원형질이 같음? 최소한 동일한 어머니에게서 태어난 형제? 그가 암스테르담에서 쾰른 사이 비행 중에 놓쳐버린 어머니의 편지에는 네 형은 네 형이다, 라고 쓰여 있었을 것이다. 나는 내 상상이 맞을 것임을 느낀다. 무엇인가 흔적을 발견하기 전까지는 그가 편할 수 없음을 느낀다. 베를린 다음은 어드메일까.

어느 날 그가 수첩이든 노트든 몇 쪽의 깨알 같은 메모들을 내게 보낼 것임을 믿는다. 한 번 흘린 비밀은 쏟아진 물이나 같으니까. 움켜쥔 손이 아프면 그는 또 놓을 것이다. 나는 가만 기다리기만 하면 된다, 그가 흘려놓은 물에 덩달아 적시어진 채로.

봄비가 촉촉이 내린다.

표현형

한국어

지루한 장맛비 사이로 한 줄기 태양이 스민다. 후줄근한 땀이 배는 오후, 강의실 창밖으로 푸르다 못해 검은 느티나무 잎들이 너울거린다. 벌써 만하인가.

베를린 다음은 어디에서 서성이는 것일까.

그에게서는 여전히 소식이 없다. 무소식이 늘 희소식일까. 어느 날 그가 수첩이든 노트든 몇 쪽의 깨알 같은 메모들을 내게 보낼 것이라는 믿음이 흔들린다. 한동안 내가 그 자료들에 매달려 글을 쓰고 있었다는 사실도 의미를 잃어갔다. 더 이상 정리할 과제물이 없어진 상태에서, 난 할 일이 없어진 금단현상을 겪었다. 전공논문은 접은 지 한참 되었다. 다시 그리로 돌아갈 여력도 마음도 생기지 않았다. 이렇게는 뭔가 잘못되었다고 느껴질 무렵

언어교육원에서 벽보를 보았다. 한국어 –

한국어가 무엇인지를 아는 한국인은 별로 많지 않다. 언교원에서 더러 한국어 강사들과 목례를 하고 지냈으면서도 왜 그들이 '한국어' 교원인지 별 관심을 두지 않았었다. 한국어는 우리가 쓰는 언어의 객관적 명칭이란다. 우리들의 나라말 '국어'를 외국인들이 배우면 그들에겐 '외국어로서의 한국어'이다. 이 간단한 사실에도 무관심한 것이 세상이다. 그런 세상에서 한국어는 내게 또 하나의 도피처가 되었다. 반짝 새로운 문을 가리키는 팻말이었다. 넋 놓고 그에게서 자료들이 오기를 기다리느니, 글 쓰는 형식에 다가가자! 글을 읽을 만하게 쓰고 싶었던 감춰진 욕망이 전기 스위치처럼 켜졌다. 한국인이 수강할 수 있는 한국어 강의는 한 가지뿐이다. 한국어 교원 양성과정에 등록하기.

그날, 모니터 화면 앞에서는 솔직히 말하자면 조금 복잡한 마음이 일었다. 자발적으로 심문관 앞에 불려나가게 될 줄이야. 그러니까 문제는 자기소개서의 내용이었다. 단 두 개의 질문이 있었는데, 기대했던 '왜 한국어 교사가 되고 싶습니까?'에 앞서 '살면서 한 일 중 가장 선한 일은 무엇이었습니까?'라는 엉뚱한 놈이 A4 반 장 크기로 버티고 있었다.
살면서 행한 선한 일? 그것도 가장 선한 일?
그런 빈 칸을 메우려면 적어도 세 가지 이상은 선한 일을 떠올려야 한다. 최상급 '가장'에 부합되기 위해서는. 어처구니가 없다. 한국어 교사가 되는 일에 선한 일은? 자격증을 출원하는 것도 아니고 다만 교사 양성과정 공부하겠다는데 선행 경력을 쓰라고?

괜히 심통이 난다. 휑하니 화면을 바꾸어 〈배달민족〉 파일을 연다.

······ 한 번 흘린 비밀은 쏟아진 물이나 같으니까. 움켜쥔 손이 아프면 그는 또 놓을 것이다. 나는 가만 기다리기만 하면 된다, 그가 흘려놓은 물에 덩달아 적시어진 채로.

마지막 단어 '채로'에 커서가 머물러 있다. 나는 거기 그렇게 정지해 있다. 그는 나에게 무슨 일을 시킨 것인가. 물론 그가 수첩이든 노트든 몇 쪽의 깨알 같은 메모들을 보내기 시작했을 때에도 내게 어떤 일을 주문한 적은 없다. 범인은 나다. 스스로에게 덫을 씌운 것은 나였다.

'편집—찾기' 메뉴에서 '배승한'을 따라가 본다. 그는 다만 파일 안에 등장하는 인물이 되어 있었다. 차라리 안도한다. 그는 적어도 내 파일 속에는 존재한다. 아주 사라질 리가 없다. 나는 그의 이야기를 읽을 만하게 잘 써내기 위해서라도 국어 공부를 해야 한다. 국어이든, 한국어이든, 무슨 상관이랴.

다시 한국어 교사 양성과정 지원서로 돌아갔다. 눈을 질끈 감고 역설을 쓰기 시작했다.

1. 살면서 한 일 중 가장 선한 일은 무엇이었습니까? – 나는 그런 일을 해 본 것 같지가 않습니다. 1970년대 서울 근교 태생의 여자아이가 고등학교부터 서울에서 공부했고 유학 생활 동안에도 삶은 늘 경쟁이었습니다. 누군가에게 선행을 베푸는 것과는 다른 방식으로 교육받았고 그렇게 살았습니다.…… 오직 지적인 생활을 동경하면서 프랑스에 처박힌 동안 – 여기는 재빨리 고쳐 썼다. 컴퓨터는 고쳐 쓰기 따위 기적과 같은 기능을 밥 먹듯이 가능하게 한다. – 프랑스 체재 동안에도 늘 무엇인가 되기 위한 과정이었고, 제대로 살아보지도 못했습니다. – 여기에서 정말 막혔다. 거짓말 좀 하자. 너스레 좀 떨자. 너, 문학박사! 인문학이 뭐냐. 세 치 혀, 입 잘 놀리는 학문 아니더냐. – 적어도 공동생활에서 공평했고, 강사생활 근 십 년에도 알찬 수업 준비와 칼끝처럼 정직한 성적관리면 충분하다고 생각했던 터라 굳이 선행이라고는……

눈 딱 감고 적당히 마무리를 썼다. 2번 질문, **왜 한국어 교사가 되려느냐** 따위는 식은 죽 먹기였다. 써내려가는 동안 내가 정말 한국어 교사가 되려는 기분에 빠져들었다. 그만큼 심취해서 썼다는 말이다. 그의 메모를 이야기로 옮기는 지난 한 해 동안 감정이입 능력이 발달했나 보다. 나는 정말 한국어 교사가 되려는 심정으로 나머지 서류들을 준비해서 한국어 교원 양성과정에 등록했다.

그렇게 해서 강의실 창밖을 내다보고 있다, 학생 자리에서.

스터디 룸펜

6월 중순에 시작된 강의는 8월 초순까지 일정이 잡혀 있었다. 오후 2시부터 5시까지.

과정은 A4 400쪽이 넘는 복사 교재를 받으면서 시작되었다. '수료 기준'이라는 유인물에는 과정 전체 42회 중 34회 이상 출석, 종합점수 평균 60점 이상인 자에 한해 수료할 수 있다는 주의사항 등이 빼곡하다. 수료 후에는 스터디 그룹을 만들어 동기생들과 스터디를 계속하라는 권장사항도 친절하게 기록되어 있었다. 동기생? 얼핏 둘러보니 천차만별의 집합이었다. 풋내기 대학생들과 함께 어디에선가 정년을 했음직한 어른들도 눈에 들어왔다. 성별은 여자가 두 배는 되어 보였다.

하필 첫 시간이 음성학이었다. 수강생들은 '묻지 마' 전공자들로 모두 섞여 있는데, 이런 전문성이 가당키나 한가. 어리둥절했다.

우리가 사용하는 한국어에 음운이 몇 개나 됩니까? 최소대립쌍에서 음운을 판별합니다. 동과 통. 여기에서 ㄷ과 ㅌ의 다름을 알아내는 것이지요. 기역, 니은…… 자음은 몇인가요?

수강생들은 멍하다. 생각보다 더 멍하니 강사를 올려다보고 있다. 누구 하나 기역, 니은…… 하고 세어서 대답해 볼 엄두를 내지 못하는 사이에 강사가 계속한다.

제가 너무 갑자기 질문했나요? 열아홉 개죠. 그리고 단모음이 열 개. 소리는 있지만 문자는 없는 반모음도 있지요. '오기'에서 '요기'를 만드는 음.

가나다라는 열네 줄인데……. 열아홉이면 쌍기역 등을 합한 것이구나. 그럼 복모음은 왜 빼고? 다 합치면 몇인가? 나, 너, 우리나라…… 바둑아, 바둑아 이리와, 나하고 놀자. 철수야, 가자. 영이야, 가자. 이렇게 국어를 배우기 시작한 우리 세대만 해도 음성이란 자연적인 산물인 줄로만 알았다. 무식함에 얼굴이 달아오를 정도로 혼란스러운데, 강사는 여자 목소리로선 우렁찬 목소리에 달변이다.

자, 먼저 자음의 발성에서 시작하죠. 기동과 발성과 조음의 과정을 거쳐서 자음소리가 나옵니다. 조음위치에 따라…… 왜 거, 훈민정음에서부터 아·설·순·치·후 아닙니까? 조음방법에 따라서 나누면 파열음, 마찰음…… 또. 마찰음엔 귀신들이 좋아하는 소리가 있죠. 이힛, 흐, 'ㅎ'말예요!

그리고 아무렇게나 쓱싹 칠판에 자음 도표를 그린다. 일초의 망설임도 없이 휙휙 그려대는 손. 이제 사람들은 강사를 거의 우러른다.

표현형

제가 좀 빨랐나요? 아무튼 자음에서는 'ㅂ, ㄷ, ㄱ' 곱하기 3만 알면 거의 다 아는 거죠. 'ㅂ' 소리가 'ㅃ' 또는 'ㅍ'로 경음 또는 유기음이 되는 현상 말입니다. 자, 같이 해 보실까요? 손바닥을 입 5cm 앞에 두세요. 소리 내어 보세요. 'ㅃ' 소리를 내려면 후두가 긴장되지만 기는 없죠. 하지만 'ㅍ'의 경우에는 기식이 많아져요. 자, 해 보세요. 불, 뿔, 풀. 불이 났어요. 뿔이 났어요. 풀이 났어요. 조음위치가 같은 파열음의 경우에도 이런 차이가…… 괜찮은가요?

알아듣기나 하느냐고 묻는 말일 것이다. 그러다 휴식 시간이 되었다. 물을 홀짝거리던 강사의 눈빛이 내게 머무는 것을 느꼈다. 어디서라도 한두 번 스쳐지나간 얼굴인 모양이다. 출석부를 훑어보는 모양새가 내 이름을 확인하려는 듯싶었다. 그냥 자수하기로 했다.

김 선생님. 저, 한금실입니다, 프랑스어.

아 네, 설마 했는데. 그래도 벌써 알아봤어요. 그런데 어떻게 여길?

좀 웃기죠. 저 그냥 국어 공부가 좀 하고 싶어서. 새삼 국문과 대학원으로 진학하긴 너무 무겁고.

한샘, 이거 한국어. 한국어는 국어랑.

아, 압니다. 다르게 부르는 것 알지만 저한테는 국어 공붑니다.

첫 시간부터 맹타당했는 걸요. 실은, 수강생들 모두가 그렇겠지만, 국어학개론 쯤을 기대했습니다. 교재를 막 받아들자마자, 아니 아직 목차도 채 들여다보기 전에 음운론이라니. 지레 겁먹고 도망치고 싶어지는데요.

한샘도. 별거 아녜요. 원래 개론이 첫 시간에 잡혀요, 헌데 그 강사 샘이 다른 스케줄로.

예, 뭐 그럴 수도. 암튼 화들짝 정신 나는군요.

한샘, 그래도 어떻게 한국어를 등록할 생각을?

그냥. 지금 딱히 하는 일도 없고요. 여전히 스터디 룸펜이라.

자조적이시기는. 실은 이 길도 아직 개척단계라서 전망이…….

전망은 무슨.

첫 시간에 혼쭐이 난 수강생들은 꽁꽁 얼어 보였다. 그래도 며칠 지나면서는 맘을 빼곡히 열고 서로를 탐색하는 것 같았다. 다시 경쟁자들을 만난 것인가? 한국 사람들은 미래지향적이다. 준비성이 강하다. 사람들이 슬슬 그룹이 되어 나타났다. 가을에 있을 자격시험에 도전하는 일. 가만 보니 중간보다는 젊거나 나이 든 이분적 집단이었다. 정말 스터디 룸펜족도 끼어 있다. 연령제한에 걸려 기업체 입사를 놓쳤거나, 미래가 불투명한 직장을 집어치우고 홀로서기를 꿈꾸거나…… 설마, 국어과 자격증을 가지고서도 임용이 안 된 예비교사도 있었다. 그 둘은 강의 도중에 강사들이 가끔 내던지는 질문에 척척 답을 해서 우리 다른 사람들을 움츠러들게 했다.

나이 든 쪽이 더 확실한 사정들이 있었다. 정년 후 삶의 무대를 근동 외국으로 옮길 꿈이 있기도 했고, 오지의 선교사로 나가서 벌써 한국어 강의를 벌여놓은 분도 있었다. 그런 경우는 자격취득이 현지 한국어학원의 신분승격에 필수적이라서 자격증에 도전한다고 했다.

평생의 직업을 예상하고 온 젊은 그룹에도, 노후의 종교 활동이나 보람 있는 투자와도 무관한 나는 어정쩡했다. 분류되지 않는 회색분자였다. 그래도 양쪽 그룹 모두에서 세 확장의 의미로 러브콜이 있었다. 난 젊지 않은 쪽으로 끌렸다.

가을은 참 심란했다. 8월에 강의 일정이 끝나는 우리로서는 10월 초 자격시험까지 최소한의 유예뿐이다. 한다는 대학마다 이런 수료생들을 일 년에 4회 배출해 내는데, 여름 수료생들의 공부기간이 가장 짧을밖에. 더구나 설 명절보다는 추석을 중히 여기시는 아버지의 방식 때문에 추석 명절은 결정적으로 공부시간을 고스란히 삼켜버렸다.

추석 중심 – 별것은 아니었다. 벌초에서 차례와 성묘까지 일습을 고향에서 함께 보내자는 것이 아버지의 뜻이셨다. 설에는 교통 사정도 모를 일이고! 이건 막내가 먼 데서 사는 이유를 아버지가 감안하시기로 한 때문이다. 단순히 비행기 여행에 기상상태가 미치는 영향 때문만은 아님을 우리는 모두 안다. 막내는 본격 기독교문화권으로 시집을 갔기 때문에 크리스마스 때면 남편의 고향집으로 향해야 하기 때문이다. 막내가 온다면 언제가 되더라도 추석쯤에나 가능하다. 딸 셋 중 '제대로' 결혼해서 본 둘째(?) 사위 얼굴 때문에라도 나더러는 꼭 참석하길 바라신다. 둘째가 결혼을 했을 때 좀 우스운 일이 벌어졌었다. 둘째 딸 신랑이니 둘째 사위가 맞긴 맞는데, 집안에서 처음 보는 사위니까 말이었다. 결국 유일한 사위노릇을 하고 있는 제부가 장인어른 모시고 처갓집 벌초를 도맡는다. 따로 나가 사는 것도 아니고 곁에 살면서.

언니, 이거 다 뭐야. 아부지가 또 미안 닦음 하라셨어?

아니거든.

내가 오히려 미안해. 어무니 아부지 사랑 나 혼자 다 누리고 살잖아.

네가 복 받게 하지. 너 아님 우린 얼마나 더 죄송하겠어. 더구나 이번엔 내가 시간이 너무 없어서 애기 뭐 사러 갈 틈이 없었거든.

그래 놓고 추석날 차례가 끝나자마자 다시 내 굴속으로 돌아왔다. 스터디 그룹은 거의 비상이었다. 저녁으로만 함께 시간이 나서 대학가 공부방을 빌려서 모였는데, 각자 맡은 부분을 요약해서 '강의'하는 수준이 요구되었다. 외국어로서의 한국어학과 외국어로서의 한국어교육학, 언어교육론, 거기에 한국문화론이 추가 되었다. 한국어학 분야에서 맡았던 '조사'만 해도 40쪽 분량이 가도 가도 새로운 정보였다. '한국어의 역사'에서는 예컨대 신라어의 특징을 어떻게 공부한단 말인가. 또 무엇하러?

아니, 시험 준비를 위해서라면 무엇이든 해야 했다. 몇 달 사이에 수험생이 되어버린 기분은 뭔가에 코를 꿰인 거나 마찬가지였다. 한편으로는 편한 시간이었다. 코앞에 과제가 있어서 마음속의 일 쏠림을 잠재웠으니까. 미완성 이야기에 대한 그리움을.

기본적인 과목들을 함께 섭렵하고서도 한국 문화라는 미지의 숲을 헤매는 동안 9월이 갔다. 10월 첫 일요일, 무슨 공단 지부에 출석해서 하루 종일 시험을 치렀다. OMR카드에 수험번호 작성부터 엇나가는 손으로 200문항에 가까운 문제를 풀어야 했다. 확실히 알고서 쓴 문제가 없다시피 했다. 처음 대여섯 문제를 일사천리로 풀고 나서, 자음이 다양한 조음 '방법'으로 발음이 되는 단어 고르기에서부터 막혔던 기억뿐이었다. 조음 '위치'를 두고 찾으려 했다니, 기본도 안 된 수험생이었다. 막혔던 문제에서 시간을 다 허비하고서는 뒷부분 절반은 지문을 겨우 읽을까 말까 4선지 내용을 채 변별해서 읽을 시간도 없었다. 자살골과 같은 오답들로, 답안 표시는 언감생심. 만 24시간 뒤에 모범답안 발표가 인터넷에 떴지만 속수무책이었다. 맞춰볼 수 있는 내 답이 없었다. 스터디 그룹 사람들의 '처참한' 소식에 나도 덩달아 움츠러들었다.

구겨졌다. 이제는 공부도 안 되는구나. 할 수 있는 일이 별로 남은 것 같지 않았다. 10월 한 달을 두 손 놓고 지내는 동안 다시 기다림이 꿈틀거리고 올라오고 있었다. 그래도 원고 정리를 계속한다면 이제는 실력이 분명 나아졌으리라는 희망이 들었다. 정말 뭔가를 써보고 싶었다.

11월 초가 되어 정작 발표 날에는 다른 스터디 그룹 사람들로부터 소식을 들었다. 놀리는 줄 알았다. 2차 면접시험 준비는 각각 혼자의 싸움이 되었다. 누가 도와줄 수가 없는 성격이다. 난 실은 말을 잘하지 못하면서 교직에 몸담고 있었다. 그래서 강의 전날이면 무진장 준비를 한다. 말할 내용을 거의 다 써서 프린트를 하고, 조금 필요한 양념으로서의 농담까지를 특정 부분에 표시해 놓는다. 물론 농담의 수위도 정해 놓는다. 강의 중에 돌발사건이란 거의 없다. 교실에 가서는 어젯밤 책상에서 태어나 이미 죽은 강의를 앵무새처럼 되뇌고 있는 것이다.

왜 한국어 교사가 되고자 하십니까? – 면접시험에서 예상되는 이 뻔한 질문에도 답을 적어 두었다. – 서양 문화가 우월하다고 배운 청소년 시기의 결정으로 외국어와 외국 문학 연구로 보낸 세월 동안 국어로 논문을 쓰거나 외국 작품을 번역하는 과정에서 미진한 국어 실력에 자괴감이 드는 경우가 많았습니다. 이제라도 그 반대로……

예상되는 문법 관련 질문에 대비하기는 참 방대한 작업이었다.

공책 두 권이 다 들었다. 실로 어려운 것은 소리, 음운이었다. 서울 근교에서 자란 탓으로 비교적 서울 표준말을 쓰지만 다는 아니다. 시험 공부를 하다보니까 발음마다 오갈이 든다.

팥으로 메주를 쑨대도 곧이듣는 사람. — 이때는 그냥 [파트로].
팥이 풀어져도 솥 안에 있다. — 이번에는 [파치]로 구개음화다.

구개음화는 표준발음법 18항. 아니, 17항. 표준발음법을 번호까지 외우는 것은 구구법 외우기나 같다. 앞에서 틀리면 죽 이어서 틀린다. 육 칠 사십팔에서 틀리면 육 팔은 당연히 틀리게 되는 것처럼. 그래서 '표발 17항' 하고 외웠다. 의문은 꼬리를 문다.

'사건'은 왜 [사: 껀]이고 '사고'는 왜 그냥 [사: 고]인가?
왜 '머리말'이고 '노랫말'인가?

면접시험은 11월 말, 전국의 합격자들이 마포에 있는 산업인력공단 본부에 나타나야 한다. 면접관 세 명 중에는 나보다 더 젊어 보이는 이도 있었다. 그렇게 고약한 과정을 다 겪고 공단 건물을 빠져나오면서 새삼 지하철 구멍으로 들어가고 있는 나를 발견했다. 아니, 어디로 가든지 지하철이 먼저이긴 하다. 서울의 정액권이 있을 리 없는 나는 자동판매기 앞에 섰다. 공덕동, 여길 어떻게 왔더라? 그랬다. 기차에서 내려 바로 이곳으로 향했다. 이제 돌아가는 길은 바로 역으로 가고 싶지 않았다. 절반 거리에 어머니 아버지가 계시지 않은가. 느닷없이 들른 딸을 반기시겠지.

퇴근 시간이 아직 이른 지하철은 곧 자리가 난다. 두 눈을 감자. 남부터미널에 가서 시간 반이면 집이다. 아예 이렇게 편하게 고향으로 돌아가 버릴 수 있을까? 이쯤해서 그냥 연줄 하나를 놓아버리면 되는 것을. 지적인 삶이라고 수놓인 연. 다른 말로는 난 정신적이고 싶었다, 내내. 왜 사람이 정신과 육신으로 이루어진 것이라면 누군가는 보다 정신적이면 안 될 것인가? 나는 가장 정신적 부류가 되고 싶었다. 공부했으니까. 공부란 본능에서 멀어지는 것이다. 어딘지 뒤엉킨 세상의 소음들이 아득히 멀어진다.

한국어 교실

둘, 넷, 여섯, 여덟, 열…….
내가 학생들의 수를 세는 방식이다.
어, 파블로, 파블로 아모르솔로, 오늘 안 왔군요?
대학 영자신문사 기자로 활동하고 있는 파블로는 필리핀 학생으로, 유일하게 결석이 잦은 편이다.

봄 학기부터 한국어 강의를 하게 된 것은 실로 우연이었다. 언교원이 아닌 대학에 새로이 교양한국어 강의들이 개설된 덕이었다. 교원 양성과정과 자격시험을 위한 한국어 공부에 못지않게, 한국어 강의는 주는 것보다 얻는 것이 더 많다. 레바논의 이슬람인 시망고는 묻지도 않았는데 자신은 결코 4명의 아내를 갖지 않겠다고 맹세한다. 모잠비크는 포르투갈어가 공용어, 케냐엔 영어가 공용어. 그래서 다비드 마카우나 패트릭 삼부 같은 이름이 있다. 타이의 잉랏은 지난 학기 학생인데 학기 내내 일주일이 멀다 하고 이메일로 질문을 즐겼다. 지난 달 타이가 물에 잠겨가고 있다는 뉴스에 잉랏의 가족 안부를 물었을 정도다. 몽골에서 온 바트수흐 어용다르는 당찬 여학생이다. 수업시간 중에 모르는 말이 튀어 나오면 "○○가 뭐예요?" 하고 바로 묻는다. 대부분 수동적인 중국 학생들과 다르다.

이 가을학기를 기준으로 대학 전체에 오륙백 명 이상의 외국인 학생이 등록했다고 하는데, 그중 오백 명은 중국 국적의 학생들이라고 한다. 중국에 한국어학과가 많이 생겨서인지, 스무 곳 정도, 한국어과 학생들의 수준은 안정적이다. 교환학생 자격이니 우수한 학생들만 선발되었기 때문에 그럴 것이다. 그에 비해서 일본은 그 열 배 가까운 한국어학과가 있다고는 하지만 유학생은 적다. 다카하시 나미는 매우 조용한 일본인이다. 수줍은 표정이 부드러워서 성숙한 여인처럼 보이기도 한다. 한번은 선생인 내가 나미에게 미안해졌다. 글감 때문이었다.

종달새

피천득의 「종달새」를 감상문 쓰기 글감으로 가져갔다. 내가 늘 좋아하던 짧은 수필이다.

피천득 선생은 1910년 경술국치의 해에 태어났습니다. 경술년에 있었던 국치가 뭐냐, 여러분 모두…….

말을 계속하려다 턱이 굳었다. 일본 학생 나미가 맨 앞줄에 앉아 있는 것이 눈에 들어왔다. 서둘러 제목 설명으로 넘어갔다.

'종달새'를 설명하기 위해서는 부득이 영어가 매개어가 된다, 스카이라크. 종달새는 하늘 높이 까마득하게 떠서 종잘거리는 새입니다. 이렇게 설명하면 어떤 새일까 떠올리지 못할 것이니까. '스카이' 한 마디면 하늘 가장 높이 올라가 지저귀는 새라고 금방 이해한다. 한국어로 한국어 수업하기는 100퍼센트는 안 된다.

서술자는 처음에 조롱 속의 종달새를 보고 뭐라 말했나요? "하늘을 솟아오르는 것이 종달새지, 저것은 조롱새야." 다음은 이 말을 곧 후회하는 서술자의 생각들이 펼쳐지지요. "종달새는 갇혀 있다 하더라도…… 푸른 숲, 파란 하늘, 여름 보리를 기억하고 있다. 그가 꿈을 꿀 때면, 그 배경은 새장이 아니라 언제나 넓은 들판이다. …… 설사 그것이 새장 속에서 태어나 아름다운 들을 모르는 종달이라 하더라도, 그의 핏속에는 선조 대대의 자유를 희구하는 정신과……."

이 대목에서야 다시 놀라서 목이 막혔다. 글을 읽는 누구라도 알 수 있는 대 일본 저항정신에 관해 말해야 하는 나 한국인은 지금은 나약한 일본 여학생을 궁지로 몰고 있다. 나미는 잘 견뎌주었다.

며칠 전에도 음식의 의미와 관련하여 '백설기'를 소개할 때 실 없는 말을 내뱉고 말았다. '백'은 '밝다'를 의미하고, '밝'은 옛날에 는 신과 하늘이란 뜻이었죠. 그대로 태양을 의미하는 것이죠. 우 리 민족은 부여 및 고구려에서부터 모든 시대에 걸쳐 흰 옷을 신 성하게 알고 즐겨 입었는데, 곧 순수와 평화를 추구한 민족이라 고 할 수…….

거기까지면 좋았을 것이다.

반면에 '흑색'은 오정색 중에서…….

선생님, 오정색이 뭐예요?

또 바트수흐였다.

아, 오정색은, 그러니까 동서남북 알죠? 한국인은 동서남북 방 위에 색깔을 대비시켜 생각했어요. 중앙은 노랑으로 정해놓고, 동방은 파랑, 서방은 흰색, 남방은 빨강 그리고 북방은 검정이라 고. 여기서 보면 검고 캄캄한 것을 '흑'이라 여겼어요.

정말 거기까지만 해도 되었을 것이다.

흑과 백이라는 대조에서 흑은 늘 부정적…….

아차! 이런 설명을 했어야 하는가. 까만 피부의 학생을 앞에 두고서.

그때 다행히 곧 국제마라톤 대회가 서울에서 열렸다. 아프리카 선수들이 1등, 2등, 3등을 모두 차지했을 때 그것을 슬쩍 언급해서 마음을 달래주면 되겠다 싶었다. 막상 교실에 그날따라 케냐 학생이 나타나지 않았다.

이건 큰일이다. 한국어 수업에 회의를 느낀 걸까? 세계 여러 곳에서 한국어를 배우겠다고 한국을 찾은 이들에게 불쾌감을 심어주다니. 졸업 후의 계획을 묻는 설문에 보면 한국 회사에 취업하고 싶다는 것이 가장 많다. 한국에 살고 싶다고 대놓고 쓰진 않지만, 관심도 있어 보인다. 발표 시간의 주제로 한국 음식, 민속은 물론 더러는 한국의 국제결혼 실태를 조사해 오기도 한다. 한국어를 이들에게 얼만큼 잘 가르쳐야 하는지. 한국어를, 한국을.

이 빚진 기분을 꼬깃꼬깃 쑤셔넣을 밖에. 그러고서 종달새 이야기로 돌아간다.

"칼멜 수도원의 수녀는 갇혀 있다 하더라도 그는 죄인이 아니라 바로 자유 없는 천사다. 해방 전 감옥에는 많은 애국자들이 갇혀 있었다. 그러나 철창도 콘크리트 벽도 어떠한 고문도 자유의 화신인 그들을 타락시키지는 못했다." 어떻습니까? 이 구절에 오면 종달새는…….

선생님, 수녀는 원래 갇혀 있는 것입니까? 우리나라에 와 있는 한주선 수녀님 선교회 아주 자유스러운 활동 하는데요.

이냠바네 해변이 고향이라는 호세가 손을 들고 말했다.

아, 여기 수녀회는 프랑스대혁명 때 집단으로 순교한 수녀회의 일화를 바이런 경이 들춰내 시를 쓴 것이고, 피천득 선생이 인용했습니다. 지금은 아프리카 여러 나라에 가톨릭보건의료사업이 들어가 있다고 들었어요. 어떤가요? 모잠비크에는 종교적 자유가 보장되어 있죠?

예, 수도 마푸토는 로마가톨릭이 많아요. 북쪽은 도착종교 많고.

도착 아니고 토착! 자, 토착이라고 발음해 보세요. 토착종교!

예, 토착종교. 이슬람, 힌두교 있어요. 언어 많이 여러 개. 한국 같이 한국어 하나 아니고요.

참, 그렇군요. 한국은 배달민족이 이룬 나라라서…….

배달이 뭐예요?

이번에도 궁금증이 많은 바트수흐였다.

아, 한국인의 원형이 배달민족입니다. 한민족은 크게는 몽골로이드, 몽골 인종에 속합니다. 그중에서도 우리는 스스로를 배달민족이라고 합니다. 우리 역사상 최초의 나라 이름이 배달이었습니다.

발음이 이상해요, 배다르.

이번엔 나미였다. 일본인다운 발음이다. 나미로서는 수업 내용에도 어색하지 않다는 것을 용기 내어 표현하는 것이리라.

배달, 다 같이 소리 내어 봅시다, 배달. 짧게요. 길게 '배애달'이라고 하면 우체부나 택배의 배달이 됩니다. 한국어에도 첫 음절에는 장음이 올 수 있고, 가끔은 뜻을 변별해 주죠.

자, 짜장면 배달은 길게.

다음, 배달민족은 짧게.

왜 하필 배달인가? 그것은 국조 단군과 관계 있는데, 어원에서 박달나무는 다른 말로 배달나무이자, 단군 및 단군족의 나무라는 사실이랍니다. 또 배달은 백달의 음운변형이고, 백달은 백산의 다른 표기입니다. 그러므로 박달나무는 배달민족의 나무라는 뜻이며, 한민족은 백산민족, 곧 백두산 민족이라는 뜻입니다.

아뿔싸, 나는 언젠가 이박에게서 주입된 배달민족 신화를 외국인 학생들에게 열심히 주입하고 있구나! – 모교에서 빛나는 강사시절 함께 강사실을 사용하던 이순규 선생. 유럽 대륙의 역사철학 전공인데, 자신의 말로 '적어도 헤겔에선 고개를 넘었는데……'라고 말하곤 했었다. '세계정신' 운운하는 서양 철학자들은 동양을 우습게 본다고, 그래서 그는 거꾸로 동양에, 한국의 원류에 기대는지도 몰랐다. 나는 재빨리 현실로, 교실로 돌아온다.

표현형

한국은 단일민족 국가로 내려왔기 때문에 언어적으로 통일이 되어 있었죠. 한국에도 지금은 140만 외국인이 살고 있습니다. 점점 늘어갈 추세이고요. 자, 다시 「종달새」로 돌아갑시다. 이 글에서 저자가 가장 아끼면서 내놓은 주장은 무엇이라고 생각합니까? 그것을 생각하면서 잘 읽고, 감상문을 쓰는 겁니다.

자꾸 멍해지려는 가닥을 다잡아 서둘러 감상문 쓰기 과제를 낸다.

선생님이 독서 감상문을 쓰기 전에 알아두어야 할 것들을 정리해서 홈에 올려놓겠습니다. 그보다 여러분이 먼저 할 일은 브레인스토밍, 「종달새」와 관련된 모든 것을 생각하는 일입니다. 모든 단어들을 써보고, 모든 생각들을 정리합니다. 그렇게 해서 글의 개요를 써오는…….

작문

그렇게 다음 시간에는 좋은 글을 쓰는 방식에 대하여 가르치고, 학생들에게 좋은 글을 쓰도록 유도하는 것이 나의 일이리라. 나는 밤새 '좋은 글을 쓰려면'이라는 제목을 써놓고 궁리에 빠진다. 여러 책들, 여러 사이트들이 여러 다른 조언을 준다.

- 눈을 크게 뜨고 의미를 찾아낸다.
- 짜임새 있는 구성이 무엇보다 중요.

– 말하려는 내용에 어울리는 리듬감: 대구법, 대조 등을 이용할 것.
– 생략과 확장 등을 통한 변화 주기.

부지직, 문자메시지 음이 들린다. 두 번 이어 들어오는 문자들. 하나는 인터넷 변경을 부추기는 유혹이고 다른 놈은 친절한 대출안내이다. 누군가 나를 찾는 일은 드물다. 더 드물어졌다. 나는 아마 세상에 없는 것 같다.

느닷없이 이박에게 전화를 해 볼까 생각이 들었다가 화드득 놀랐다. 내가 전화를 한다면 그가 너무 놀랄 것이다. 수업시간에 배달민족 이야기를 하다가……. 그렇게 말해도 놀랄 것이다. 다시 '좋은 글쓰기'로 되돌아간다.

갑자기 나는 내가 이전에 썼던 글, 지금 쓰고 있는 글들에 생각이 미쳤다. 미쳤었구나. 미쳤구나. 나는 누구에게서 작문을 배웠던 기억이 없다. 아마 고등학교 국어시간에 기본은 배웠겠지만, 서양 말을 안고 산 세월 동안 까맣게 망각했다. 국어에도 글쓰기 방식이 있다는 것을. 그저 입말을 글말로 옮기는 것이 글쓰기가 아닌 것을.

얼굴이 달아오른다. 분명 이것은 수치에서 오는 홍조다. '부끄럽거나 취하여 붉어짐. 또는 그런 빛.' 박사논문을 초라하지만 프랑스어로 자비 출판하고 말기를 잘했다. 번역했더라면 누가 어떻게 읽을 것인가. 그 이후의 논문들은 프랑스어보다 국문이 더 많았다. 프랑스어 논문의 부족함은 용서된다, 나는 프랑스인이 아니니까. 국문 논문의 미흡함은 변명의 여지가 없다. 대학에서 인문학을 강의하는 인간이 국어를 유린하다니.

아니 괜찮다. 논문은 어차피 아무도 읽지 않는다. 그, 배승한에게서 받은 메모 쪽에서 생성된 내 글은 어떠했을까. 내 글이라 할 수 있을까? 내용이나 어휘는 내 책임이 아니다. 나는 정리만 했으니까. 구성에 관해, 또는 리듬을 염두에 두었나? 아니다. 갑자기 하나의 명제가 떠오른다. 글은 진실하고 독창적이어야 한다. 누구라도 자신의 명제를 가지고 쓰면 될 것 아닌가.

진실하기, 어렵지 않을 것이다. 그의 이야기를 정리하는 – 잠정적으로 중단되었지만 – 나로서 진실은 내 몫이 아니다. 오히려 나는 글을 쓰면서 생각이 변하는 것을 느낀다, 완결된 생각을 쓰는 것이 아니라. 이것이 독창적이 될 수 있을까. '우리는 어디서 왔는가? 우리는 누구인가? 우리는 어디로 갈 것인가?'라고 고갱을 훔치지 않고, 우리는 얼만큼 독창적일 수 있을까?

답은 나오지 않고, 모니터의 화면은 '자러 간다.' 화면이 그렇게 말하면서 꺼졌다. 한국어가 아니라 영어로 그렇게 말했다. 미국산 휴렛패커드라 그런가 보다. 나도 자러 간다, 한국어로.

잠깐, 사고나 인식보다, 더 나아가 세계보다 언어가 우위에 있다고 그렇게 가르쳐야 하나? 언어를, 외국어를, 외국어 한국어를 가르치자면 그렇다.

우리는 모국어가 설정한 선을 따라서 자연을 분석한다. – 이것이 사피어–워프의 언어 결정론적 입장입니다. 우리가 세상을 이해하는 방법과 행동은 우리가 쓰는 언어의 문법적 체계와 관련이 있다는 말입니다. 나는 그렇게 적는다, 다음 시간에 할 말을.

아니, 그건 소개해야 할 이론이긴 해도.

이론이지만, 뭐?

자문자답이 지겹지도 않아? 사람은 영어나 중국어나 아파치어로 생각하는 것이 아니라 '사고의 언어'로 생각한다잖아. 자연언어와는 별개의 추상언어 '멘털리즈', 이건 인지과학자 핑커의 말, 아니 그의 글.

작문시간 준비를 하다가 나는 또 분열을 겪는다. 오른쪽 뇌와 왼쪽 뇌가 다툰다. 나는 내 생각을 지원하지 못하고 늘 토론을 들이댄다. 뭐든 삼천포로 빠진다. 인터넷에서 삼천포는 겹겹으로 쌓이는 창들이다. 문어발도 아닌 것들이 어딘가로 기어가서는 달라붙어 있다.

이렇게 또 한 해가 저물어 가는가. 나를 홀렸던 한국어 몸살에도 결국 틈이 보인다. 틈, 틈새로 쓰다 만 이야기를 그린다. 수십 개 열린 창을 하나씩 닫는다. 〈한국어〉도 닫는다. 쓰다가 멈춰 있는 처음 화면에게로.

일기

2011년 11월 11일. 날씨, 흐리다가 부슬비.

어느 하루가 깨어난다. 몇십 년을 같은 일이 반복되고 있다. 점점 밝아져야 할 시간임에도 점점 더 어두워지는 창밖으로 눅눅한 시선을 내보낸다.

말라가는 식빵 조각을 커피 물에 적셔 뜯으며 오늘을 시작한다. 출입문 하나로 바깥세상과 면한 줄 알았더니 모니터 화면이 더 넓고 무섭다. 사람들은 백 년 만에 맞는 11-11-11을 기념하기 위해서 떠들썩하다. 산부인과 병원에 제왕절개가 밀렸다는 뉴스까지다. 누가 힘이 세서 11시에 수술을 받게 될까? 필시 아기 아버지는 '사' 자 돌림에, 산대에 누워 있을 여자는 천진하고 예쁘기까지 한 부잣집 따님일 게다. 그 누군가의 드높은 경쟁력에 임신 경험도 없는 내가 쓸데없이 기가 죽는다. 임신 경험? 그럼 내가 은근히 엄마가 된 동창들을 부러워했더란 말이냐.

삐리리리. 구원은 느닷없는 전화벨 소리다.

한샘, 안녕하쇼! 이박입니다.

예?

이박, 오얏 리 이가, 이박임다.

아니, 이샘이 어쩐 일이세요?

어쩐 일이냐 되물으시면, 아니할 전화를 제가?

어쩌자고 이 세월 지나 전화기 들고서도 뒤틀리세요?

뒤틀리다뇨! 암튼 제가 지금 그리로 갑니다. 출발합니다. 기다려 주세요. 너덧 시간 후엔 도착합니다.

그렇게 불쑥 나타난 이순규를 만나러 나가려는데 비가 질척거렸다. 은행잎들이 빗물에 젖어 떨어져 내려 발길에 짓밟히고 있었다. 보도는 차가운 회색의 물기였다. 찢긴 은행잎에서 흘러나오는 노란 물감이 회색을 따뜻하게 보완한다.

이런 날 이런 시간에 어떻게?

시간이 있느냐고요? 시간 있지요. 시간이 없어서요. 없어져서요. 시간 다 말아먹었어요.

다섯 번 '시간'이 읊어졌는데 물론 뜻은 다르다. 첫 번째 시간은 시각, 또는 때. 두 번째 세 번째 시간은 여유다. 여가시간 말이다.
아무 소용없는, 시쳇말로 아무 영양가 없는 여자를 만날 시간 말
이다. 마지막 두 번, 이때 시간은 수업시간이다. 시간강사가 수업
시간이 없단다. 없어졌단다.

역사철학 관련 수강생이 엄청 줄었어요. 10년 다 돼가는 보따리
장사 세월에 선배라는 게 외려 핸디캡이 되잖아요. 자리를 못 잡
으면 너나 나나 동등한 것이 함께 간이역의 삶 아니던가요. 늘 추
운 곳에서 지내다 보니 마음도 얼어붙더라고요. 먼저 떠나신 한
샘 생각이 난 것은…….
뭔 동병상련 정도 말입니까? 한국인, 비인기 인문학 전공, 비정
규직 젊은이, 그밖에는 공통점은 적죠.
예.
뭐가 예? 공통점이 적다는?
예.
어째 목소리에 실망감이.
예.
공통점 적어 실망하실 일은 없지요. 남자 여자는 영원히 다른
동물인 걸요. 이샘은 유난히 더듬이가 안쪽으로 휜 것도 또 다른
특징이죠.
설마 더듬이라면.
곤충으로 비하하냐고요? 비하라뇨. 곤충이 얼마나 위대한데.

특히 모기는. 연간 모기로 인한 사망자가 세계적으로 200만 명에 달한다는 뉴스 못 보셨나요? 킹코브라보다도 무섭다고요. 평균 몸 길이 3미터로 살아 있는 모든 것을 한순간에 즉사시킬 수 있다는 코브라의 신경독 **뺨쳐요.** 치명적 촉수를 보유한 해파리, 백상어, 아프리카 사자, 악어, 코끼리, 북극곰, 아프리카 물소, 독개구리보다도 더하죠.

아니 뭘 외우세요? 모기, 코브라, 해파리 어쩌고. 제가 언젠가 배달은 백달의 음운변형이고, 박달은 백달의 모음변형이며, 백달은 백산의 다른 표기라 했을 때, 뭐 그런 걸 외우냐고 핀잔 준 분 아니시던가?

핀잔은요.

핀잔이었지 그럼.

나는 그런 대화들을 기억하게 되리라곤 생각하지 않았다. 교양 한국어 강의시간에 그것들이 되살아나서 나 혼자 떠들었을 때 스스로도 놀랐으니까. 그러자 뭔가 긴가민가했던 말에 대해 물어볼 생각이 났다.

아니, 그보다는 일본족도 동이족이라고 하시던 말이.

그렇다니까요, 바로 그걸 잊지 말아야.

일본인 1/4 정도에서 한국인 DNA를 찾아볼 수 있다던 말씀요?

예. 그리고 지금 한국엔.

지금 한국엔? 한국엔 뭐요?

지금 배달의 원형인 한국인 중엔…….

달변의 그가 오늘은 더듬거린다.

아, 한국인 중에도 다른 민족의 DNA가 섞였다고요? 거야 당연하겠죠. 순정한 핏줄이란 애당초 불가능한 것 아닌가요?

나는 벌써 그, 여기 이 이박이 아니라, 그, 배승한의 가족사에 젖어든다. 온 세상에 흩어져 핏줄을 지키거나 흩뜨려놓는 유대인 이야기는 삼가리라. 그것은 승한의 가족사에서 비밀 같은 것이다. 물론 그것이 나에게 금기일 리 없지만 나도 모르게 삼가졌다. 그런데 이박은 기어코 그 금기를 건드린다.

실제로 열린 사회 치고, 예컨대 유럽처럼 애매한 경계의 이웃나라들 사이에선 더욱. 암튼 열린 사회 치고 핏줄이 온전할 리 없지요. 열린 사회라. 그냥 조금 열린 사회, 아님 '베륵손'적 의미의 열린 사회?

이샘, 오늘은 그쯤 하시죠. 지금 프랑스어 발음 놓고 또 토 달려고?

아니, 폴란드 태생이라 그래야 한다면서요. '베르흐손'인가?

이샘, 제발 편하게 합시다. 어째 갑자기 베르그송인데요?

거야 그는 유대인 순종이다 그 말이고. 유대인의 경우 순종이 문제되지는 않죠. 베르그송의 공헌이라면, 정지된 인식에서 운동, 변화, 진화의 가치로! 이 문외한이 맞게 이해하나요?

문외한이라니, 철학도가 이 경우 문외한이란 말씀은 뭔가. 그런데 뭔 말씀을 하려고? 프랑스어 좀 한다고 베르그송 아는 척은 말라 그거죠? 당연한 말씀, 맞아요, 국어로 읽는다고 모든 책이 읽어지나요? 그보다 선생님의 역사철학은……

아, 그거 아닙니다. 저 요새 역사고 철학이고 다 보따리 싸맸습니다. 꽁꽁 동여매버렸죠. 제가 지금 순례 중인 것 안 보이시나요?

그랬다. 순례자 이순규.

배낭을 짊어졌지만 배낭족이 아닌 것이 개량한복 차림이다. 순례자까지는 아니더라도 나그네 몰골이 선했다.

그러고 보니 어디 다녀오시는 길인가요?

어디 다녀오는 길 아니면? 제가 한샘 찾아서 여기 왔다면 믿으실래요? 그럴 리가 없겠지만.

그럴 리 없죠, 당연히. 참 그런데 이 고장엔 어쩐 일이세요. 원래 여행을 하시는 편인지?

여행 안 좋아합니다. 안 좋아했어요. 존재와 영속성의 가치에 파묻힌 동안은 정말 그랬지요. 그 다음 모든 실재를 역사적 성격으로 규정하려던 시절엔 운동과 에너지에 현혹되었지만, 그 운동은 이런 여행과는 거리가 먼 추상적 개념들이었죠.

이샘, 저 오늘 머리가 무거운데요. 본원적 이야기 빼고, 오늘 이

고장엔 웬 일로?

아 참. 거의 실직 상태인데 뭐 따로 할 일이 있나요. 먼저 서울 생활 털고 내려간 한샘이 부러웠다고나 할까. 한번 보고 싶었어요, 그냥.

저요? 제가 부러워요?

예, 진실로. 건 그렇고. 한샘은 식구가 단출하시다고?

단출하다기보다, 아들 없는 집 큰딸이죠. 현상으로 말하면 오래 독신가족. 왜 난데없는 호구조사세요?

제가 마음먹고 낙향을 할까 생각 중인데 동반자를 구하거든요.

아뿔싸. 나는 숨을 죽였다. 그럼 지금 이순규가 하는 말이, 아니 내가 그 후보 중 하나라는 말을 지금?

동반자 구함

어색한 분위기를 뚫고 창문 너머를 바라보던 내가 서둘러 실없는 말을 시작했다.

창밖엔 아직도 비가 내리나 봐요, 음, 가장 긴 노래 제목이 뭔 줄 아세요, 창과 관련되는데?

창밖의 여자? 무관하게 밖에 서 있다 그 말?

에이, 것도 모르시네! 창문 너머 어렴풋이 옛 생각이 나겠지요!

나는 양쪽 손가락을 다 오므렸다 펴가면서 열여섯 글자를 헤아렸다.

아, 그런 노래도 있었네요. 창문 너머 어렴풋이…….

그도 따라 손가락을 구부리며 세어보다가 놀란다. 정말 열여섯 자네요? 그보다 많기는 어렵겠어요.

나는 가만 노래를 읊조린다. 그런 슬픈 눈으로 나를 보지 말아요. 가버린 날들이지만…….

잠깐. 난 시를 외워보겠소. 염병헌다 시방, 부끄럽지도 않냐 다 큰 것이 살을 다 내놓고 훤헌 대낮에 낮잠을 자다니/연분홍 살빛으로 뒤척이는 저 산골짜기/어지러워라 환장허것네/저 산 아래 내가 쓰러져불겄다 시방. 어떻소, 제목은…….

진달래, 김용택.

아니 뭐 한샘은 시도 줄줄 외는 거요?

아뇨, 제가 무슨. 이 '시방' 땜에 알죠. 이샘이 만날 그렇게 했잖아요. 미처불겄다, 시방, 그렇게.

그랬군요, 내가 그랬어요. 사투리 아무한테나 잘 안 쓰는디.

방금도 쓰시네요.

그러니께 아무헌테나는 잘 안 쓴다고라.

에이, 치우세요. 이상합니다. 평소대로 하세요.

그러지라.

그만하시래도요, 저 오늘 앉아 있기가 좀 피곤하네요.

그럼 좀 나가서 걸을까요?

걷기는 더 힘들 것 같아서요. 이샘도 오늘 고향에 가시는 길이라 하셨잖아요. 너무 늦지 않게시리.

고양이 쥐 생각해 주는군요. 예, 뭐. 그래도 제 고향 이야기나 좀. 오뎅 국물에 한잔 하면 피곤감도 풀릴 것이고.

그렇게 이순규는 고향 이야기를 쏟아냈다. 어두워지자 불조차 꺼진 농협인지 무슨 건물 앞 간이 튀김집에서. 튀김집에 어떻게 소주가 나오는지는 글쎄.

그의 고향은 전라남도 고흥.

고흥군 봉래면. 거의 처음 들어본 지방이다. 아니다, 우주선 발사 때문에 몇 번 뉴스의 중심에 섰던 지방이다. 봉래면은 1995년 가을 나로2대교가 마저 완성되기 전까지는 고립되었던 섬 외나로도에 위치한단다. 군청에서 차로 달리면 한 시간이 채 안 걸리는 곳. 그러니까 지금은 연륙교와 연도교로 인해서 교통상으로는 섬이 아니다. 물론 섬이다. 사방이 바다로 둘러싸인 곳이니.

면소재지라 중학교와 고등학교도 있다고, 그는 장난말처럼 패밀리마트도 들어왔고, 모텔도, 비치호텔도 있다고 너스레를 떨었다. 물론 아직도 충무공 따라서 진터라고 부른다는 진기마을이 이웃해 있고, 나로도 항이 가깝고 유람선 선착장도 가까이 있다고. 무슨 빌라나 아파트도 물론 있다고. 어차피 현대 사회는 방 한 구석에서 인터넷으로 온 세상과 교류하는 것 아니냐고. 그러니.

그는 갑자기 머쓱해 한다.

그러니 어쩌란 말인가. 도시 여자라도 마음만 먹으면 살 만한 곳이라고?

봉래면, 삼십 제곱킬로미터쯤 면적에 인구가 이만이천 조금 더될 뿐이랍니다. 어디나처럼 여자가 조금 더 많고요. 경로 인구가 팔백 이상. 노인들이 외롭지요. 우리 집은 좀 낫지만.

그의 고향 집은 그의 말대로 외로운 집은 아니란다. 아버지는 계시지 않으나, 동생이 결혼해 어머니와 함께 살고 있단다. 바로 이웃에는 종형도, 조금 건너 또 둘째 종형도 결혼해서 살고 있다. 모두 생업에 열중해 있다. 제법 화기애애한 가족이다. 그는 어떻게 그리 멀리 빠져나올 수가 있었을까? 왜 이제서 돌아가려는 것일까? 스무 살에 떠나와서 스무 해를 떠돌다가.

지금의 ○○고등학교가 봉래종합고등학교였을 때, 그곳 아이들은 모두 외나로도 내에서 진학을 했다. 고등학교가 생겼으니 얼마나 다행인가. 집안일도 거들고 고등학교에도 가고. 그런 터에 그는 순천고로 진학하는 행운을 잡았다. 지금은 전교생이 50명도 안 되는 상황으로 학생들이 귀하지만, 봉래중은 6·25 후에 곧 개교한 유서 깊은 학교란다. 중학생 이순규가 유난히 수학에 두각을 나타냈으니, 시골에서 천재 났다는 소리를 들었다. 개천의 용은 합심해서 키우는 것이 시골 인심인지라, 교사와 학부모들이 힘을 합쳐서, 지역사회 전체가 힘을 합쳐서 일단 순천고 진학을 가능케 했다. 순고는 전국 어디에 비해서도 손색이 없는 고등학교이다 보니, 특히 수학을 잘하던 학생의 미래는 밝았다. 그가 고등학교 시절 조숙한 친구를 만난 탓에 공부는 철학이라고 방향을 돌려버린 것이 어쩌면 많은 이들에게 비극이 되었다. 그는 서울대 법대에 진학하는 기대를 충족시켜야 할 사명과 의무를 저버렸다. 법대는 아무튼 고향의 소원이었다. 서울의 다른 괜찮은 대학 진학까지만 해도 모두에게 희망을 아직 남겨주는 일이었다. 그러나 법전을 파고들기도 전에 눈이 다른 곳을 향했고, 그는 배고픈 철학도가 되었다. 여전히 고향의 기대는 살아 있었다. 게다가 장학금으로 해외유학을 떠날 때는 고향은 다시 사그라지려던 꿈을 부풀렸다. 박사 공부라니! 박사가 되어 돌아올 고향의 아들. 교수직은 따놓은 당상일 것이고. 바로 그 지점에서 꿈과 현실이 엇갈렸다. 이제 그 철학박사님이 낙향을 하시려 든다?

마침 군 전체가 지역 내 사회단체와 더불어 '고흥 사람은 고흥에서 살자'는 캠페인을 들고 나온 터요. 지역경제 활성화와 인구증가를 위해서라고. 인구를 늘리려면 우선.

그렇겠다. 물론 그의 문제다. 난 가만 있었다.

헤, 저 농담 잘하잖아요. 맨 정신으로도. 아직 지칠 나인 아닌데, 어째 오순도순 사는 고향이 좀 그립더이다. 고흥. 뭘 아시요,

혹시?

고흥 유자!

아니 어떻게 그런 걸 다. 어쩌나 그런데, 그건 우리랑은, 우리 집이랑은 거리가 멀죠. 고흥 유자가 전국의 반의반은 커버한대 죠. 이천 가구 이상이 유자농에 종사하니까, 한 집 건너 정도죠. 헌데 우린 아니어요. 우린 그냥 농사죠. 그냥 농사. 농군에게는 기회가 별로 없어요. 그것도 섬에서. 큰아버지랑 아버지랑 함께, 함께 그렇게 풍랑 만나 그리되신 뒤로 우리 집에선 배 타는 것도 금기고. 우리 형제들이 그러니까 겨우.

그는 너무 멀리 갔다. 너무 깊이. 아무래도 그의 가족사를 들을 계제는 아니었다. 그래서 내가 말을 돌렸다.

가만, 우애와 우정은 왜 다르게 쓰이게 되었을까요? 이샘은 우 애와 우정 둘 다에 지극하신 편인가 봐요?

왜 그 다음 애정이라고 묻지는 않나요? 우애와 우정 다음 애정 은?

와, 철학자의 궤변 앞에서 내 어찌 당하려고. 그만둡니다. 이러 다 없는 우정마저 떨어지겠어요.

우정이라고요? 그럼 우정은 있다고?

우정까지야. 우리 모두 피 마르는 동병상련에 동류항이라 느끼 는 족속들 아녀요?

동병상련.

예, 뭐.

동류항.

…….

동반자!

오늘 그가 실제로 동반자를 구하고 있었는지 동반자 일반에 관해서 '설명'을 하고자 했는지는 조금 애매했다. 오늘은 애매했다. 그는 그러다 말고 아무튼 고향으로 향했다.

누군가의 고향 집

깊은 가을날에도 흐느적거리던 날씨가 오늘따라 저녁이 되자 급격히 추워졌다. 오뉴월 식혜처럼 변하는 것이 여자의 마음이 아니라 날씨다. 어떻게, 기승을 부리는 모기 소리가 아직 어딘가에 머무는데, 책상에서는 발이 시려온다. 이박과 함께 안주삼아 먹은 오뎅 국물과 떡볶이만으로 저녁을 셈 쳤더니 시장기인가. 시장기와 추위는 오면 함께 온다.

밤이다. 춥고 배고픈 밤이다. 자판 위의 손이 덜덜거리기 시작했다. 말이 좀 안 되는 시간에 전화벨이 울렸다. 이번엔 마침내 그일까? 독일 또는 어딘가에서 전화를 하는 거라면 시간을 잘 못 맞출 수 있을 것이다. 그러나 전화는 독일엔가 어딘가에 있을 그가 아니라 고향으로 간 이박으로부터였다.

오늘 불쑥 여름난 중의 꼴로 미안했수다. 고향으로 향하다 보면
회까닥해요, 제가.

웬 중?

아, 여름내 입은 후줄근한 중의적삼 말이요.

그는 딴청이다.

이 시간에 전화하시면 제가 방해받아 발끈하는 것 모르세요?

아 발끈하셨구나, 허 참.

그럼 담에!

아 잠깐만. 오늘 아님 나 말 못해요. 잠시만, 아니.

술김에, 그러고도 마주 보고 말할 용기가 모자라서 밤늦게 전화
를 했나? 무슨 고백이라도? 그것은 어리석은 여자의 지극히 상식
적인 추측이었다. 우린 사실 그럴 수 있을 사이가 전혀 아니었으
니까.

그가 말을 더듬거리는 동안 내 손은 점점 더 떨렸다. 몸도 떨렸
다. 내가 기억하는 한 한 시간 넘게 간헐적으로 쏟아낸 내용은 그
의 늘상의 화두 '배달민족'에 관한 것이었다. 이번에는 이론적 해
박한 지식이 아니라, 실제 인물들에 관한. 그의 고향 집에 관한.

우리 집엔, 사촌들까지 다 이웃해서 우리 집은 시골치고는 북

적거린다고 그랬죠, 아까. 젊은이들이 썰물처럼 빠져나간 시골이 아니라. 무슨 조화냐고요? 배달민족의 확장이랄까, 아주 새로운 대처방식이 먹혔던 셈입니다.

새로운 대처방식이라뇨?

에이, 다 아시면서.

뭘 안다고 하셔요. 설마?

설마 뭐요! 예, 설마요. 설마 중국, 필리핀, 베트남 여자들 이야기냐고 물으시는 거라면 엄청 머리 좋으신 거예요. 종형들, 덩달아 제 동생도.

이순규가 횡설수설 내뱉은 이야기들은 간단히 정리될 수 있다. 종형이 불행을 씻고 40을 훌쩍 넘겨서 새장가를 들었다. 동네 사람 모두가 축하할 일이었다. 다만 말씨가 이상하여 사람들이 수군거리게 될 때쯤, 조선족 여성이라는 사실이 밝혀졌다. 얼마 안 있어 그의 동생이 필리핀의 호기심 많은 간호사를 아내로 맞았다. 어학연수를 필리핀으로 간 것이 발단이었다. 정말 씩씩한 이 필리핀 댁 때문에 국제결혼에 대한 선입견이 금세 사라질 무렵, 둘째 종형 또한 베트남 색시를 맞게 되었다. 각각 이름도 없이 중국, 필리핀, 베트남으로 불리는 세 여자들은 일곱째 아이를 기다리고 있고, 동네는 화목하고 떠들썩하다.

고향 이야기들을 조금 더 자세한 버전으로 써둘 필요가 있지 싶다. 하도 길게 말한 내용을 단 몇 줄로 쓰는 것은 말한 사람에 대한 존중이 아니다.

이순규는 어느 날 인천 공항으로 도착하는 종형을 마중 나가라는 고향의 전화에 많이 놀랐다. 외국 여행을 감행할 종형이 아니었으니까. 형은 혼자가 아니었다. 동행은 놀랍게도 씩씩해 보이는 젊은 여자였다. 네 종형 말이다, 공항에서 고향 가는 길 잘 돌보아주거라! 하시던 어머니의 전갈이 무색했다. 왜 보살펴주어야 하는지? 인사를 건네자마자 이유를 알게 되었다.

어, 형. 아, 축하합니다.

어색한 인사를 나누고 고향으로 가는 금호고속 버스를 기다리는 시간은 다행히도 얼마 걸리지 않았다. 물론 고향까지 직행은 아니라 해도 거기선 문제없을 것이었다.

공항에 혼자 남은 이순규.

잇따라 시내로 들어오는 버스들은 정신없이 들이닥쳤다. 이태 전 금의환향처럼 귀국할 때의 힘찼던 발걸음이 생각나서 서글퍼졌다. 책으로 꽉 채운 기내 가방으로 쩔쩔매면서도 발걸음은 사뿐했던 그 순간이 그리웠다. 현실은 곧 냉엄하게 닥쳤다. 기회는 희박했다. 그런데 이 공항을 통해 살러 들어오는 사람들도 있구나. 또 다른 희망을 안고.

얼른 정리가 안 되는 것이 종형의 반전이었다. 종형은 시골에서 동창생과 결혼한 행운아에 속했었다. 여자 동창생들은 숫자도 적었지만 왜 하나같이 외지로 나가서 게서 결혼들을 해버리는지. 종형과 중학교까지 함께 다닌 동창생이 종수가 되었을 때 젊은 사람들은 은근히 부러워들 했다. 상고를 나온 것도 아닌데 주판을 잘하고 똑똑해서 단위농협 사무실에서 일용직으로 일하는 똑똑한 아가씨였으니까. 홀어머니 모시고 연애도 한번 안 하고. 사람들이 다 알아줄 만큼 착실한 아가씨가 종형과 오래 알고 지낸 친구였다가 마침내 혼인식을 올렸다. 당시에도 벌써 농촌 총각이 스물일곱에 제대로 장가드는 것은 드문 일이었다. 종형이야 면소재지 고등학교를 졸업하고는 별 야심 없이 주저앉아 그 나름대로 버거운 집안일을 도맡고 있었다. 그러다 단위농협에 드나들면서 영농후계자 문제도 있고. 드물게나마 꾸준한 만남이 옛 우정을 결혼으로 이끌었을 신실한 젊은이들. 두 사람이 결혼을 했을 때 정말 예쁜 신혼부부였다. 정말 오랜만에 동네 처녀가 동네에 남아 시집을 갔으니까.

종형이 결혼했을 때는 서울올림픽에 대한 열광으로 온 나라가 들끓던 때였다. 이순규는 아직 고향에 있을 때였지만, 그 다음엔 곧 순천으로 진학했기 때문에 나머지는 모두 들은 이야기다.

종형은 농협대학 진학을 고려하고 있었어요. 집안의 장손인데, 아이도 태어날 것인데, 아부지 노릇 잘하려면 조금은 더 배워야겠제, 그랬답니다. 종수님이 적극 권하기도 했고. 그때 농협대학에 농업조합학과 말고 농공기술과가 생긴다고 해서 좀 편하게 준비해도 된다 했었고. 그 사고 이후로 결국 다 깨어졌지만. 그러니까 그 사고라는 것이. 제가 어찌 자세히 압니까. 맘 찢어지니 집안에서도 쉬쉬하는 것인 걸. 만삭은 아니지만 아무튼 임신 후기에 시멘트로 된 바깥층계에서 실족한 것이 그만. 그렇게만 알죠. 고흥으로 나오다가 변을 당했다는 것 아녀요. 수술도 못 해 보고. 지금이야 바로 내나로도로 이어서 포두면으로 연륙교들이 개통되어 있으니 일도 없지만요, 그땐 보건소 여직원이, 대개 간호사죠, 발을 동동 구르며 함께 이송 중이었지만 사람을 영 놓쳤다는 것 아닙니까. 종형의 인생이요? 더 말해서 뭐해요. 남들 장

가도 안 든 나이에 상처라니, 것도 거의 두 생명을 함께.

그러니 어떻게?

전설이랑 같지요. 외나로도의 절경 중 하나인데, 곡두여 이야기 모르시죠. 당연히 모르시겠지요, 서울 양반이니.

서울은 무슨, 저도 서울 촌사람이죠.

곡두여 전설이 그냥 전설이 아니라요. 그곳 바다 밑이 고르지 않아서 지금도 비바람 모진 날에는 위험하죠. 가끔 항해주의보가 떠요. 그러니까 바닷길 건너 시집 장가가다 풍랑 만나서 빠져 죽은 신랑신부의 원혼이죠. 거기 신부가 탄 가마가 벌러덩 누워 있는 형상의 작은 섬, 그 반대로 뾰쪽하니 솟아 신랑을 상징하는 또하나의 섬, 암튼 두 개의 무인도이지요. 거기 도시에서 낚시꾼들이 찾아들곤 하는데, 감성돔인가 그런 것 철 따라 잘들 온다는군

요, 그런 낚시꾼들이랑 어울리지 않으려고 이상한 곳으로 낚시만 다녀서 큰어머니 애간장 좀 녹였었나 봅디다. 그러기를 십 년 넘어, 그래요, 근 십오 년, 겨우 마음을 잡고 생전에 종수씨가 권했던 농협대학 일로 알아보려고 서울에 갔다가.

그러니까 서울서 만난 조선족이었군요. 결혼소개소가 아니라?

그게 마찬가지요. 둘이가 서로 결혼이 필요한 사람들이었으니까.

누군들 필요에 의해서 결혼을 하지, 안 그런가요?

아니, 종형은 재혼 권유에 시달리고 있었고, 지금 종수가 된 조선족 아가씨는 한국 사람과의 결혼이 꼭 필요했겠죠. 하북성 천진에서라던가, 사촌언니 한 사람이 암튼 중국 업체와 한국 무역상들을 연계하는 가이드로 일하면서 꽤 잘나가는 또순이였던 모양입디다. 그런 걸 괜히 한국 무역상들이 바람을 넣어가지고 한국으로 왔는데. 중국어 하나로 충분했던 사업이 한국에 오니까 조금 달랐겠지요, 한국어도 배워야 했고, 그래도 다시 돌아가기에는 한국물이 좀 들었겠어요? 양고기 구이 식당을 낸 언니는 사촌동생을 어찌어찌 초청해 와서 데리고 있는데, 이 동생은 장사 체질이 아니라 힘들어하고. 암튼 종형 입장에서는 초혼도 아닌데, 결혼이 필요하다는 사람하고 결혼해 보자, 뭐 그런 심정이었다고 해요. 그런데 조선족도 민족은 같으니까 국제결혼은 아니다 싶기도 하고. 예상 밖으로 튼실한 사람이었던 거죠. 서울에서도 북쪽에서 만나서 한반도 남쪽 끝까지 따라나선 걸 보면, 그리고 지금 이렇게 살아낸 걸 보면. 서울에, 그러니까 고양시에 사촌

이 살고 있는 것도 어찌 보면 위안이겠죠. 어쨌거나 한국에 혈혈
단신 시집오는 동남아 등지의 여성에 비하면.

지금 무슨 이야기를 하는 거예요?

그러니까 일산에 올라갔던 길이라지요, 삼송역인가 무슨 역에
서 갈아탈 버스를 잘못 타서, 몇 정거장 다음에 분명 농협대학이
나와야 하는데, 한참을 가도 안 나오니까 두리번거리던 참이었나
봐요. 그러다가 '필리핀참전비'라는 생전 들어보지 못한 정류장
말이 들려서 무조건 내렸더래요. 농협대학 길이 아니니까 일단
빨리 내리려고. 거기 그 이상한 지명에 내려서 두리번거리고 있
는데…….

그만하세요, 슬쩍 무서워지는데요. 으슬으슬 비 내리는 오후는
아니었겠지요?

왜 아뇨. 암튼 처녀 한 사람이 달랑 눈에 뜨여서 길을 물으려
고. 그런데 그 처녀가 잽싸게 어떤 식당으로 들어가더래요, 혼자
서. 종형의 입장에서는 혼자서 식당으로 들어가는 처녀도 이상하
려니와 간판에 양고기라 적힌 것이 희한해서 자기도 모르게 따라
들어갔더라나. 자세히는 모르죠. 암튼 그 조선족 처녀가 종수가
되었으니.

그럼 농협대학은 그대로 잠잠해졌고요?

예, 아무래도 종형은 학교하고는. 허나 이번엔 행운의 기회가
된 거죠. 자세한 건 몰라요. 우리 집 남자들 내력이기도 하고, 뭔
말을 안 하지요. 누군들 속내를 아나요. 지금은 묵묵히 가업을 이

어가죠. 아이들이 줄줄이 태어났죠. 종수네 친정엔 딸들만 줄줄이 있었다는데, 그래서 슬펐고, 종수는 아들을 먼저 낳아서 겁 없이 아이들을 낳았더래요. 애들 씩씩하게 낳아서 씩씩하게 기르고, 씩씩하게 일하고, 무서운 것이 없다느만요. 흔히 말하는 결혼 이민자의 문제 같은 건.

웬 사설을 오늘 이렇게.

한샘, 좀 들어봐요. 우리 배달민족의 역사가 한정 없어요. 그러던 차, 내 동생 놈이 말이오, 내가 나서서 필리핀으로 연수를 보내놓았더니.

설마, 이번에도?

예. 이 녀석이 군대를 연기하고 또 연기하고 그러다가 졸업을 딱 한 학기 남겨 놓고 군대를 간 거예요. 군대를 마치고는 명색은 짝 학기 복학하면 취업 문제가 복잡하다는 핑계인데, 복학을 안 하고 놀고 있는 거예요. 서울에 데리고 있을 처지도 아니고, 강의 맡기 시작한 첫 해인데 고시방 생활일 때라. 그래도 형이 대학 강사인데 싶어서 필리핀으로 단기 연수를 보냈죠, 그랬더니…….

아, 이번에도 결혼정보회사 그건 아니네요 뭐.

그게 그리 다른 건 아닙니다. 국제결혼은 국제결혼이에요. 피가 섞이는 겁니다. 아무튼 거기 병원에서 간호대학 실습생을 만났다는데, 어떻게 가톨릭 신자라더군요. 필리핀에 가톨릭 신자가 많다고는 들었지만, 우리 선입견으로는 우리만 못한 곳 아닌가요. 그런데 참 개화된 여성이죠, 동생이 한국에 돌아와 복학해서 나머지 한 한기 마치고도 계속 공무원 시험 준비를 하고 있는 동안 이 필리핀 처녀가 한국으로 쫓아온 겁니다. 그렇게 개방된 곳이 필리핀이더라고요. 그곳은 흔히 국제결혼 때 신부 집에 주는 거금을 요구하는 부모들도 없고, 딸만 행복하면 된다는 식이라더군요. 모르죠, 그 집만 그랬는지. 결혼 후에 이곳 간호사 자격을 받았는지 아닌지는 잘 몰라도, 아무튼 보건소에서 보조원으로 일도 하고, 우리말도 엄청 잘한다네요, 결혼이민자 대상 한국어 강사노릇도 한다니 뭐. 면에서 일주일에 한 번 하는 무료강의이지만, 듣는 사람이 무료고, 강사료는 제법 받는대요. 큰어머니가 자랑삼아 하시는 말씀 얼핏 들으니, 우리들 강의료나 별반 차이가 없어요.

설마.

대학 강의료가 어디 문화원 같은 데 강의료만 못하기도 하니까요. 비문해자 대상 국어 강의 같은 것들. 우리들 상태라고 하는 것이 사업소득세를 납부하는 소득자이면서 방문판매자나 우유배달인과 동급의 자영업자죠.

설마 자영업?

한탄할 것 없소이다, 자영업이죠. 교육자로 분류되고 싶으시다? 알아서 하시지요. 오늘은 제 이야기 좀 들어주시라니까. 동반자 구함.

동반자?

아니, 종형이나 암튼 고향 식구들 이야기요. 종수씨나 제수씨가 그렇게 행운을 가져오니, 마을 사람들은 단번에 국제결혼에 대한 부정적인 우려를 걷어냈죠. 왜 텔레비전 프로그램에서도 잘 살고 있는 국제결혼 짝들 이야기가 매주 나오고 그러잖아요. 우리 동네에선 아주 다 같이 반기는 프로그램이 되었답니다. 전에 일용엄니 나오는 프로그램마냥.

전원일기요?

그게 무슨 전원이라요! 전원이라고 하면 어디 그냥 단어 그대로 논과 밭이라는 뜻으로 들리나요? 비록 청빈하다 할지라도 한가롭고 어딘지 낭만이 묻어나잖아요? 실제 논두렁 밭두렁 사이의 삶은 전원과는 별개요. 말 그래도 흙탕이지, 두엄 속, 아니 그보다도 못한 화학비료와 싸한 농약 냄새. 어머니들은, 아니 여자들은 향기가 따로 없지요. 향기는커녕 형태도 없지만요.

형태가 없다뇨?

형태가 없지 그럼. 농어촌 여자들이 형태가 있소? 킬힐은 아니더라도 일단 굽이 있는 신발에 달라붙은 내복 같은 걸로 다리를 가리면 형태가 쫘악 나오질 않소. 농어촌 여자 누가 굽이 있는 신발을 신는단 말이오. 그러니 여자는 아니지요.

이샘, 참 이상한 분이시네. 기껏 고향 이야기라서 참고 있었더니, 여자들 킬힐 이야기시라면.

아, 물론 죄송합니다. 헌데 고향 여자들도 여자들인데, 여자들 이야기를 할라치면 하이힐을 빼고서는 어찌. 단도직입적으로 여자는 하이힐에서 탄생된다 이거 아닙니까!

치우세요, 그만. 이샘과 여자들 형태 이야기를 할 군번은 아니외다.

이 사람이! 하고 전화를 끊으려다, 우선 그러고 있었다. 그런데 숨을 죽이고 듣고 있으려니 수화기를 놓은 줄 아는 모양이다. 한참 타령인데, 이쪽에서 듣고 있으리라고는 전혀 생각지 않는 어조다. 에이, 한금실, 이렇게 쌀쌀맞으면 내가 어떻게…….

그쯤에서 정말로 수화기를 내려놓았다. 그러고는 살짝 후회했다. 내가 어떻게…… 다음을 들어둘 걸 그랬나 싶어졌기 때문이다. 어쩜 그 다음을 속단했는지도 모르겠다. 그 순간에 필시 이 사람이 내게 조금 기대려는가 하는 생각을 했었기 때문이다. 그런데 돌아서면서 생각하니까 다만 이야기를 계속할 사람이 없어져서 답답했을 수도 있겠다 싶었다. 누구라도 한번 빗장을 열면 그 속의 전부를 털어내고픈 순간이 있지 않겠는가. 정말 뜨거운 물이라도 마셔야 잠을 청할 수 있을 것 같다.

그런데 다시 전화벨이 울렸다.
왜요, 한샘! 왜 하루 저녁 전화를 못 받아주시는 거죠?
아예 시비조에 가까워졌다. 이번에는 정말 수화기를 내려놓든지 해야 할 터인데, 나는 가만 있었다. 하고 싶은 말은 해버려야 한다, 누구라도.

이샘, 또 웬일이세요. 아직 이야기가 남았어요?

예, 아직. 아까 말처럼 종수씨와 제수씨가 잘 살아주니까.

그럼 좋은 일이겠죠.

아니, 그게 다가 아니라, 둘째 종형이 마저. 마저 국결을 선택한 겁니다, 이번에는 결혼정보회사를 통해서. 그게 그리 무서울 것이 아니니까요. 헌데 그냥 조선족이나 필리핀 누구 하나를 더 알아보든지 할 것을. 첨엔 그리도 생각했던 모양입니다. 그런데 어느 한쪽이 두 사람이 되면 저울이 안 맞다고.

저울?

아, 그게 어느 한쪽으로 기울면 혼자인 사람이 더 외롭다고. 그러니까 조선족 둘, 필리핀 하나, 그렇게 되어도 그렇고, 그 반대도 그렇고. 그러니 공평하게 다른 나라 사람으로 결혼정보회사를 찾았답니다. 그렇게 해서 베트남 아가씨가 시집을 왔다는 말입니다, 그러니 동네 사람들이 사람 이름을 부를 생각은 않고 중국, 필리핀, 베트남 그렇게 부르는 것이오. 시집온 순서대로, 결과적으로 나이대로. 그런데 베트남이······.

이름

아닌 밤중에 이순규가 토해 내는 이야기는 종잡을 수 없었다. 그나마 내가 이해한 대로 정리해 두고 싶다. 그가 무슨 이야기를 했는지 그 핵심은 정리해 놓은 이야기를 다시 읽어보면 알게 되지 않겠는가. 아무튼 베트남 신부의 경우를 이야기할 때쯤엔 이야기하기가 좀 힘들었었던 모양이다. 이야기가 자꾸 끊어졌고, 그것은 그가 전화 저편에서 소주잔을 홀짝거리고 있다는 반증이기도 했다.

베트남 신부가 시집을 올 때에는 결혼정보회사에서는 이름을 제대로 부르는 것조차 가르쳐주지 않았다. 응우엔 티 탄죽 - 그렇게 써서 혼인신고를 마쳤지만, 어느 것이 성인지도 몰랐다. 나중에 응우엔이 성이고 나머지가 이름이라 해서, 티 탄죽이라고 불렀는데 그게 아니고 탄죽이면 되는 모양이었다. 티는 여자 이름이라는 뜻으로, 누구에게나 붙어 있는 이름이라 했다. 그러니까 그냥 탄죽.

탄죽이 뭐냐. 그 여동생 이름이 죽느안인 걸 감안하면 그보다는 나은지 모르겠지만, 탄죽이라니. 왜 트엉, 완 또는 람 등으로 소설이나 영화에서 나오는 이름도 아니고. 하필 탄죽? 죽이 타면 뭐가 될까?

아무튼 탄죽은 그나마 이름을 잃어버리게 되었다. 하긴 손위 동서도 사람들이 이름을 무시했다. 명화는 분명 한국식 이름이었고, 조선족인 그녀를 굳이 중국식 발음인 밍화라 부를 필요가 없는 데에도 그랬다. 아무도 이름을 부르지 않고 그저 '중국'이 이름이었다. 탄죽의 이름은 '베트남'일 뿐. 그녀들은 그냥 중국, 필리핀, 베트남이 이름이었다. 그리고 그 베트남이 무척 힘들었다는 이야기였다. 겉보기엔 조용했더라도. 조용하더라도.

베트남은 무엇보다 나이가 어렸고, 어린 사람은 확실히 의지보다는 감정이 성하다는 것이 드러났단다. 외로움을 타고, 다른 여자들, 중국과 필리핀에 비해 말수가 너무 없었다. 문제를 일으킨 것은 아니었다. 베트남으로 전화를 해대지도 않았고, 베트남의 어머니를 초청하겠다고 조르지도 않았다. 아버지는 아주 어려서 떠나버렸단다. 베트남도 남자가 가정을 버리고 다른 여자와 살림을 차릴 수 있는 나라인가? 아무튼 어머니뿐이었고, 어머니는 여행할 형편이 아니었다. 그러니까 지병을 얻은 어머니의 병원비만 송금하면 그것으로 참았다. 어머니가 걱정이겠지만 고향에 가고 싶어 하는 내색도 없었다. 다만 갑자기 겉늙은 아주머니 꼴이 되어가는 것이 이상했다.

어메, 베트남은 밥도 안 묵나? 한국 음석이 안 받는당가?
어메, 베트남은 언제 애기 갖는당가?
참말로, 살이 좀 붙어야 애도 서는 거인디. 애가 생겨야 확실히 살겄제.

확실히 살다니? 젊은 새댁이 아이가 얼른 생기지도 않자 불쑥 의심들도 튀어나왔단다. 아주머니 몰골인데 미숙아 같은 것. 미숙아 상태에서 아주머니가 된 듯. 형님네가 낳아놓은 세 아이들, 그리고 한 해 전에 결혼한 사촌동서가 연년생으로 낳은 두 아이들 틈에서 베트남은 그냥 덜 자라고 늙어버린 아이 같았다. 아이들은 앞집으로 뒷집으로 깔깔거리고 다녔고, 형님과 동서는 아이들 따라 소리 지르며 달려 다니며 부산했다. 소리를 다 알아듣지 못하는 그녀는 머릿속이 윙윙거렸다. 아무도 그러는 줄 몰랐다.

탄죽이 시집왔을 때 사람들은 외톨이 외국인이 아니라서 쉽게 적응하리라 생각했지만, 그녀 자신은 오히려 힘들었다는 것. 집안 사람들이나 동네 사람들이 아무래도 별로 배려를 하지 않았다는 것. 왜 다들 알아서 잘 적응하고 사는 조선족 며느리와 필리핀 며느리를 봐왔기 때문에, 무엇이 어려운지, 심지어 말을 잘 못하는 것조차 고려를 하지 않았다는 것.

그리 살이 오른 것은 아니었지만 드디어 아기 소식이 생겼다. 삼 년이 지날 무렵이었다. 엄마보다 더 까무잡잡한 여자 아기가 태어났다. 웃음기 가득한 실눈인 아버지를 닮아서 눈이 퀭한 엄마 모습은 없었다. 퀭한 눈에는 실망의 빛이 어른거렸다. 아들을 원했을까? 사람들이 아들을 원한다는 것을 느꼈기 때문에 아들을 원했을까? 그래서 지금 둘째 아이를 기다리고 있다. 자식 사랑이 애틋한 것이 베트남 사람이라고 하니, 아들이고 딸이고 더 바랄 것이다. 더구나 형제자매가 단출했던 서러움으로 아이를 더 많이 원할 것이다. 죽느안, 그 여동생 하나가 어머니 곁에서 병든 어머니를 보살피고 있을 뿐이니까. 어쩌면 형제자매들이 많았다면 한국에 시집을 생각을 하지 않았을 수도 있다. 한국으로 시집오는 것은 결정적으로 어머니의 병원비 때문이었으니까. 안쓰럽게도.

그러면 정말 심청이 인당수에 빠지는 심정이었겠지. 너무 흔한 비유다, 사실은. 얼마나 많은 인접 국가의 여자들이 이곳 한국의 농촌이라는 인당수에 몸을 던지는가? 농촌에는 용왕이란 없는데.

나는 교양한국어 강의에서 만나는 외국 학생들의 얼굴에서 청운의 뜻만 읽었다. 체류 외국인이 140만을 넘어선 지금의 한국 땅. 여기에 얼마나 많은 심청이들이 살아가고 있을까. 또 얼마나 많은 부모가 한국으로 흘러들어 고국의 자녀들을 부양하고 있을까. 만주의 조선족들의 경우 절반도 넘는 가정에서 사람들이 한국으로 떠나와 있다고 한다. 떠난 한쪽 부모가 결국 한국의 양풍에 젖다보니…… 불륜에 이혼에, 남겨진 아이들은 어머니를 그리며 고모나 이모 집으로 떠돌다 결국 기숙사 학교로 보내지고. 부모들이 떠나는 경우보다는 명화 씨처럼 처녀가 한국에 시집오는 경우가 훨씬 바람직하다. 조선족 형님에 비해, 용감한 필리핀 동서에 비해, 베트남 사람 탄죽의 경우는 사뭇 다른 어려움이 있었을 것이다. 말이 우선 서툴렀으니.

그런데 말을 잘 못하는 것도 고려를 하지 않았다?

무슨 뜻인가 들어보았더니, 별로 말을 걸지도 않았다는 말이었다. 그의 고향 사람들이 원래도 여자 이름을 그리 챙겨서 부르는 습성이 아닌 탓도 있었을 것이란다. 시집온 새색시에게는 새댁이라면 통하고, 동네에 새댁이 겹쳐 들어오면 아무개네 새댁이라고 하면 그만이다. 아이를 낳으면 여자들 이름은 아예 아이엄마이니까. 이제는 딸아이의 이름 따라 진주엄마다.

그거야 이순규네 고향만 그러는 건 아니다. 한국 어딜 가도 맞대놓고 사람 이름 부르는 일이 적다. 어릴 적 기억을 해 봐도 어머니조차 '금실아' 하고 이름을 많이 불러주진 않았던 것 같다.

울 애기, 잘 다녀왔어?

아가, 너 그렇게 꽁하면 못쓴다.

다른 사람들에게 내 말을 하실 적에도 그랬다. '우리 금실이가'라고 하는 대신에 '우리 큰애는'이라고 하실 때가 대부분이었다. 학교에 가서야 이름 석 자로 불렸다. 한금실. 발음 때문에 황금실이라고 불리기도 했다. 어려선 그런 뜻인 줄 알았다. 금실. 금빛이 나는 실. 그런데 한자로 쓰면 달라진다. 금으로 된 방, 최고로 좋은 방이다. 동생들이 줄줄이 은실과 옥실이다. 그 다음에도 여동생이 있었으면 어떤 이름이었을까. 설마 청실홍실이었을까. 그보다 어차피 시집가면 시댁 성씨 따라 김실이 박실이 등으로 불릴 우리들에게 왜 미리 '실' 자를 붙여 이름을 지으셨을까? 나는 금씨에게 동생들은 은씨 옥씨에게 시집을 간다면 이름이 그대로 살 수 있었을 것이다. 나는 시집을 안 가서 여전히 금실인데, 둘째 은실이는 김실이 되었다. 금실이 김실이 소리가 헷갈릴 즈음해서 나는 한 박사라는 이름을 얻게 되었다. 언제부터인가 사람들이 한 박사라고 불렀기 때문이다. 한 박사가 대단해서가 아니라 김실이 우세해서다. 그 대신 은실인 사라졌다.

한 박사

나는 한 박사라 불리자마자 곧 하현달로 접어들었다. 초승달에서 반달까지, 그 반달에서 보름달까지는 누구나처럼 꽃피어나는 시기이다. 내게도 화려하지는 않으나 어쨌거나 한 작은 꽃에 비유하더라도 괜찮을 시절이 있었을 것이다. 굳이 '한 송이 국화꽃을 피우기 위해'라고 읊지 않더라도, 꽃 한 송이는 많은 눈물겨운 양분들로 피어난다.

그 나름대로 힘든 세월에 대한 대가가 박사라는 이름이면 나쁠 것이 없었다. 그러다 그것 또한 한쪽의 시각이란 것을 깨달았다. 한번은 모교에서 정반대 편 다른 대학까지 급히 택시를 타고 가야 할 일이 생겼다. 그때 운전기사의 질문이 삐딱하게 나왔다.

거, 학생은 아니시겠고, 강사요 교수요?

아니, 그거야.

아, 거 강사든 교수든 하니까 대학교에서 대학교까지 택시를 탈 것 아니요! 그러니까 외국서들 박사까정 해 오시고. 이런 말 좀 뭐 하지만서도, 그런데 우린 영 맘에 안 든 것이 있거덩요. 내가 지금 한국 들어온 것은 얼마 안 되고, 배를 타던 사람 아니오. 원양선박 말이오. 안 돌아다녀 본 데가 없는데 그게 참. 한국 선원들이 항구에 내리면, 어딜 가나 한국 여자들이 나온단 말이오. 그런데 니스 항에서는 ― 그 말을 듣는 나는 얼마나 놀랐었던가, 하필 프랑스라니 ― 놀라운 세상입니다. 그때 나온 야무진 여자가 하는 말이, 자긴 원래 그런 여자가 아니라 유학생이라요. 내 그 말에 더욱 놀랐거덩요. 아니 그런 데 돈 벌라고 내놓고 나간 여자라믄 그렇다 치지, 한국서 나갈 때는 유학 갑네 해 놓고서 그런 델 나오니, 거기 놈들하고는 그런 짓 안 하겠소 어디. 유학 가서 박사 따왔다 하면 누가 그런 상상이나 하겠소. 내 딸은 절대 유학 못 보낸다! 우리 다들 그러고 왔거덩요.

아니 뭐 그런 심한 말씀을.

그러다 운 좋게 거기 놈 꼬셔서 박사 대충 해 가지고 나오는지 누가 알겠소.

그게 그리 만만한 일은 아녀요. 하다가 중도에 포기하고 바닥으로 떨어질 수도, 사람이니까. 아니, 그보다 그 유학생입네 했다는 사람이 정말 유학생인지 기사님이 아셔요? 아무도 모를 일이죠. 괜스레 죽어라 공부하는 유학생들…….

아, 거야 그렇지요. 그런데 그 여자 똑똑한 폼이 유학생 맞아보였어요. 프랑스 말로 거기 사람들이랑 똑같이 야무지게 허덩걸

표현형

요. 박사 아니라 뭔가라도 헐 만헌 여자여서.

그렇다고 그리 다 뭉뚱그려서 말씀하시면.

그냥 말이 그렇다 그 말이요. 한국 돌아와서 박사님! 소릴 듣고 있을 사람 중에 행여라도…….

그런 걱정일랑 마셔요. 그렇게 한가하게 돈 벌어가면서 할 수 있는 것이 공부가 아니니까요.

허긴, 그런 사람이 박사 따기까지야 허겠소만.

그래도 그런 엉뚱한 험담까지 들어가며 이 대학 저 대학을 오가던 시절이 행복한 만월의 시절인 것을 그땐 몰랐다. 조금 있으면 전임이 되어, 아니 강사 경력을 인정받으면 바로 조교수에 임용이 되어서……. 정말 보름달 같은 세월을 누릴 것으로 알았다. 그러니까 누구도 자신이 자신의 생에서 보름달에 와 있다는 것을 모른다. 보름달에 이른 적이 없다고 말할 수도 있으나 그 나름대로 보름달인 것이다, 한 번은. 짧게라도. 내 경우는 해외파 박사로 귀국하여 안정적인 미래를 바라보며 내가 아는 모든 것을 쏟아내어 강의를 준비했던 그 시절. 밤이면 얼마나 정성스럽게 강의안을 준비했던가. 50분이면 50분, 75분이면 75분을 단 일이 분도 허투루 보내지 않기 위해서. 뚝배기보다 장맛이 좋다는 것은 옛말이다. 50분 강의면 낙타 등은 하나면 된다. 75분의 경우에는 쌍봉낙타의 등을 그린다. 하나의 초점으로는 지루해질 수 있기 때문이다.

이렇게 열심히 전공 강의를 준비할 수 있었던 시절은 갔다. 나는 물론 다른 강의를 시작했다. 걸음마 단계. 외국어로서의 한국어. 이것이 다른 보름달을 그릴 수 있을지는 완전히 미지수다. 거의 불가능이다. 이것도 비정규직이니까. 언제라도 그쳐야 할. 그러므로 보름달일 수 있는 시절은 갔다.

그런 나날 가운데 우리가 그냥 서로 편하게 이박이라고 부르던 이순규는 실로 엉뚱한 하루를 선사했다. 말이 통하지 않아도 따뜻한 가정을 꾸린 형제들이 부러운 사람. 우린 말은 통했을까. 둘 다 멋모르고 죽어라 공부했고, 설 곳이 마땅찮은 어중간한 세대로서.

이런 현상은 시쳇말로 글로벌한 듯, 유럽 어느 작가는 이를 '연구직 세대'라 부르며 그들의 비애를 소설로 써냈다. 많이 읽혔다. "서른 살 제시카"인가 "예시카"인가…… 이름이 중요할 리는 없다. 한마디로 좋은 학벌에 최고의 능력을 지녔고, 게다가 잘 빠진 서른 살 독신녀의 이야기. 그러고도 무보수나 작은 보수로 불확실한 직업에 종사해야 하는 젊은이들. 우리 사회의 스터디 룸펜족은 넘어섰을까. '고급두뇌 비정규직'과 비슷한 개념이다. 나라를 불문하고 인문사회학 분야에서는 이러한 연구직 과정을 거치지 않고서는 정식으로 취업되기가 어렵다. 주인공은 문학과 철학을 전공하고 여성주의 이론으로 박사학위를 마쳤다. 대도시의 원룸에 살면서 자원 형식으로 여성신문에 '섹스와 유행'이라는 테마의 기고를 연재하고 있다. 전통적인 표상으로는 벌써 가족을 꾸렸어야 할 나이이지만, 학위와 실습에 외국여행 경험까지 두루 갖춘 그녀가 경제적으로는 부모에 의존하고 있다. 신자유주의가 만들어 놓은 전형적인 실패자 모습. 이 젊고 예쁜 여자는 교육의 결과로서의 확고한 지성의 소유자이다. 그러나 한편으로는 독신의 일상이 주는 통속성에 굴한다. 이상적 몸매를 잃을까 걱정하는 피트니스 광이고, 유행을 따르는 경박함에, 마스카라를 떡칠하는 여자.

그래, 나는 적어도 마스카라를 떡칠하지는 않는다.

그러나 몇 년을 기다려 전임 자리가 났을 때 마스카라를 떡칠한 후배에게 덜컥 고배를 마셨다. 이 나라에선 마스카라가 통하는 것일까. 아니, 그것 때문이 아니다. 유연성 없는 답답한 내 좁은 소견이 나를 제자리걸음 하게 하는 것이리라. 전임 경쟁에서 밀려 모교를 떠난 이후로도 제자리걸음은 여전하다. 아니 거의 후퇴의 지경 아닌가. 해마다 신진 박사들로 넘쳐나는 세상에서 강의시간 지키기도 어려운 형편이니. 내가 누군가의 메모 쪽지들에 붙들려 그것을 소설화하려고 고심했던 일도 결국 또 한 번의 자발적 후퇴인지도 몰랐다. 그 일을 마치 과제인 것처럼, 아니 나의 절대적 과업인 것처럼 착각하는 동안 제법 치열한 작업에 바깥 세월을 잊었다. 지금도 마찬가지다. 어떤 작업을 마치거나 내 화면은 늘 바닥으로 돌아간다. 배승한의 메모들. 그에게서 더 이상 소식이 없는 지금 자판을 두드리는 내 손가락은 멈춰버렸다. 하지만 폐부는커녕 머리에서도 나오지 않는 글을 어찌 쓴단 말인가.

‧ ‧ ●

마치 외도처럼 일기를 한 장 쓰는 데 실은 한 달이 넘었다. 그러니까 일기가 아니다. 다만 정확성에 더해서 글의 리듬감과 독창성을 꾀한답시고 이 파일을 완성할 수 없었기 때문이다. 그래도 해를 넘길 수는 없다. 섣달그믐에는 이 파일을 닫으려고 한다.

또 하나 열려 있던 화면에는 아직 김용택의 시들이 떠 있다.

밥풀 같은 눈이 내립니다./빈 들판 가득 내립니다/그러나 나는 아직도/당신으로밖에는 채울 수 없는/하얀 빈 들을 거머쥐고 서서/배고파 웁니다.

빈 들 – 빈 화면이 오버랩된다.

실제로 눈이 내릴 겨울이지만, 근래에 눈을 본 적이 없다. 베란다 쪽 삐걱대는 유리문을 칸칸이 창호지로 발라 버렸기 때문이다. 세탁기와 가스레인지가 한꺼번에 들어 있는 그곳을 통해 세상으로 향하고 싶지는 않았기 때문이다. 그 너머 창밖이 보일 리가 없다. 희멀건 빛으로 또 하나의 새벽이 밝아오는 것을 느낄 뿐이다.

은실

은실이 거의 울고 있었다. 늦은 저녁시간이었다. 은실은 내 바로 손아래 동생이고, 딸뿐인 집안에서 아버지 어머니랑 함께 사는 효녀. 사람 좋은 제부 덕에 그만할 것이었다. 그런 은실이 전화 저쪽에서 말을 잇지 못한다.

언니, 어쩜 좋아.

왜, 왜 그러는데? 아버지가 안 좋으셔? 아님 엄마가?

아니, 승연아빠가, 승연아빠가 그래. 무서워 죽겠어. 지금 병원에 있어.

뭐야, 이 밤에? 그럼 입원한 거야? 왜? 그리 단단한 사람이?

강단은 무슨. 조용했지, 그냥.

그래, 조용했던 사람이 왜? 어디가 아파서? 무슨 병이냐니까?

모르겠어. 갑자기 헛소리를 하는 것 같아. 아무 상관없는 말들을 계속 내뱉고 있어. 기계처럼. 무서워 죽겠어.

뭐라 그러는데?

병원에서 그대로 입원시켜놓고 집에 연락을 했다니까. 해서 그냥 쫓아왔어.

병원에서 바로 입원을?

그래, 옆방 놀이치료실 여선생이 퇴근하려다가 들여다 보았었대. 검사시간은 벌써 끝났는데 안에서 소리가 나서. 승연아빠가 검사실에서 혼잣말을 하고 있더래. 얼마나 놀랐겠어!

뭐야?

치료실 선생이 김샘, 김샘을 아무리 불러도 안 되니까 이비인후과 진료실에 가서 사람들을 불러왔대.

뭐야, 그럼 정신이 나간 거야?

뭐 그런 거 비슷하대나 봐. 한 박사야, 나 무서워.

거기서 한 박사는. 그래 언니가 일단 올라갈게. 낼 일찍 출발해도 한낮이 다 되겠지 뭐. 어머니 아버지는 어떻게 하고 계셔?

자세히는 말씀 안 드렸어. 어지럼증으로 퇴근 못 하고 그냥 병원에 있다고 둘러댔어. 물론 의아해 하시지, 언제 아파 누운 사람이 있어? 링거 꽂고 누워 있으니 병원 가서 함께 있겠다고 왔지 뭐.

제부네 집은? 누님이랑 형님이랑?

나 좀 봐. 어머나 몇 시야, 더 늦기 전에 거기 먼저 연락해야지. 끊어, 끊어!

은실은 정신이 나가 있었다.

제부네 쪽에 연락도 않고 내게 전화를 한 것은 그냥 본능이었을 것이다. 제 일이니까 제 언니에게! 그만큼 남편의 일과 자신의 일을 동일시 한다는 뜻에서 긍정적인 일이다. 하지만 지금쯤 제부네 집에선 얼마나 놀랐을까. 거긴 부모님이 안 계시고 큰형이 아버지 같은 집안이라 했다. 자세히는 내 머릿속에 없다.

달력을 올려다본다. 낼 올라가면 월요일까지는 괜찮다. 아침 일찍 서둘러 갈 생각으로 미리 간단한 짐을 챙겨둔다.

봄은 봄인데 우중충한 하늘은 금방이라도 비를 내릴 것 같다. 나서다 말고 다시 현관문을 열고 구석의 우산을 구겨넣는다. 살하나가 잘 굽지 않는다. 은실은 비뚤어진 우산을 보면 칠칠맞다고 핀잔일 것이다. 한길에 나서자 물주전자를 내려놓았는지 가스를 잠갔는지 생각이 오락가락한다. 다시 집으로 향한다. 내 방이 화재에 휩싸이는 것도 문제지만, 방화범이 되어서는 안 된다. 옆방에 사는 사람들의 인생을 흠집 내서야 되겠는가. 신발을 벗었다 신었다 성가시기도 하다. 무늬가 짝짝이 다른 양말이 눈에 들어와서 미소가 나온다. '아름다운 가게'에서 산 양말이라고 해서 꼭 아름다울 리는 없다. 나는 괜찮다, 조금 다른 무늬의 짝짝이 양말이. 무늬도 다른 양말이 싸지도 않네, 라고 하던 은실이 생각났다. 생산자들에게 정당한 생산가를 지불하는 것이라고 했더니 은실은 웃었다. 그럴 리는 없겠지만, 일부러 다른 무늬로 짜면서 경제성으로 그랬다고 하지는 않겠지, 하면서. 결혼을 하고 엄마가 되면 동생이 그냥 언니보다 더 언니 같아지나 보다.

제부가 근무하는, 아니 지금은 입원해 있는 병원에 가려면 평택에 내려서도 근 한 시간을 이동한다. 집이 더 가깝지만 방향이 다르다. 짐이 짐스럽다. 이래서 사람들이 장거리 운전을 마다하지 않는지 모른다. 병원 간판이 보이는 곳에서 버스에서 내렸지만 건물에 들어설 즈음에는 사실 주저앉고 싶은 심정이 되었다. 긴 시간 기차에 버스에 시달려서이기도 하겠지만, 병실을 향하고 있다는 사실이 겁이 난 탓이리라.

저, 청력검사실 김 선생님이 입원하신 곳이 어딘가요?

안내에선 청력검사실 김 선생님을 잘 몰랐다. 이름 석 자를 대고서야 안내 받은 곳은 그냥 이비인후과 병동이었다. 조금 안심이 되었다. 귀에 문제가 있다면 그리 대순가? 일단 병원 밖의 일반인들은 이비인후과라면 조금 안심을 하게 된다. 안과라고만 해도 만에 하나 실명에 이를 병도 있어 무섭지만, 귀머거리가 된들 좀 어떠랴, 그런 마음이 되는 것이다.

병동 간호사는 내가 처형이라는 말에 다소 놀란다.

김샘이 우선 우리 병동에 계시긴 한데, 지금 들어가시기가 좀 뭣하신데요.

예?

놀라실까 봐서요. 계속 헛소리를 하다 잠들다······.

그렇담 간호사님 말씀을 들어야겠지요 뭐. 그런데 어쩌다가?

모르세요? 어제 퇴근 무렵에······.

간호사는 소리를 낮춘다.

어제 퇴근시간에 놀이치료실 민샘이 첨 발견했대요. 검사하는 사람도 없는데 혼자서 중얼중얼, 암튼 모두가 놀랐대요. 일단 병동에 입원해 놓고 밤엔 응급검사 몇 가지만 했고, 오늘은 보자, 지금 정신과 쪽에서 검사를 하고 있어요. 그런데 PAI도 할 수 없는 상태고.

그게 뭡니까?

네, 성격심리검사 종류요, 그런 것이 기본인데 한 시간 쯤을 조용히 검사를 못 하죠 아직은. 그게 DSM − 그게 혹시 정신질환 진단 관련해서요.

어쩌나. 식사는 제대로 하나요?

그럼 좋게요. 링거 들어가는데, 안정제랑 함께죠. 지금 다이아제팜 10밀리그램 맞고 잠들었을 걸요.

이러지도 저러지도 못하고 서성이던 나는 결국 복도 한쪽 휴게 공간의 의자에 주저앉았다. 은실에게 도착했다고 전화를 해야 될 일이었다. 배낭을 내려놓으니 일단 좀 시원했다. 전화기는 속 어딘가로 들어가서 얼른 잡히질 않았다. 그 사이 은실이 전화가 세

번이나 걸려와 있었는데 몰랐다. 기차에서 진동으로 바꾸어놓은 때문이었다.

나야, 언니. 병원에 왔어. 왜 승연아빠 혼자 있어?

일단 아침 회진까지 보고 잠깐 집에 왔지. 며칠이나 걸릴지, 챙겨갈 것도 있어서. 승연아빠 어쩌고 있어?

병실에 못 들어갔어. 간호사가 들어가지 말래. 자다 말다 혼란스러워 한다고. 아직 검사들도 안 끝난 모양이야.

그럼 어쩌나. 언니, 나 곧 출발하니까 언닌 집에 와. 와서 아부지 어머니 보고 갈 거지?

그래.

암튼 언닌 집으로 와. 승연이 승주 좀 봐줘. 언니, 일감 가지고 왔지, 노트북이랑?

왜, 일감은?

빨리 내려갈까 봐서 그러지, 며칠 좀 있어! 그럴 거지?

우선 여기 있어볼게, 천천히 와.

휴게공간에 걸린 텔레비전에서는 개그프로가 돌아가고 있었다. 사람에겐 다 해도 적응이 안 되는 것들이 있다. 할 수 없이 병원 건물 밖으로 나가볼까 다시 배낭을 짊어지고 일어서는데 갑자기 시장기가 느껴졌다. 시간을 보니 구내식당 같은 데 식사는 끝났을 것 같았다. 뭔가 뜨겁고 물기 있고 매운 것을 먹고 싶은데.

왜 이런 순간에 시장기가 밀려오는지. 가끔 이렇게 느닷없이.

혼자 살아온 시간들이 통째로 시장기로 몰려오면 기억은 늘 시작점으로 돌아간다. 무슨 생각으로 이역만리 공부를 향해 돌진했을까. 무슨 자랑이라고 외국 문학의 박사가 된다는 것에 청춘을 걸었을까.

외환위기의 봄. 졸업식을 앞둔 겨울, 책에서만 배웠던 국제통화기금이 실체로 다가왔다. IMF위기. 사람들은 장롱에 넣어두었던 금반지들을 내다 팔았다. 그보다 앞서 재미교포들이 달러를 모아 보내오기 시작했단다. 놀라운 애국애족이었다. 난 아니었다.

세상은 안팎으로 흉흉했다. 그 한 해도 뉴스는 온갖 죽음들을 날랐다. 여름에는 대한항공이 괌에서 추락했다. 200명도 넘게 순간에 그냥 변을 당했다. 베트남 항공이 뒤따랐다. 작은 비행기였던 것이 그나마 다행, 한국인도 있었다. 그 사이 세기적인 교통사고가 있어 떠들썩했다. 다이애나 스펜서의 죽음. 37세로 굵고 짧게 살다간 영국 여자의 최후가 된 파리의 터널은?

그 겨울 나는 파리를 향해 진력하고 있었다. 사실이지 도망갈 궁리를 했다. 우선 재수마저 시들시들 실패한 은실의 얼굴을 마주하고 싶지 않았던 것도 컸다. 우리는 마주 앉아도 말이 겉돌았다. 떠날 구실도 좋았다. 대학 졸업장은 은실에겐 미안함이었고, 사회엔 아무런 가치를 발휘하지 못했으니까. 영문과 부전공을 했던 친구들은 예상 밖으로 입지가 넓어졌다. 초등학교 3학년부터 전격적으로 영어가 도입되었기 때문이다. 영어 세상이 점점 더 확실해졌다. 그러니까 멋모르고 다른 부전공을 하지 않았던 내 불어교사 2급 자격증은 별 쓸모가 없었다. 임용고시에 아예 불어 과는 없었으니까. 더러 사립학교에 원서를 넣어볼 용기가 있는 사람은 용기를 낼 이유가 있어야 했다. 나한테는 용기가 없었겠 지만, 이유도 없었다.

봄이 되자 꿈틀거렸다. 그동안 공들였던 알리앙스 프랑세즈는 내게 곧바른 길을 보여주었다. 아버지도 대학원 진학이 틀어졌으 니 일단 파리 행이 낫겠다고 하셨다. 언제까지가 상현달 인생이 었을까? 아니, 조금 뒤까지도 달은 자라나고 있었을까? 손에 묻 은 크루아상의 기름기를 닦고 또 닦으면서, 바게트 부스러기를 줍고 또 주우면서, 그렇게 살면서 느꼈던 허기, 시장기 속에서도.

그때의 허기는 비단 위장의 시장기만은 아니었다. 쥬 느 꽁프랑 빠, 쥬 느 쌔 빠 – 프랑스 말 잘 못한다는 핑계가 대학 강의에선 통하지 않았다. 소화불량을 누군가 위의 문제라고 말한다면 화를 냈을 것이다. 소화불량은 귀의 문제였다. 삶은 언어로 비롯되고, 귀가 불량이면 사는 것이 사는 것이 아니었다. 지금은 으.에프. 캠퍼스에서 프랑스어를 배우고 대학에 들어가는 경우가 많다. 제 9구역의 캠퍼스에서 주변문화를 향유하며 또는 홈스테이를 통해 반쯤은 프랑스 사람이 되어서 대학에 들어가는데 무엇이 힘들랴!

국일관이며 참새와 방앗간 등 한국 식당도 좋을 것이고.

그때 나는 귀의 소화불량으로 영양실조에 걸려 입으로만 먹어 댔다. 바게트를 먹다가 물리면 크루아상으로, 다시 곧 바게트로. 요리가 예술인 세상에서 무조건 빵들만 먹어댔다. 은실이가 - 은실은 내가 떠난 그해 겨울에 결혼을 했다 - 빈 우유 깡통에 넣어서 땜질해서 보내준 고추장은 잼 대용이었다. 그렇게 탄수화물을 먹어댔으니 뚱보가 되지 않을 수 없었다. 가지고 간 옷들이 많지도 않았지만 곧 꿰어 입을 수도 없이 뚱보가 되어갔다. 패션의 중심에서 뚱보는 가만히 엎드려 살기에는 안성맞춤이었다. 사실 공부는 가만히 엎드려야 잘 되기도 한다. 그 덕택에 공부는 빨리 된셈, 그것밖에 하지 않았으니까. 그때는 그것이 괜찮은 것인 줄 알았다. 파리에 살면서 파리도 모르고 파리 사람도 모르면서도 서둘러 학위를 끝내는 것. 그것만이 나 자신을 증명할 수 있는 모든 것이었다. 파리는 자판 위에서 적당히 벌리고 춤추던 내 손가락 사이로 다 사라지고 없었다. 파리에서 살면서 파리를 만져본 적이 없었다니. 부끄러운 일이다. 그럼 그 다음에는?

아니 그런데 속이 쓰리다. 어디 컵라면이라도 먹어야겠다. 매점엘 가자.

그런데 금의환향처럼 돌아온 모교 캠퍼스에서는 어땠나? 그러고 보면 연속⋯⋯.

언니, 어디야? 집에 가고 있어?

아니, 그냥. 너 오는 것 보고 갈까 해서. 기다릴게.

어, 그래?

은실은 안절부절못했다. 계속 전화를 하는 아이가 아니었는데.

금의환향인 줄 알고 돌아온 그때, 맙소사, 벌써 10년 전 이야기다. 은실은 거의 만삭이었다. 둘째 아이였다. 세 살 승연이는 뒤뚱뒤뚱 걷다 넘어지다 했다. 웃다가 침을 흘렸다. 우리가 헤어져 있던 4, 5년 사이 은실은 아내가 되고 엄마가 되어 있었다. 튼실해진 은실이. 김실이가 된 은실이. 제부는 조용했지만 은실이 기댈 만한 어깨를 내주었나 싶었다. 나는 뭔지 모를 짐을 벗은 것 같았다.

그래도 나는 여전히 명치끝이 막히곤 했다. 막힘과 허기가 샴쌍둥이였을까? 누군가와 대화를 나누지 못한 것은 프랑스어 때문만은 아님이 분명했다. 지금 돌이켜 보면 모교의 괜찮은 강사 시절에도 마찬가지로 허기 속에 살았던 것 같다. 입은 늘 말보다는 먹는 일을 탐했다.

강의는 어쩔 수 없었다. 강의는 말로써 내 존재를 증명하는 유일무이한 통로였다. 그런데 내 강의는 살아 있는 말이 아니었다. 첫 학기에는 조심스러워서 그랬겠지만, 난 늘 강의 거의 전부를 미리 써둔다. 그러니까 다음날 가져가서 하는 강의는 이미 죽은 것들이다. 보고 읽지 않고 외워서 읽더라도 마찬가지다. 간밤에 벌써 태어나서 조금도 자라지 않은 그 물체는 죽은 것이나 다름 없다. 중간에 살짝 농담이라도 할 필요가 있다고 느꼈다면, 그것 까지도 살짝 표시를 해 둔다. 내가 강의시간에 혹시 농담을 했더 라도 그것마저 즉흥적이 아니었으니 죽은 것이었다.

그러니까 내 머리통은 즉흥적인 발상이라거나 융통성이 없이 꽉 막혔다. 유연성은 내가 좋아하는 단어라 해도 내겐 없었다. 속 이 말랑말랑한 식빵을 뜯어먹게 된 것이 한국에 돌아와서 빵의 변형이었다. 말랑말랑한 음식을 먹는다고 유연함이 늘지는 않았 다. 그런데 이 순간은 정말 따뜻하다 못해 뜨겁고 매콤한 무엇이 절실히 그립다. 이 병원 마당에서. 저만치엔 틀림없이 장례식장 이 있을 것이고, 장례식장에는 뜨거운 국물이 있을까?

멍청하도록 무례한 생각에 오히려 정신이 들었다. 식당에는 점 심이 없을 시간이지만 장례식장엔 스물네 시간 식사가 있으리라 는 생각은 맞다. 그렇지만 배가 고픈 순간 장례식장을 떠올렸다 면 참 엽기적이다. 아니, 결혼식장을 돌며 하객인 양 점심을 해결 하는 얌체족 이야기는 들었다. 축의금 봉투를 내밀어야 식권을 나누어주는 중산층의 결혼식장이 아니라, 아예 밥표 같은 것을 초월해서 식장이자 식당인 거대한 홀로 안내하는 부유층의 결혼 식에 끼기가 쉽다. 그러려면 옷만 잘 갖춰 입으면 될 터. 의복이 날개라고, 옷차림새로 사람을 판단하는 문화가 여전한 나라에서 는 가능한 일이다. 난 지금 결혼식 하객 면모는커녕 장례식장에 끼어들기에도 옷차림이 말이 아니다. 또 대부분의 장례식장에선 절을 하고 봉투를 넣고 식탁으로 안내되니까 몰래 비집고 들어가기도 어려울 것이다. 아니, 정녕 그런 국밥을 탐하고 있단 말인가.

그래, 뜨거운 국물은 라면 국물이지. 식당 내 매점에서 김치라면에 물을 부어서 텅 빈 식당 한 구석에 주저앉았다. 저쪽에 스터디쯤으로 보이는 뭔가를 하고 있는 무리들이 보였다. 물론 하얀 가운들이었다. 식당이 빈 시간을 이용하는 모양이다.

거기, 학교 카페테리아는 천장이 높았다. 값이 싼 음식들과는 어울리지 않은 높이라고 생각했었다. 음식 냄새를 잘 참을 수 있게 하기에는 높은 천장이 옳았다. 김이 나는 고기 요리를 즐기는 사람도, 요구르트와 사과 한 알만으로 점심을 먹는 여학생도 있었다. 난 샐러드를 먹었다. 빵은 미리 썰어가지고 간다. 바게트 – 굴러다니다 조금 마른 바게트에는 참치 캔을 더해 먹으라는 어느 한국 학생의 말을 따라 그가 말해준 대로 해바라기 그림이 그려진 걸 산 적이 있었다. 해바라기 기름이었을까? 올리브 기름에도 적응을 못하던 나는 슈퍼에 가면 안절부절못하곤 했었다. 뭔가 먹을 것을 거의 모두 슈퍼에서 해결해야 했는데도.

단순무식하게 살던 그 세월 동안 나는 팡테옹에도 가보지 않았다. 루소뿐이 아니었다. 빅토르 위고도 에밀 졸라도, 아, 앙드레

말로도 거기 잠들어 있다고 하지만, 거기 가까이 간다고 뭘 더 얻을 것인가.

모딜리아니의 무덤엔 가볼 마음을 먹었다. 감수성 과잉의 청소년기에 무한한 흡입력을 지녔던 그림, 목이 긴 여자 잔느 에뷔테른. 아직 파리가 낯선 때였지만, 페르 라세즈는 20구역의 바로 같은 이름의 역에서 내려서 올라가면 곧 있으니 찾기 쉬웠다. 그 그림에서처럼 목이 긴 장미 한 송이를 살까 하고서 꽃집에 들렀다.

바랜 금발의 뚱뚱한 아주머니가 물었다, 뿌르 쇼팽?

농! 뿌르 모딜리아니! 그렇게 답하자 나를 올려다보았다.

동양 여성들은 거의 쇼팽을 찾아온다는 것이 아주머니의 말이었다. 그리고 나는 말이 서툰 동양 여자였다.

그렇게 실팍한 프랑스 아주머니는 이탈리아 출신의 모딜리아니를 알 리가 없었다. 나는 어쩌다? 그림을 잘 알지 못하는 나로서는 객관적 평가도, 그의 세파르디 유대인인 혈통도 아무 상관없는 일이었다. 첨엔 남자가 죽은 다음날 창문에서 떨어져 죽은 여자가 어린 내 마음을 짓눌렀다. 남서쪽 바뉴 묘지에 묻혔다가 10년이 지나서야 모딜리아니 곁으로 갈 수 있었다는 잔느. 스물세 살. 치명적 사랑, 나는 물론 사랑을 믿거나 그러지는 못한다. 믿을 증좌가 없었다. 내 가슴을 흔들어놓은 것은 나중에 화첩에서 본 그의 카리아티드 몇 점이었다. 그리스-페르시아 전쟁 중 이적행위에 대한 중벌로써 카리아이 마을 남자들은 모두 죽었고, 여자들은 건축물을 떠받치는 벌을 받았다는 것이 신화적 설명이다. 하지만 고전적 에레크테이온 신전이며 오스트리아 국회 건물에까지 카리아티드 입상들은 아름답기만 하다. 모딜리아니의 그것들은 도발이었다. 건물의 무게에 짓눌린 채 힘을 지탱하고 있는 분절된 나신들은 그 단순한 선에서도 터질듯 했다. 너무도 압도적이었다. 그것을 어떻게 '해석'해 낼 것인가. 나는 해석 중독자였다.

나는 그때 모딜리아니의 무덤을 찾지 못했다. 안내에서 받은 묘지 지도를 가지고서도 찾지 못했다. 안개비가 오락가락하는 중에 묘석들 사이를 헤매다가 화려한 검은 무덤에 닿았다. 프루스트였다. 높이보다 넓이가 큰, 반듯하게 잘라낸 매끄러운 검은 대리석은 부동의 단단함으로 내게 다가왔다. 그래, 나는 영생이다, 뭐 그 비슷한 메시지 같았다. 평생을 공부하고 글을 쓰기만 해도 되었던 사람. 약한 몸이 변명이 될까? 의식의 '흐름'이라니? 의식이라니?

사교모임에 드나드는 젊은이가 홍차에 프티트 마들렌을 적셔 먹는다. 순간 과거의 무의식적 기억들을 떠올린다. 그로써 자신의 길을 자각한다고? 동급생 거의 모두가 『잃어버린 시간을 찾아서』에 넋을 잃고 매료되었을 때, 그때 그 강의를 하신 교수님은 대단한 평판이 있는 분이셨다. 반대로 그때 나는 프랑스 문학에 대한 막연한 환상을 후회하는 심정이 되었었다. 자아가 시간 속에 매몰되어 해체된다고? 열아홉 살 나는 자아만이 기댈 곳이라는 독단에 빠져 있을 때였다. 그래서 프루스트 같은 박학다식한 회색 인물들을 혐오하기 시작했다. 그 회색은 어스름 매력의 베일이 아니라 몽환이었다. 숨은 – 당시에는 커밍아웃이란 없었으니까 – 동성애자의 혼돈 같은 것을 나는 잘 이해하지 못했다. 아니, 싫어했다. 그 특별난 취향은 예술가들의 병적 특성일까? 영혼이 있다면 그 크기가 좁쌀만 한 내게는 위대한 영혼들을 담을 공간이 부족했다.

그것을 거스르는 과정에서 문학 아닌 문학으로서 매료된 것이 장–자크 루소였다. "인간은 자유롭게 태어났지만 사회 속에서 쇠사슬에 묶여 있다." 사회 이전의 상태, 천부적 자연권인 자유와 평등이 보장된 상태를 향하여 – 내가 공부를 하겠다고 했을 때에는, 그때는 적어도 어떤 실체를 향하고 있었다. 지금에 와서는 어느 사상가나 작가의 생각을 '해석'해 낸다는 것이 얼마나 무모한 일인지 뼈저리게 느낄 뿐이다. 남의 나라 남의 글이나 파먹는 하이에나……

전화다. 또 은실이다.

언니, 어디야? 병원 나선 거야? 나 아직 도착하려면 30분쯤은 더 걸릴 텐데, 병실에서 보호자 오라는데?

보호자? 그럼 내가?

으응, 언니. 언니가 좀 가봐.

그래.

컵라면 쓰레기를 치우는 둥 마는 둥 곧장 달려갔는데 병실이 비어 있다. 옆 병상에도 사람이 없다. 간호사실로 내닫는다.

염려 마세요. 검사 갔어요. 보호자가 있었대도, 따라가 보아도 할 일은 없어요.

할 일이 없으면서…….

근처에 계시면 따라갈 수 있을까 해서. 가도 도움은 안 됩니다, 뭐.

무슨 검산데요?

나중에 주치의 선생님한테 들으세요.

다시 넋 없이 환자도 없는 빈 병실에 앉아 있자니 내가 환자가 되는 기분이다. 은실인 언제 오려나.

우리가, 은실이 고등학교에, 내가 대학에 입학했던 봄은 따뜻하기만 했다. 우리 둘은 집에서보다 더 친해졌다. 은실은 서울의 여고에 진학할 수 있었던 행운을 언니 덕이라고 신이 났었다. 나는 그리 신날 것은 없었다. 여자들만의 대학생활은 고등학교의 연장선에 있었다. 딸들을 여자대학에 보내겠다던 어머니의 소망이 크게 작용했고, 또 불문과가 신설된 대학으로 진학하면 진로가 좋을 것이라는 고3 담임선생님의 권유도 있었다. 왜 하필 불문과였는지는 의외로 간단했다. 영어로 내 이름은 케이에스 에이

취가 되어 아이들이 '미스 에취' 하고 놀렸었는데, 불어로는 '마드무아젤 아슈' 얼마나 멋진가. 또 불어 선생님이 그러셨다. '쓰 끼네 파 끌레 네 파 프랑세.' – 명확하지 않으면 프랑스 말이 아니라니. 더 매력적인 유혹도 있었다. 모음마다 색깔이 있다니. A는 검정색, E는 흰색, I는 빨강색, O는 파랑, U는 초록이다. 어린 내게는 랭보가 프랑스어를 대표했었다. 대학생이 되어 조금 달라진 것이 있다면 불문과 학생답게 세계 뉴스에 귀를 기울이는 여유가 생긴 정도였다.

도버 해협의 '처널(Chunnel)' 개통 소식. '채널 터널'을 줄여서 그리 부르는 곳. 해저만 해도 40킬로미터를 통과하는 유로스타를 타면 파리에서 런던까지 2시간 반도 채 걸리지 않는다는 인간 승리! 아니, 기술의 승리! 인간 승리라면 아파르트헤이트의 땅에서 흑인 대통령이 탄생했다는 뉴스에서 정점에 이르렀다.

뉴스는 독서보다 더 직접적인 세계와의 연결고리처럼 느껴졌다. 책이 마음속으로 젖어든다면 뉴스는 곧바로 피를 건드렸다. 물론 뉴스란 항상 나의 이야기가 아니라 타인에 관한 것이라고 믿었다. 그해 여름 지독한 폭염에 비실거리다가 다시 캠퍼스로 돌아간 가을, 우리는 한번 끔찍한 뉴스의 중심에 들게 되었다. 이른 아침 출근길에 느닷없이 무너져 내린 한강 다리. 아직 8시는 안 된 시간, 게을러터진 대학생들이 아직 이동하지 않았기 때문에 불행은 고등학생들과 직장인들을 덮쳤다.

게을러 횡액을 피하기도 하는구나, 그것은 훗날 먼 나라 911사
건 때도 그랬다. 희망찬 아침이 절망과 죽음의 나락으로 변해 버
린 그 아침을 가까이서 경험한 우리는 갑작스레 벙어리가 되었
다. 화두가 따로 생각나지 않았기 때문이었다.

그 시절 휴대전화가 있기는 했지만 사용자는 드물었다. 터무니
없이 비싼 값도 그러려니와 손바닥 길이만큼 길고 무거운 그것을
실제로 쓸 필요를 몰랐던 때이다. 하지만 그 사건 이후 아버지는
'그날' 모두에게 휴대전화가 있었으면, 삐삐라도 있었으면, 덜 놀
랐을 것이라는 말씀을 자주 하셨다. 나는 사실 저녁때까지도 사
건 내용을 자세히 몰랐고, 무사하다는 연락을 드릴 생각도 하지
않았다. 은실과 나는 양재동 고모네에 나와 살고 있었는데, 고모
나 팽성 집에서는 난리가 났던 모양이다. 강바닥으로 떨어진 16
번 버스는 남에서 북으로 가던 중이었고, 하필 우리도 그 방향이
었으니 놀라실 만했다. 은실은 가끔 나랑 함께 가겠다고 아침 자
율학습에 늦는 것을 마다하지 않았다. 그 금요일 아침에도 은실
로서는 조금 늦은 시간에, 나로서는 빠른 시간에 함께 집을 나섰
다. 한강 근처에 이르렀는데, 비뚤거리는 다른 길을 따라 다른 다
리로 ― 알고 보니 동호대교였다 ― 강을 건넜을 때조차 은실이 지
각할까 봐 조바심을 내는 건 나였다. 설마 다리 상판조각이 통째
로 강물로 떨어지고, 그 순간 하필 그 상판에 버스며 차들이 지났
으리라고는, 더구나 은실이네 같은 학교 학생들이 그렇게나 많이
그 버스에 탄 채 추락했으리라고는 상상도 못 했다.

윤고은

현실은 늘 상상보다 더 잔인하다. 그런 명제가 무서움과 불안을 동반하고 핏속으로 스며들었다. 도버해협 바다 밑을 기차가 통과하는 세상과 강에 걸친 다리 위로 버스가 지나갈 수도 없는 세상이 공존한다는 사실도 각인되었다. 세상은 믿을 수 있는 세상과 믿을 수 없는 세상으로 나뉘어 있었다. 유럽으로의 정향이 어쩌면 벌써 그 가을에 확정되었는지도 모른다. 분명하고 안전한 유럽의 이미지가.

은실은 이후 학교생활을 무척 힘들어했다. 그만큼 충격을 받는 것이 너무도 당연했다. 같은 반 학생이, 그것도 한 자리 건너 친구가 국화꽃 한 다발로 남다니. 자신이 탔을 수도 있는 바로 그 버스! 충격이라는 단어는 너무 완곡한 단어였을 것이다. 은실은 그해는 물론 2, 3학년을 다 마치도록 내내 뭔가 불안을 극복하지 못했다. 2학년 시작하기 전에 아버지는 우리를 행당초등학교 뒤쪽으로 방을 마련해 옮겨주셨다. 고모는 많이 서운해 하셨지만 어쩔 수 없었다. 진작 은실이 양재동으로 주소를 옮겼으면 8학군 배정을 받았을 것인데, 하시면서. 대신 며칠이 멀다 하고 우리에게 반찬을 나르셨다. 고모가 오셔서 은실이 응석을 부리느라 결석을 했는지, 은실이 결석을 해서 고모가 자주 들르셨는지. 아무렇거나 은실은 결석투성이로 겨우 졸업을 하자 그냥 고향 집에 틀어박혔다.

그해 겨울, 은실이 졸업을 하고 나는 4학년만을 남겨놓은 겨울 내내 나는 서울에 남았다. 은실이 고등학교 생활을 망친 것이 꼭

나 때문일 리는 없지만, 은실이 서울로 나온 것은 분명 나 때문이었다. 나는 은실의 실패를 외면하고 싶었던 것 같다. 설날과 대보름 때는 어쩔 수 없었다. 보름이 지나고 며칠 되지 않은 날이었다. 아버지는 은실을 데리고 강남의 학원가를 둘러보러 가셨다. 이제 다시 고모네로 옮기면 학원 다니는 것은 문제없을 것이라고 설득하시겠다고 했다. 그날 더는 건널 필요 없는 그 한강변을 왜 다녀오셨는지. 다리 붕괴사고 현장에 이제 얼마 안 있어 새로운 다리가 준공된다고 하는 때였다. 아버지는 은실에게 현장을 보여주고, 누구라도 다시금 다리를 건너는 버스를 탈 수 있다는 용기를 불어넣어 주려고 하셨을 지도 모른다. 재차 충격을 받은 것은 은실이가 아니라 오히려 아버지였을지. 아무튼 집에 들어오시면서 집안에서 웬 파도 소리가 난다고 하시더니, 그것이 갑작스러운 이명이었던 모양이다.

아버지는 원래 귀가 썩 좋은 편은 아니셨다. 우리는 그냥 아버지들은 다 그러는 줄 알았다. 아버지가 그동안 한쪽 귀만으로 생활하셨던 것, 그런 걸 도통 몰랐다. 그러다 심한 이명과 함께 갑자기 전혀 말을 못 알아들으시니까 다들 놀랐다.

괜찮다, 조금만 더 크게 말해 봐라.
아버지이!
아버지 소리는 안다, 다른 것 말해 봐라.
아빠가 언제부터 이러세요? 엄마도 모르셨어요?

표현형

나도 건성이었구나. 전화 온 걸 바꾸어 드렸더니 통 못 알아들
으시는 거야. 날더러 뭔 소린가 들어보라고 하셔서 깜작이나 놀
랐지. 전화 끊고 말을 걸어보니까 통 못 알아들으셔야. 이게 어찌
된 일이라니!

아빠 아빠, 내 목소리 안 들려요? 막내도 방방 뛰었다.

괜찮다, 머리가 좀 띵한 것이, 몸살 나려고 그러나.

몸살 난다고 소리가 안 들려요? 큰일 났어요, 병원엘 가야지.

그러다 보니 다 저녁때였다. 모두가 조금 어리둥절한 채 저녁이
깊어갔다.

아빠가 서울 갔다 오셔서 병나신 거야? 나 때문에?

은실이 숨죽이며 물었다.

설마.

나도 더는 할 말이 없었다.

이튿날 병원에 가시는 아버지를 따라 나서는데, 은실도 따라 나
섰다. 아버지는 은실을 말리셨다. 가까운 이비인후과에서는 큰
병원엘 가보라고 했다.

보통 한쪽 귀에 이런 일이 오는데, 돌발성 난청이라고.

그럼 왜 완전히 안 들리세요? 아부진 거의 못 알아들으세요.

모르셨어요? 왼쪽은 오래전부터 완전히 고장이 나 있으신데요.
어쩜 어렸을 때부터.

그럼 어떻게?

그러니까 큰 병원에 가서서, 지금 당장 가셔서 입원치료를 시작하세요.

입원을요? 청력 때문에?

예, 응급상황입니다.

응급상황? 응급실에를요?

응급실이 아니라, 일단 종합병원으로 바로 가세요! 서두르세요.

그런데 그 금요일 오후를 또 놓치고 말았다. 아버지는 귀가 안 들린다고 큰 병원에 입원하는 사람이 어디 있냐고 버티셨다. 사리분간보다는 고집 센 시골 할아버지들처럼 우기셨다. 그렇게 주말을 지내고 월요일, 이번에는 은실도 기어코 따라 나섰다. 아버지는 일단 학교에 출근하셨다가 병원으로 가시겠다고 했다. 아버지가 학교에 들어가신 동안 차 안에서 은실은 울 것 같았다. 나는 할 말을 찾지 못했다.

이비인후과 첫 진료는 귀 때문이면 으레 청력검사실을 거친다. 검사실에서는 말 한 마디 없이 결과지만 내밀었다. 아버지는 청력검사실에서 받은 종이를 들고 의사의 진료를 받았다. 약간은 애송이로 보이는 초진 의사의 말도 같았다.

이 병은 입원치료가 최선책입니다. 물론 생명에 지장이 있는 부분은 아닙니다만.

죽고 사는 일은 아니다? 그러면 되었다, 나는 또.

아버지는 난감해 하셨다. 새 학년 교실에 자리를 비울 수도 없다고 하셨다. 차선책으로 귓속 주사로 결정을 하셨다. 이상한 자세로 20분 이상을 앉아 계셨는데, 밖에 있는 우리는 기웃거리며 불안에 떨었다.

그때 청력검사실 아저씨가 복도에서 끼어들었다, 왠지 화가 난 듯.

의사가 응급상황이라면 응급상황입니다. 아버지 한쪽 귀마저 안 들리시면 그땐 어떻게 하려고요?

입원치료가 확실히 더 좋은 거예요, 확실히?

은실이 그에게 다가가서 불안하게 물었다.

아버지도 밤새 고심 끝에 다음날 담임을 내놓으시고 입원을 하셨다. 병가 2주면 치료가 끝난다니 믿어볼 밖에. 그 봄학기, 티.에이. 일을 계속하면서 알리앙스 프랑세즈에 본격적으로 다니기 시작한 나는 서울에 있어야 했다. 은실이가 아버지 병원 시중을 도맡았다. 그리고 저러다 그 청각사가 아버지의 사위가 되었다. 이듬해 내가 서둘러 프랑스로 떠난 다음이었다.

그러니까 정말 착실하다는 단어에 걸맞은 제부는 작은 종합병원의 청각사다. 단순한 일이어서 스트레스도 없을 것 같았다. 승진이나 그런 것과 거리가 멀 것이니까. 어찌 보면 그냥 하나의 부품 같은 존재이지만, 그러나 이비인후과가 있는 병원이라면 꼭

한 명은 있어야 되는 중요한 자리다. 그런데 왜? 어쩌다가?

● ● ●

상념에 잠긴 나를 은실이 깨운다.

언니, 아직 있네.

어, 벌써 와?

승연아빠는? 아직 안 끝났어?

모르겠어. 그냥 뒤따라 갈 것 없다고 해서.

그렇지 뭐. 난 어디 좀 가볼래. 언닌 그만 엄마한테 가봐. 애들도……

아니, 잠깐. 승연아빠가 무슨 헛소리를 했다는 거야. 아무 상관 없는 말들이라니. 기계처럼 무슨 말을.

그게, 그게 말이야. 청력검사 때 쓰는 말들 같이 단어들만. 뜻도 뭣도 없이.

뭐, 청력검사?

그래, 귀, 힘, 갓, 잔, 수도, 우유…… 그런 말들 말이야. 나중에 얘기해. 나 어딘지 검사실로 가볼래. 몇 층이래?

그게, 이비인후과 검사가 아니라던데…….

정신없이 서두는 은실의 뒷모습을 보며 나는 병실을 나섰다. 청력검사 때 쓰는 말들? 그걸 외워서? 귀, 힘, 논, 맛……. 그때 아버지가 청력검사를 할 때 왠지 그 좁은 공간을 꺼리셔서 내가 따라 들어갔었다. 검사자 옆에, 그가 밀어준 작은 의자에서 이상한 단어들을 들었다. 솔, 잔, 국, 솜, 닭, 옆? 아니면 수도, 마포, 학교, 돼지, 접시, 기차, 바다, 전기 그런 것? 그날 밤 나는 그 의미 없는 낱말의 집합이 신기해서 생각나는 대로 적어보다가 웃었던 생각이 났다. 그런데 제부라면 그것을 완전히 외울 법도 하였다. 외우는 게 오히려 당연했다. 그런데 무슨 일이 벌어진 것일까.

늦은 오후, 바람이 차다. 봄바람은 품으로 드는 임 바람이라더니.

좌석버스에 오르니 눈이 절로 감긴다. 지하철이건 버스건 자리를 잡고 앉으면 눈을 감는 버릇이 이젠 아주 굳었다. 집으로 가자면 우선 40분쯤을 가는데 그 사이 잠이 들진 않겠지. 통복육교에서 갈아타고 나면 그땐 눈을 뜨자. 10분 정도에 내려야 하니까. 아침에 남녘에서 올라온 시간의 흔들림까지, 아득하다. 은실이 이 일을 어찌 감당할까. 은실이 다시 힘든 상황에 빠진다면 나는 어쩌나. 아버지는 또 속내를 아시면 은실이가 안쓰러워 어쩌실까

파도 소리

어머니이, 아버지!

어머니는 부엌에서 나오시는 모양이 이른 저녁준비 중이셨나 보다.

어떻더냐? 그래, 김 서방은 어떻더냐고?

그게요, 아직 잘 모르죠. 검사다 뭐다.

웬 검사? 몸이 부실해서 링건가 맞는다며? 은실이 어쩌고 있을 꼬!

그냥, 입원한 김에. 암튼 염려 마세요, 별일 없겠죠.

아버지는 그날도 보이지 않았다. 벌써 5년째, 아버지는 은퇴생 활에도 집에서 느긋하게 쉬시지는 않았다. 그렇다고 무슨 일을 본격적으로 하시는 것도 아니다.

아버진 어디 가셨나 봐요.

늘 그러시지. 요사인 부쩍 정문리엘 가시는구나. 차로 가믄 사오십 분이면 너끈할 걸 기어코 버스를 타고 가시니. 오산까지 올라갔다가 게서 또 내려가는 길을 왜 우기시는지. 뭔 볼일은 그리 있으신지.

아버진 정문리 좋아하시죠. 어머니가 밀양 박씨인 것도 얼마나 자랑하시는데 그러세요.

밀양 박은 다 열년가, 네 아부지도 참.

열녀라서 그러나요, 일단 청주 한씨와 밀양 박씨 하면 뭔지 어울리는 건 사실이죠 뭐.

밀양 박은 빼고, 한 박사나 들어가서 쉬려무나. 아니, 점심은 먹은 거야?

예, 먹었지요. 시간이 언젠데요.

그럼 어시 들어가 쉬어. 네 아부지 오시려면 멀었다.

어려서 '아빠방'이라고 불렀던 건넌방은 언제 보아도 먼지 냄새 느낌이었다. 지금은 내 책상도 거기에 끼어 있다. 한국 떠난 4년 반, 돌아와서 보니 내 물건들이 건넌방 한쪽으로 옮겨져 있었다. 내가 프랑스로 떠난 뒤 은실이 결혼을 하게 되자 우리 자매들이 함께 쓰던 부엌 옆 상하방에 자연스레 신혼살림을 차렸으니 그렇게 된 것이다. 또 그 사이 더 큰 변화라면, 막내 옥실이 미국 사람이 되어버린 것이다. 아버지 바로 위가 우리가 서울 나가 살던 곳

고모이시고, 그 위 둘째 큰아버지가 일찍이 미국에 가서 정착하셨는데, 다 함께 회갑에 초청받아 갔다가 옥실이 거기 남은 것이다. 아버지 어머니는 설마 하면서 옥실을 남겨두고 오셨다 했다. 큰아버지가 너무도 간절히 원했고, 옥실도 스스럼없이 남겠다고 했더란다. 결국 버티어냈고.

아차, 그러니까 아버지는 한 해에 딸자식 셋을 다 어딘가로 떠나보내셨구나!

늦은 봄에는 내가 떠났고, 여름엔 옥실을 두고 오시고, 그리고 그 겨울 은실이 결혼을 했으니까. 은실이 결혼해서도 함께 지낸 것이 얼마나 위안이 되셨을까. 새삼스레 제부가 고맙다. 어서 퇴원을 해야 할 텐데.

내 책상은 짐짝처럼 올려진 책들로 빼곡하다. 노트북을 올려놓으면 남는 공간도 없을 지경이다. 그렇다고 질서정연한 아버지의 책장에 얹어둘 수도 없다. 오늘 따라 책장 맨 위, 먼지가 누렇게 깃든 족보로 눈이 간다. 화성시 양감면 정문리 마을에서 유래한 청주 한씨 후손들은 양절공파에 속한다던가. 아버지는 은근히 정문리 충렬문에 대한 자부심이 있으신 편이다. 임진왜란 때 전사한 상주목사 한씨를 따라 자결로써 정절을 지킨 부인 밀양 박씨를 기리는 충렬문이다.

난 물론 요즈음엔 자주 집에 오지 않는 편이다. 아버지 보기가 어찌해도 늘 면목이 없다. 우리 셋 중 하나라도 아들이 되어드리지 못한 것은 어쩔 수 없다 쳐도 그렇다. 아버지는 실제로 첫째인 내게 기대를 거셨던 것 같다. 더구나 은실이 대학을 포기했고, 옥실인 미국 사람이 되어버린 셈이니까. 초등에서 시작하여 중등으로 옮기시는 동안 힘드신 기억들을 떨치고, 딸애는 보다 확고하고 늠름한 학교에 남기를 바라셨을 것이다. 한때는 아버지 은퇴 전에 내가 자리를 잡게 되리라 했었지만, 지금에 와서는 오히려 그런 희망을 아예 접을 수밖에 없으니 말이다.

아버지의 책상 위에 덜렁 공책 한 권이 놓여 있다. 읽다 둔 책처럼 종이가 끼워져 있다. 아버지가 책갈피로 쓰시는 종이들은 다양하다. 약간 두께가 느껴지는 종이들을 버리지 않고 적당히 오려두신다. 이를테면 광고지도 거기에 해당된다. 사용된 봉투들도 마찬가지다. 거기 노란 봉투를 잘라낸 종이가 끼워져 있는 공책. 나는 겨우 노트북을 올려놓았지만, 이상하게 시선이 자꾸 아버지의 공책 쪽으로 간다. 내 책상과의 경계 쪽에 놓여서 열어주기를 재촉하는 듯한 환상에 젖는다. 나는 유혹에 굴하고 만다.

· · ·

파도 소리는 그때부터였다. 그러니까 은실이 대입에 실패하고 집에 처박힌 겨울을 뒤로하고, 3월엔 다시 기지개를 켜게 하려고 탐색 차 서울에 나갔던 차였다. 은실을 데리고 개학 전에 입시학원 등록도 하고, 아무튼 다시 서울로 나갈 수 있게 하고픈 마음에서였다. 양재동 누님도 은실일 그렇게나 챙기셨다. 서초동까지만 가면 좋은 학원들이 엄청 많다고. 그날 은실인 어디서도 건성만 같아 보였다.

갑자기 새로 완공되어가고 있다는 그 다리를 돌아보고 싶어졌다. 은실에게도 좋을 것 같았다. 새 다리가 완공되기 전에, 아무튼 잊을 건 잊고 털 것은 털도록. 과거는 과거의 그 자리에 두어야 쉽게 잊힌다 싶었고.

1994년 10월 21일 오전 7시 48분경. 제10·11번 교각 사이 상부 트러스 48m 붕괴. 우리 아이들이 그보다 15분쯤 늦게 8시를 막 지나서 그쪽을 향하고 있었다는 사실에는 지금도 소름이 돋는다. 10분, 15분의 간격은 찰나에 비하면 영겁이지만, 영겁에 비하면 찰나다. 은실인 지각하더라도 언니와 재잘거리며 같이 가려고 늑장을 부린 통에 살아남았다. 꾸물대다가 지각을 자주했다는 은실이 고맙고 아슬아슬하다. 은실이 지각하지 않게 언니인 네가 함께 서두르라고, 늘 큰애를 다그쳤던 일이 생각나서 바지를 적실 뻔했다. 녀석은 결국 고등학교 시절 내내, 아니 그 다음에도 울렁증을 극복해 내지 못했다. 아니, 고등학교를 미리 서울로 내보냈던 것이 잘못이었을까? 집에서 고등학교를 마친 금실인 아무 일 없이 대학엘 들어가지 않았나. 큰애 혼자 내보내느니, 아무리 누님 댁이라지만 둘이 함께 있으면 좋겠다 싶었고, 누님도 이상하게 은실이랑 함께 보내라고 극성을 떠셨다. 하긴 똑하다 싶은 큰 애만 보내놓으면 혼자 사시는 누님이 아무 재미도 없으실 것 같기도 했었다. 후회가 무슨 소용, 은실이 고등학교 생활을 망친 건 아무래도 이 애비 탓이렷다.

다시 찾아본 다리, 새 다리는 교하 공간이 넓어서인지 미완성인 그 자체로 광활한 한강수면에 멋진 경관을 이루고 있었다. 강물은 여전했다. 아니 여전한 모양새를 보이고 있었지만, 그날의 피를 삼킨 물은 아닐 터. 무심한 강물.

파도 소리는 그 강물에서 시작되었던 것 같다. 그날의 강물이 씻기고 씻기어 내려간 천 날의 시간들. 밤낮으로 우는 탄식 소리가 어디로 흘러들었겠는가. 이제는 먼 바다에 흩어져 먼지만큼도 핏방울을 지니지 못한 채 흩뿌려졌더라도. 핏빛 물소리는 지금도 거슬러 올라와 강가의 아비어미의 귓전을 때리리라. 그날이면 그곳을 찾아 목이 찢어지게 뿜어내는 통곡도 눈이 찢어지게 흘리는 눈물도 다시 강물에 섞이어 뒤따라갈까?

등 뒤로 학원들의 안내장을 힘없이 쥐고 있는 은실이 눈에 들어왔다. 내 딸이, 여기 내 곁에 서 있는 내 딸의 모습이. 우리는 뒤돌아서 서둘렀다. 계획으로는 뭔가 맛있는 것이라도 사 먹일 양이었지만, 무엇인가에 쫓기는 듯 집으로 내달았다. 파도 소리가 뒤따라왔다. 한강물이 파도쳐 넘실거릴 리가 없는데, 그것은 분명 파도 소리였다. 파도 소리 사이로 노랫소리가 들리는가 싶었다.

강남 길로 해남 길로 바람에 돛을 맡겨~ 물결 너머로 어둠 속
으로 저기 멀리 떠나가는 배~ 바람 소리 파도 소리 어둠에 젖어
서 밀려올 뿐~

밤새, 그 이튿날도 파도 소리가 멎질 않았다. 온 세상이 파도 소
리로 뒤덮였다. 소리를 막을 수도, 잠을 잘 수도 없었다.

돌발성난청입니다.

동네 이비인후과의 나이 든 의사의 말이었다.

보통 한쪽 귀에 이런 일이 오는데, 돌발성난청입니다. 큰 병원
에 가셔서, 입원치료를 시작하세요. 응급상황입니다.

의사는 밀려든 다른 감기환자 치료에 열중하는 것 같았다.

큰 병원에 가는 날엔 두 애들이 다 따라나섰다.

큰 병원에서도 단 한 가지 검사, 그 흔해 빠진 청력검사 하나를
했을 뿐인데, 약간 애송이로 보이는 초진 의사 말도 이 질병은 바
로 이비인후과의 응급상황이란다, '물론 죽고 사는 일'과는 무관
하지만. 이런 증상이 언제부터냐, 혹시 다른 병원에서 대강 치료
받은 적이 없냐는 등을 두어 번씩 묻고 다짐받고서 그가 하는 말
이 진지했다. 돌발성난청은 거의 대부분 노년과 관계없이 이유
없이 찾아들고, 결국 문제는 스트레스일 가능성이 높지만 심지어
1/100 쯤은 뇌종양의 가능성도 있고 또······. 이유야 어떻든 간에

치유되는 확률은 발병 일주일 이내에 시작했을 때에도 1/3 수준이라는 것. '난청'이란 듣기 좋은 말이고, '청력상실' 그러니까 귀먹을 확률이 더 높은 질병이란다.

질병이란 단어가 내 남은 귀를 의심케 했다. 내 의식을 흠집 냈다. 또 질병이라면서 치료해도 별 소용없을 수 있다는 말도 이상했다. 절대로 죽을 병도 아니면서 치료 확률이 절반도 안 되는 질병이라니 진짜 웃겼다.

치료 방법은 입원해서 일정 기간 강도 높은 스테로이드 주입식이 최선, 다음이 통원치료로 일정 시간에 귓속에 직접 소량의 스테로이드를 주입하는 방식이란다.

최선은 지금 입원하시는 방식입니다!

입원? 방학 잘 지내놓고서 신학년도 개학 첫날 입원하겠다는 말이 나올까? 안 된다, 못 한다. 또 갑자기 2주일을 쉬게 되면 담임이며 수업은 어떻게 되는가? 요즈음은 고2도 이미 입시체제다. 죽고 사는 일도 아닌데 학기 초 2주 병가는 마음 무거운 일이었다.

그래서 차선책으로 귓속에 약물을 주입하고서 비뚤게 누웠다. 아마 약물이 잘 들어가도록 하는 조치 같았는데, 바스락거리는 소리가 점점 더 커진 느낌이 문제였다. 돌아오는 길에서부터 애들은 입원치료가 마땅한 것이라고 종알거렸다. 은실이 더욱 졸라댔다.

밤이 깊어갈수록 치료받은 귓속에서 버걱대는 소리는 무서웠다. 파도 소리를 넘어 날개 달린 벌레가 파닥거리는 소리였다. 바퀴벌레 새끼가 알에서 깨어나는가? 겁이 났다. 어색한 미봉책을 다 참고 입원을 하는 쪽으로 기울었다. 입원하러 가는 환자라지만 멀쩡한 사지육신이라 어딘지 어색했다. 아내 보기도 그렇고. 아무튼 보호자가 필요 없는 환자였으니까.

병실은 식구들을 돌려보내고 혼자 남게 되자 오히려 호젓함으로 편안했다. 앞 침대의 환자나 병실에 들락거리는 인력들은 관계가 아니어서 편했을까? 방해받는다는 느낌이 없는 것이 신기했다. 그보다는 오른쪽 세상, 내 귀 안에서 벌어지고 있는 세상이 방해였다. 온갖 소리를 섞어서 몇 성부의 음악일는지.

노트북 앞에 앉아 보았다. 학교랑 연결은 되어야지 싶기도 했다. 갑작스럽게 담임을 떠맡게 된 동료 선생님에게도 인사라도 쓰고. 아니, 인터넷이 안 된다. 치료 장비들에 대한 보호라는 미명에 노트북을 쓸 수 없다니. 복도 한편 휴게실 구석에 동전을 넣고 쓰는 컴퓨터에선 가능하단다. 각종 질병과 환자들로 뒤범벅된 병원에서 공동으로 컴퓨터를 쓰라고? 그래도 이메일 정도는 확인해야겠다 싶어서 컴퓨터 쪽을 기웃거렸더니 두 대 다 젊은이들의 차지였다. 온 세상은 붕붕거리고 머릿속은 혼란하고…….

바깥쪽으로 시선을 돌려 한 시간여를 들락날락하다가 드디어 한쪽 컴퓨터에 않았지만 웬걸, ○○학교를 치려는데 '교'자에서 'ㅛ'가 들어가지를 않았다. 어찌어찌 홈페이지엔 접속이 되었는데, 이번에는 로그인 이름자에서 'ㅗ'자가 먹지를 않았다. 시간은 6분, 7분이 지나는 데도 끄떡없다. 하릴없이 10분이 넘어가자 분통이 터졌다. 사방이 분통 나는 세상이다.

밤이 늦었다 싶었는데 담당의가 간호사실로 불러낸다. 엠.아르.아이 결과 내 뇌 속은 깨끗하다고 했다. 살았다. 뇌와 혈관이 나이에 비해서 젊다면 젊은 편이라고 한다. 그러니 나는 뇌졸중의 위험은 낮은 사람이다. 혈당이 올라도 혈압은 오르지 않고, 그러니 심근경색으로 죽을 확률도 낮다. 복장이 터져서 복막염 수술을 하게 된다면 몰라도.

치료방식에 관련하여 자세한 설명을 한다. 스테로이드요법이란, 처음 4일간을 하루 한 번 80밀리그램씩 투여하다가 차츰 줄여나가는 방식이란다. 스테로이드? 그건 간혹 욕심내는 운동선수들의 치팅용 약물 아닌가? 듣는 것 말고는 방법이 없이 끄덕이고 있다가 들어오는데 오른쪽 세상의 소리는 더욱 자지러진다.

부드 소프

진단서를 들여다본다. 그 사이 첫날의 패닉은 서서히 잦아들었다. 벌써 며칠째인가. 진단서가 꼭 필요해서 발급받은 것이다. 정식 병가 서류에 첨부해 제출해야 하는 서류다.

우측돌발성감각신경성난청. 한국질병번호 H91.2 - 뭐? 91.2 메가헤르츠로 들리네.

상기환자 상기병증으로 1997년 3월 4일부터 3월 14일까지 입원 치료 요함.

의사 아무개. 동그란 도장/사인. 네모난 큰 병원 직인.

나는 그러니까 천천히 주로 왼쪽 귀로 찾아오는 노인성 난청이 아닌, 특수한 난청의 습격으로 입원치료를 요하는 상황이라는 것이다. 스테로이드를 팍팍 근육주사로 집어넣는 것은 '기'를 올리는 방식이란다. 이명과 관련해서는 타마민이라는 약물을 하루 2회 한 앰플씩 생리식염수에 혼합하여 혈관에 주사한다. 전에는 피검사나 혈관주사를 맞아야 할 때 팔의 혈관이 잡히지 않아 무진 애를 썼는데, 요사인 조금 좋아졌나 보다. 팔에서도 곧잘, 또 여러 번 찌르다 보면 손등에 바늘이 꽂힌다. 또 타마민을 주사하는 바늘은 아예 팔 어느 한곳에 심어놓는다. 3일 동안은 그대로 바꾸지 않기 때문에 팔을 뚫리는 고통은 훨씬 줄었다.

물론 주사요법이 만능은 아니다. 약물마다 병발하는 문제점을 가질 수밖에 없을 것이니 말이다. 이 스테로이드만 해도 평소 혈당이 높은 환자에게서는 혈당이 급격히 높아지는 문제가 병발한단다. 그것을 인슐린 주사로 컨트롤해야 하기 때문에 입원이 불가피하단다. 또 1/100 확률이긴 하지만 MRI검사를 해야 했다고. 왜냐고? 뇌 속의 청신경 주변의 작은 종양이 이러한 돌발성난청을 유발하기도 하는 거란다. 무섭다.

하기는 그 어디에 속하더라도 어쩔 수 없다. 나는 아이스크림을 먹다가 입술에 조금 묻힌 만큼만 손상을 입은 것이다. 조금 우습게 보이면 어떠랴. 행동거지가 너무 바보 같다면 정년을 앞당기면 그만이다.

이제 입원 후의 내 몸은 내가 결정권을 가지지 못한다. 나는 그저 낮에도 침대에 누운 채 과거의 파편들을 다른 사람 이야기를 읽듯이 되돌아보고 있다. 썩 괜찮은 일들도 많았다.

• • •

수돗가에 사람들이 모여 있었다. 운동장 한쪽에 있는 것 같은 공동 수돗가였다. 수학여행 중이었다. 화장실은 남녀가 있었지만 세면실은 그렇게 수도꼭지가 앞뒤로 여남은 개씩 딜린 공동 수돗가였다. 여중학교에서 남교사들은 마이너리티에 속한다. 그때는 한참 젊을 때였고 교장선생님부터 여자인 교정에서 늘 어색한 기를 못 펴던 때였다. 젊은 수학교사는 담임 우선순위에 들기 때문에 담임을 맡게 되고, 또 담임을 맡다 보면 수학여행이 따른다. 그날도 그렇게 수건을 목에 두르고 입에는 칫솔을 문 채 수돗가 빈자리를 기웃거리던 참이었다. 학생들이 선생님이라고 선뜻 내주지는 않는다. 여학생들은 남선생님들을 무서워하지 않는다.

줄줄이 세수를 하는 광경은 어찌 보면 너무 적나라했다. 목이며 발이며를 드러내놓고 문질러대는 장면은 자칫 외설스럽기까지 했다. 가능하면 먼 곳으로 고개를 돌리려다 저 끝 수돗가 여자의 동작에 시선이 빨려갔다. 귀를 씻고 있었다. 귀를, 한참 동안을 귀만 문지르고 있었다. 귓바퀴를 위아래로, 귓바퀴를 앞으로 숙이면서 뒷부분을, 귀 안쪽을 바깥에서부터 안쪽으로, 귓속을, 귓가를, 다시 귓바퀴를 위아래로, 귓바퀴를 앞으로 숙이면서 뒷부분을, 귀 안쪽을 바깥에서부터 안쪽으로, 귓속을, 귓가를. 나는 나도 모르게 내 귀를 만졌다. 귀로 손이 갔다고 하는 편이 옳았을 것이다. 귀, 귀가 어때서 저리 빡빡 문지르나?

귀가 어때서? 물론 귀도 코만큼은 아니라 해도 돌출부분이니 대충 씻다보면 손에 걸리고 그러면 씻긴다. 하지만 저리 공을 들여서?

귀를 한정 없이 씻던 여자는 얼굴에 비누거품을 내어 박박 문지르기를 한참 하더니 이내 목으로 내려갔다. 가을이라지만 산간의 아침, 추운 공기에 노출되어서도 아무렇지도 않게. 얇따란 스웨터가 젖어드는지도 모르고 세수에 열중한 여자. 여자의 모습은 난생 처음 보는 깨끗함 그 자체였다.

상대적으로 나를 내려다 보았다. 나의 세계는 더러웠단 말인가! 그랬다, 나는 귓바퀴를 잘 씻지 않고 아내와 함께 잠들었을 나날들이 부끄러워졌다. 그 수학여행 이래로 나는 정말 잘 씻기 시작했다. 귓바퀴만이 아니라 온 얼굴에서 후미진 곳을 찾았다. 팔다리로 나오면 팔꿈치 안쪽, 팔목, 손등, 손가락들 사이, 발가락들 사이, 발가락과 발바닥이 붙는 곳, 발뒤꿈치, 발바닥 움푹한 자리, 복

숭아뼈 아래, 몸속에도 움푹하거나 으슥한 곳을 찾아 나섰다.

어느 날 갑자기 온 몸을 후벼 씻는 내가 아내에겐 이상했었는지도 모른다. 바람피우고 들어온 남편들이 집에 들어가서는 늘 씻어댄다는, 그런 속설? 아내는 의심을 키워갔을까? 의심이 100% 틀린 것만도 아니었다. 내가 욕실에서 시간을 보내는 동안 나는 산간 수도꼭지를 떠올리지 않을 수 없었으니까. 교무실에서는 오른쪽 비껴 옆으로만 보이는 그녀의 자리를 향하느라 고개가 삘 지경이었고, 운동장 조회시간이면 어떻게든 그녀가 서는 자리가 잘 보이는 곳으로 내 자리를 잡았다.

그동안에는 왜 한 번도 그녀가 눈에 띄지 않았을까? 미녀도 아닐 뿐더러 젊지도 않았고, 여자 냄새 없는 그냥 보통 사람 같은, 조금 깐깐해 보이는 것 이상으로는 별다른 특징 없는 아줌마 교사. 그녀가 내 눈에 띄었을 리가 없다. 결국 평상시에 단 한 번도 따로는 쳐다보지 않았던 그녀의 모습은 그날 새벽 산간의 수도꼭지 아래에서 내 망막에 입력되고 말았다. 그것은 내 생애 최초의 떨림과 불안과 환희로 뒤범벅이 되고 말았다.

동 학년을 맡은 '우리'는 가끔 가까이 만날 기회가 생겼다. 교무실 내에서의 무심한 접촉 하나에도 전기가 일 줄을 누가 알랴. 무신경해 보였던 그녀에게서 감춰진 섬세한 감각을 발견하고서는 얼마나 떨렸던가. 담임들 회식이라도 있는 날이면 예정이 발표된

붉은 소파

그날부터 막혀오는 숨을 고르기가 고통스러웠다. 고통은 이상한 행복을 수반했다. 방향이 달라서 택시도 한 번 함께 탈 수 없었던 나날들. 무슨 일이었는지, 학기 말 성찬이 끝나고 동료들이 하나둘 술이 취해서 흩어진 어느 날 밤. 추운 겨울밤. 어려서 한 방에 들 수 없었던 오누이마냥, 어디 한데 참새구이 집으로 유인한 나를 따라나서 준 그녀. 내 평생 알고 있는 멋진 위인들 인용을 죄다 끌어내어 멋있어 보이고자 했던 처절한 짧은 시간. 그녀는 그렇게 함께 택시를 타고 오고간 시간만을 허락했다. 그녀의 집께 이르러 따라 내리려는 나를 말리며 잠시 내 손등에 얹어준 그녀의 손가락, 다섯 아닌 넷. 아니 짧아서 미처 못 닿은 새끼손가락 빼고 셋. 겨울이어서 차가웠을까? 오싹하리만치 얼어붙어서 꼼짝할 수 없었던 순간. 차가운 그 손가락을 마주 잡지 못한 나. 그때부터 나는 내 오른손 등을 철저히 씻어야 할 몸에 넣을 것인지 아닌지 혼란 속에 살게 되었다. 나는 어느새 오른손을 덜 쓰는 양손잡이로 변해 가고 있었다. 앙상한 손. 밖으로 뻗친 너무 짧은 새끼손가락. 완벽한 샤워. 비누칠이 아까운 오른손 손등.

그것은 참 길고도 오랜 어쩌면 영원한 이야기가 되었다. 생애에서 어떤 순간은 나도 모르는 사이 영원으로 변해 있다고 깨닫게 되면서 나는 가끔씩 감정의 발작을 경험했다. 그해 겨울을 나면서 지독한 열감기에 시달리다 못해 봄방학에는 병원으로 실려갔다. 그녀가 타교로 전출되던 시기였다.

소문은 멀리 빙빙 돌아서야 내게 이르렀다.

수돗가 선생님이 다른 길로 들어섰다는 것을 난 한참 나중에야 알게 되었다. 그 설악산 모퉁이에 이은 참새구이집 기억에 사로잡힌 내가 세상 물정과 담을 쌓고 멍하니 집과 학교를 오가던 시절, 학교는 진정한 진통의 시절로 들어가고 있었다. 교원이 노동자라는 의식을 갖지 못한, 대부분 타성에 젖었던 우리와 달리 앞서 나간 사람들이 있었는데……

그 이야기는 내 이야기가 아니다. 나는 첫 단추에 끼이지 못했고, 조금은 미안한 느낌과 죄스런 마음 그 이상은 아니었다. 고칠 것이 기본적으로 산재해 있다는 진단 부분에는 동감했지만, 그것이 노조 형태여야 하는가에 대해서는 우리 대부분은 고개를 갸웃했다. 세상천지가 그러거늘, 어디서부터 시작할지도 난공불락으로 여겨졌다. 그런 우리는 그 조그만 생활안정으로 마치 기득권 세력에 속한 양, 꼭 그런 붙박이형은 아니라 해도 세상을 뒤바꿀 꿈 따위를 꾸어본 적이 없었던 셈이었다. 좀 더 열심히 좀 더 양심적으로 잘 가르쳐 보자는 것. 입시 위주 공부만이 아닌 무엇인가를 더 심어주어야 하리라는 막연한 생각. 어쨌든 최선을 다해보자는 정도. 무엇보다 모든 학생을 평등하게 대한다면! 그런 변명으로 안이해져 버린 세월이었다.

비겁했다. 그동안 교육현장이 들끓고 있었던 것을 몰랐다면 나는 비겁했다. 처음 전교조 결성과정의 파장에 이어 이듬해 가을에는 조합원 교사들이 천여 명씩 해직되었다. 그때도 가슴 아픈 한편 우리가 할 수 있는 일은 아니라고 외면한 것이 사실이었다. 봄여름가을겨울이 몇 번씩 오고 가는 동안, 학교 한번 이동하고 거기에 적응하고 하다 보면 생이라거나 교육이라거나 원래의 의미 같은 것에 골몰할 시간도 틈도 생기지 않았다. 그러다가 문민정부가 들어서고 이듬해, 해직교사 거의 전원의 복직신청 뉴스와 물려서 누군가가 그녀의 이야기를 흘렸다, 나의 그녀인 것을 아무도 모르는 채로.

그 새침데기 선생도 복귀했다는군요!

누가, 그 새침데기 선생이 언제 해직되었더랬소?

그걸 몰랐어요, 열성당원이었다던데?

참 알다가도 모를 것이, 그 꽁한 성격으로 어찌!

성격하고 전교조하고 무슨 상관이요! 외려 꽁한 사람들이 거기 많으면 많았지.

하기는.

그러니까 삼 년을 넘게 해직?

그랬대요, 그게 공동운명체 아뇨!

아니, 가정과에서 따로 무슨 참교육을 한다고!

하기는.

하기는 말고는 뭔 말이 없소? 아, 고로켄가 카스텔란가 그런 것 안 만들고 이밥에 쇠고깃국 맛있게 끓이는 법 가르치면 안 되겠소!

이 양반들이, 빈정대기는. 하기는 여자가 시집가믄 밥 맛 좋게

짓는 것이 제일로 중하제요.

아 거기선 어디 여자더러만 밥을 지으라 하는가요! 남녀평등하고 역할구분도 안 하려 드니까 문제지.

밥이 꼭 역할구분과 관련은 안 되지요, 전 혼자서 밥 잘 짓습니다. 노총각 박샘이사 욕심에서 그리된 것뿐이고.

욕심요?

각시 벌어 먹이자믄 아까워서 혼자 살고.

그 이야기가 아니잖아요, 그 일로 이혼까지 갔다니까 그렇죠.

누가? 아까 그 새침선생 말여요?

암튼, 그것도 시작하면 신앙이 될 거요.

아무리 그것이 이혼 사유가 될까요?

것도 어찌보면 이데올로기인데.

그래요, 살을 섞어도 머리를 섞지 못하면 비극인 거라······.

맘 다른 사람하고 이혼하지 않고 살면 뭐 하겠소. 더 끔찍하지.

거 무섭네요.

그만들 둡시다. 잘 알지도 못하는 사람 가지고.

1990년대만 해도 이혼율은 지금처럼 높지 않았으니 이혼이 화제감은 되었다. 그 여자가 이혼을 했다고? 이혼을 했구나! 그럼 더구나 복직이 되어야 했겠구나. 그제야 나는 전교조 관련 뉴스를 귀담아 듣기 시작했다. 이렇게 터무니없이 이기적인 이유에서. 대개 학교마다에 전교조 가입교사들이 있었으니, 조금 관심을 가지면 열성 노조원인 그 여자의 소식을 대강은 알 수 있었다. 전교조 탈퇴확인서를 쓰라는 정부에 맞서 위원장은 공무원법 준수 각서로 대체하는 조건에서 정부의 요구조건을 수용하는 단안을 내렸고, 교사들은 돌아왔다, 물론 나의 그녀도 함께.

그러나 다시 또 같은 학교에서 근무할 수 있는 확률은 매우 낮았다. 내가 우선 여학교 발령을 원칙적으로 선호하지 않고 있었기 때문이다. 그 수돗가 사건 이후 그녀가 먼저 전근했고, 한 해를 더 근무하고 내가 전근신청을 할 시기부터는 단연 남학교를 택했다. 남자에게 편한 성은 역시 남성임을 절감하면서. 녀석들하고는 수학여행을 떠나도 수돗가에서 서성거리지 않아도 되고, 경이로운 어떤 장면들을 보게 될 일도 없으니 편했다. 삶이 무엇인가, 편한 것이 편한 삶이다. 그렇게 살아온 세월이었다. 이제 다시 그녀의 해직과 복직이 화두로 떠돌 때에 이르러서야 잠복성 바이러스가 다시 활동기에 들어갔다. 또 다시 열심히 박박 문질러 씻기가 도졌다. 난 늘 그 수돗물 소리를 듣는다.

강박증이 나를 삼켰다. 갑자기 내가 정신적인 문제가 있지나 않을까 겁이 났다. 가슴통증 때문에 순환기내과를 찾았을 때, 내과의사는 정신신경과를 권했다.

나에게는 어떤 더러운 것에 대한 억압된 생각, 감정 또는 충동이 내 의사와 관계없이 끈덕지게 되풀이하여 의식 속으로 침입해 들어오는 경우라는 판정이 내려졌다. 책상서랍에 열쇠를 채우고 퇴근하는 길인지 몰라서 다시 교무실에 들르곤 했다는 고백은 나를 강박신경증적 소질이 있는 소심한 사람으로 낙인찍었다. 강박관념에 불안이나 공포가 따르는 것은 병은 아니라는 전제에서도, 나의 경우 남자가 살갗이 벗겨질 정도까지 씻어댄다면 분명 어떤 지우고 싶은, 잊고 싶은 불편한 기억의 방해라는 진단이었다.

천만의 말씀. 나는 사실 내 몸이 청결하지 못하다고 느낄 뿐이었다, 그녀와 비교해서. 잊으려야 잊을 수 없는 그녀와 비교해서. 상상 속의 그녀와 비교해서. 의사의 말로는 형이상학적인 문제로 고민에 빠지게 되는 지적 강박증보다는 순한 놈이라고, 다만 나의 경우는 보통 손을 깨끗이 씻지 않으면 불안해지는 강박신경증과는 달리 온몸을 씻어대는 문제가 있긴 하지만 그래도 어쩌겠느냐고. 육신으로 태어난 인간은 완전한 청결을 유지할 수 없다는 대전제를 나에게 인식시키고자 오랜 정기적인 상담을 권했다.

그런 주인공들을 문학작품들에서 볼 수 있으셨겠지요?

무슨?

강박신경증적 행동의 주인공들 말입니다. 손을 너무 자주 씻는 사람, 또는 문은 제대로 잠갔는지 물은 잘 잠갔는지 나가다가 다시 들어가서 보고 또 보고, 확인하고 또 확인하고……. 강박신경증 때문에 신경정신과에서 예컨대 그로민을 아침엔 25밀리그램, 저녁엔 60밀리그램 정도는 처방받아 복용중인 사람 말입니다.

약물처방만 빼고는 제가 바로 그런데요. 남이 봤을 땐 우스워 보이지만 저로선 매우 피곤한 일입니다. 인도를 걷다 보면 제가 무심코 빗금 선을 밟지 않으려고 한다거나, 제 자신을 이해할 수 없을 때가 있으니.

이런 행동들이 본인 스스로도 비이성적이고, 불합리한 행동이라고 인지하면서도 그런 행동을 중지하려고 하면 심한 불안감을 경험하게 되신다는 거죠!

예, 제 스스로는 제어할 수 없고, 어딘지 모르게 불안감을 느끼게 되고 초조해지기 때문에…….

네, 그렇습니다. 그 정도가 생활에 장애가 된다고 느끼셔서 진료상담을 받으러 오신 게지요. 본인 스스로 인지한 것을 다시 확인하려는 것이 비이성적이라고 판단하시는 건가요?

당연하죠, 비이성적, 그래요, 비이성적 행동인 줄을 알기에 이렇게.

그렇다면 그런 비이성적 행동을 무시하는 연습을 해 보시길 바랍니다. 조금 쉽게 해 보는 방법으로, 머릿속으로 자신의 다른 자아를 설정해 놓고, 이 다른 자아를 진정한 자아라고 간주하시고, 원래의 자아를 별개의 자아로 간주하는 것입니다. 그러니까 비이성적 행동을 하고 있는 자신을 발견하면 "너는 참 이성적인, 비합리적인 녀석이다."라고 큰 소리로 외쳐보는 것입니다. "이런 멍청이야, 너 지금 뭘 하고 있어!" 이렇게 욕을 해 보시거나.

예, 바보 멍청이죠. (단 한 순간도 이 떨림을 말해 보지 않은 너.

표현형

꿈에도 생각도 해 보지 않은 너. 가슴앓이는 당연지사라고 믿고, 뭔가 낌새를 들키는 짓일랑 대한민국 남아로 태어나서 가장 못난 짓, 몹쓸 짓이라 규정해 버린 너. 거짓 평화가 최선이라고 거의 확신하고 있는 너⋯⋯.)

더 심한 모욕도 좋습니다. 만일 효과가 있으려면⋯⋯.

네? 꿈의 효과요?

꿈이라뇨! 꿈 이야기는 드린 적이 없는데요. 선생께선 꿈속에서 불안감이 가중되시는 건가요?

(아니, 꿈이라면⋯⋯. 나의 꿈은 무엇이런가!)

일반인들 가운데 유병률은 2~3%나 되니까 극히 드문 장애는 아니십니다.

그건 그리 위안이 되는 말씀이 아닌데요.

아니 위안이란 이 경우 본인 스스로⋯⋯. 그보다 발병 시기가 보통의 경우에 비해서 좀 늦게 나타나신 경우인데⋯⋯.

어른들이 걸리는 확률이 낮다 말씀이십니까? 확률이 무슨 의미가 있나요? 제가 만일 강박신경증 환자군에 분류된다면 그건 1/2 확률이지요, 이다, 아니다.

사실 이 경우 환자들은 대개 학력이나 지능이 높은 수준일 때가 더 많지요.

지능이 높아서 걸리다니요? 지능을 감별하는 바이러스라?

선생님도. 바이러스 감염이 아닌 것은 잘 아시면서. 차라리 유전성이라거나 가족성 발병 경향이 높은 셈이죠. 그러니까 가족력으로 미루어 우울증이나 대인공포증 등과 같은 정신과적인 질병이 공존하든가?…….

그러면 저는…….

선생께선 안정된 직장이 있으시고, 교사라는 직업상 아무튼 원만한 대인관계를 유지하실 테니까, 그리고 무엇보다도 자기 문제에 대한 통찰력이 있으신 것으로 보아서 분석정신치료로 효과를 기대할 수도 있겠습니다. 환경 여건에서 오는 자신의 증세 악화를 인정하면서 극복하려는 의지가 있으신 것으로 보아서. 참 그런데 감정 표현은 잘하시는 편인가요?

실은 그것이…….

감정 표현을 스스로 억제하려는 것, 전형적으로 가부장제하의 가장증후군입니다.

가장증후군요?

하하 농담입니다. 출세지향형이 아니라 해도, 이 시대 가장들께서 흔히 붙들려 계시는 군자삼락 말입니다.

삼락? 우선 양친이 다 살아 계시고 형제가 무고한 것이 첫 번째 즐거움이라지만, 어디 양친도 형제도 마음대로…….

그것도 실은 자괴감을 일으키는 요인이 됩니다. 불효로 돌아가신 것만 같고, 우애를 다하지 못함도 불효인 것만 같고. 그런데 이 시대에 효다 우애다 그것이 보통 일이 아니지요.

예? 우애요? (아차, 내겐 유난히 나를 따르던 사촌이 있었지. 친동기간은 아니라 해도 유일한 동생. 밭둑을 지나다가 무도 쓰윽

뽑아 그냥 옷에다 쓱싹 문지르고 먹던 녀석.)

남자들이 터놓고 말을 못 해 그렇지, 가부장제는 안팎으로 협공당하고 있는 것이 사실입니다. 또 그것이 전적으로 옳다고 할 근거도 무너지고 있는 것이고. 게다가 우러러 하늘에 부끄럽지 않고 굽어보아도 사람들에게 부끄럽지 않게 살자니 힘에 부치는 것 아닌가요? 물론 천하의 영재를 얻어서 교육하는 마지막 즐거움은 저절로 누리시겠지만.

무엇인가 전도된 느낌이었다. 소위 정신과 의사 자신이 자신을 치료하고 있는 듯한 착각이라 할까? 적어도 내가 알기로는 정신과의사나 상담치료사는 자신이 말하기보다는 환자의 입을 마음을 열게 하는 데 주력하는 것이다. 그런데 이 의사는 내가 사내가 살갗이 닳도록 씻어야 직성이 풀리는 이 병을 고쳐줄 뜻이 없어 보였다.

다른 강박적 행동들을 수반하지 않고, 다만 강박적 씻기라면 중년남자들에게서는 흔치 않습니다. 능욕을 당한 처녀들에게서나 흔히 보이는 과민반응이니 말입니다. 그러니까 선생님에게서는 병적 증후와 연관될 트라우마가 발견되기 어렵다는 말씀입니다. 숨겨진 원인이 이렇듯 애매하다면······.

숨겨진 원인이 꼭 있어야 합니까?

원인이 될 수 있을 심적 타격 등을 상정하지 않고서는 대응기제를 찾아가기가 어렵다고나 할까요. 선생님께서는 혹시 마음속에 멀리…….

중년남자가 혹시 '몸을 더럽힌' 기억을 가지고 있느냐고 묻는 눈빛에는 이상하게도 어스름 물기가 아닌 붉은 기름기가 번져 나오는 듯 했다. '마음이 더럽게 흔들렸으되 몸을 더럽힌 적이 없는 남자는 이곳에서 치유될 수가 없다고 판단되었다. 남자의 마음 흔들림을 상상하지 못 하는 남자 의사라!

선생께선 반복적인 손 씻기 이외에도 강박적 행동이 발견되시는지. 예컨대 물건 정돈은 어떠십니까? 정리정돈에 얽매이시나요? 대문을 닫고서 의심하고 다시 올라간다거나, 아니, 책의 읽은 부분을 다시 읽고 확인하려는 것, 것보다 과거에는 어떠셨습니까? 학생 시절 시험 답안지 같은 것을 제출시간이 다가올 때까지 확인 또 확인해야…….

지난 시절에까지 거슬러서요?

아니, 뭐. 청소년 시절 손톱 물어뜯기 등도 강박행동에 속합니다만. 앞날에 대한 지나친 걱정, 걱정을 이미 걱정하신다거나?

저는 그러니까 뭐랄까 다른 증상은, 아니 저는 실상 고민이 될 일이……. 그러니까 말씀드릴만한 일이. 해서 이만…….

아니, 치료를 거부하실 의향이시라면…….

아니, 제가 급한 다른 일이 생각이 나서. 그럼…….

아차, 그럼 그 파도 소리는 서러운 강물의 울음이 아니라 귀를 씻는 수돗물 소리였을까? 아니다, 지금은 지난 일들을 되돌아보는 대신에 내일을 생각하려고 한다. 나에게는 어쨌거나 내일이 있다. 아직은 병원에서 맞을 아침이겠지만. 언젠가는 새소리도 들려올 것이다. 어쩌면 벌레 소리도.

아침 식사가 끝난 후 복도 끝 정수기에서 뜨거운 물을 받아다가 커피봉지를 쏟아놓고 앉은 참이었다. 어느 녀석이 전화라도 하려나? 휴대전화를 살아 있는 귀쪽으로 옮겨놓았다. 그런데 미미한 삐이 소리가 났다. 처음에는 이명이거니 했다. 기다리자, 어제 오늘은 이명도 가만히 참고 있으면 더 빨리 잦아든다. 아니? 청각검사실에서 들려준 쇳소리인데 착각인가? 아니다. 그 미세한 불규칙한 것은 쇳소리가 아니라 분명 벌레 우는 소리였다. 살아 있어서 불규칙하다. 아직 추운 3월 어느 아침, 내가 아직 벌레 소리를 듣는다! 경이에 가까웠다. 1/6 확률을 뚫고 내 귀가 회복되어간다는 생각 때문이 아니라, 그저 벌레 소리를 듣는다는 사실이 뛸 듯이 기뻤다.

어라? 벌레 소리를 따라 무심코 따라간 눈. 그곳엔 수풀도 동산도 아닌 문이 가로막고 있었다. 시멘트벽 사이에 난 나무문. 그 너머엔 길고 긴 복도밖에 없는 병실 건물. 벌레 소리를 따라 병원 복도로 향한 내 엉뚱함은 코미디였다. 청각 따라 방향감각을 잃게 되는가. 더 또 무엇을 잃어갈까.

정말이었다. 내 고개는 창밖이 아닌 복도쪽 닫힌 문을 향하고 있었다. 오른쪽 귀가 회복되는 것이 아니었다. 창밖의 나무는 오른쪽인데, 벌레는 그냥 왼쪽 귀에서 울고 있었다. 내 세상은 이제 모두 왼편이다. 오른쪽에 몸담고 왼쪽을 동경해 온 삶의 귀결이런가. 내 오른쪽 귀는 더 이상은 오른쪽 말을 듣지 말라 한다. 새가 울어도 벌레가 울어도 그것은 왼쪽 세상이라 한다. 왼쪽 온 세상. 반쪽 온 세상.

● ● ●

아버지의 공책은 거기서부터는 하얀 여백으로 멈춰 있었다. 아버지, 우리 아버지. 남은 귀 하나로 무서움을 타시는구나. 회갑이란 그런 것인가. 정년이란 그런 것인가. 늙으신 아버지에게 변변한 자식도 없으니⋯⋯.

드르륵, 어머니가 방문을 여신다.

어둡지 않아? 불이나 켜고 있지. 아버진 아예 늦으신단다. 건너온, 저녁 먹자.

승연이 승주는요?

빨리도 챙긴다. 아까 승연이가 방문을 열어도 모르고 있더니. 애들은 벌써 먹였지, 시간이 몇 신데.

밥상은 늘 소박하다.

엄마, 아버진 정문리 가심 맨날 늦으세요?

낸들 알아. 윤달 앞두고 뭘 궁리하시는지. 느닷없이 부산 삼촌 이야길 하시질 않나, 원.

부산 삼촌요?

그래, 그 왜 부산에서……. 관둬라, 너흰 잘 모른다.

어머닌 그 이야기를 접으신다. 그러고는 관심의 화살을 내게로 정조준하신다.

그런데 넌 여태도 달랑 혼자서…….

엄마, 엄마 나물들 언제나 맛있어요. 나물 맛이 어쩜…….

나는 부지런히 밥을 먹는 척, 엄마의 화살을 피해 보려고 안간 힘을 쏟는다.

초혼장

겨울이었다. 몹시 추운 겨울.

강의보다 몇 배 어렵고 성가신 성적처리가 끝나자 슬그머니 집이 그리웠다. 어머니의 따뜻한 밥상이 그리웠다. 서둘러 기차를 탔다.

엄마, 어머니이!

그래, 다저녁에 오는구나, 날이 춥구나!

어머니는 이번에도 부엌에서 나오셨다.

뭐하세요, 또 부엌이세요?

아, 너도 오고.

얼굴에 웃음이 핀다.

뭐 좋은 일 많으세요?

좋은 일은. 하긴 좋은 일이지. 김실이가 숨 좀 돌렸지 않냐. 김 서방이 제자릴 찾아가는 중이니까. 지금 다시 출근한 지 며칠 안 되었다.

엄마, 이제 좀 김실이라 그만하세요. 외가에서나 엄마한테 한실이 그러지, 누가 요즈음 그렇게 불러요? 엄마는 엄마니까 은실이라 이름 부르든지 애 따라 승연엄마 하든지. 김실이 때문에 금실, 한금실, 내 이름이 사라지잖아요.

아버지가 그렇게 부르시잖냐. 괜스레 이름 가지고.

그런데 아버진 안 계세요? 또 정문리에 가셨어요?

아니, 이 추운데. 방에 계시는데 너 오는 것도 모르시네, 어째.

아버지는 살짝 잠이 드셨던 모양이다. 어머니와 내가 방문을 열자 부스스 눈을 부비며 일어나 앉으신다.

한 박사, 왔구나아. 방이 따뜻해지면서 졸음이 왔나 보다.

말씀마다 또 그 한 박사다.

아버지 저 왔어요, 금실이. 더 주무실 걸 그랬네요. 요새 어디 편찮으세요? 엄마 말씀은…….

아니다, 내가 궁리가 많아서 요새 잠을 좀 설쳤드니라.

그러게, 느 아부지가 요샌 개포동 종수씨 땜에 저러신다. 그 집 일이라면 지난 윤삼월에 끝났나 했었지만 여태도…….

소생이 없질 않소. 그러니.

그렇다고 꼭 그렇게 당신이, 당신 혼자서.

아무도 없질 않소.

지난 윤삼월에도…….

그건 언젠가는 꼭 해야 할 일이었소. 그것이 선친의 뜻이라고 헤아리자고…….

알았어요. 하지만 또 종수씨 일이 마냥.

그게 난들……. 애한테 무슨. 거 너무 긴 긴 이야기가 되놓으니 여기서 그만둡시다.

평상시와 다르게 불평조의 말을 털어내던 어머니는 거기서 멈추셨다.

곧 있어 이모, 이모 하면서 승연이 승주가 들어왔다. 은실도 함께다. 아이들은 아름다운 가게에서 산 종이연필 한 자루씩에 입이 귀에 걸린다.

이모, 이모, 이게 종이라고요, 엉?

그래, 나무가 아니고 폐휴지를 재생한 것이지.

신기하다, 승주야, 그치?

누나, 이게 안 부러질까?

야, 조심해야지. 걱정되면 나 줘! 난 이 초록이 너무 예쁘다.

아이들 수다로 떠들썩해지자 대번에 집안에 온기가 퍼졌다. 아이들이 온기다. 엄마가 된 은실의 공이다. 둘러앉아서 먹는 저녁밥은 밥맛도 사는 맛도 넘쳐나게 한다.

아직 차가운 방바닥에 요를 펴놓고 책상에 앉아본다. 내가 썼던 이 방은 지금은 누구나의 공부방처럼 쓰인다. 아직 한쪽으로는 내 책들이 남아 있다. 저녁 늦은 시간에 아버지가 건너오셨다.

예, 아버지. 어머닌 일찍 주무시나요?

그래 요사인 좀 일찍 주무신다. 해서 내가 보통······.

아, 책 보시다 주무시고 그러시는군요.

아니 뭐, 오늘은 너라도 알아둬야 한다는 생각이 들어서.

아버지, 뭘요?

아, 네 어머니가 좀 성가시게 여기는 그 일 말이다.

아, 정문리······.

그러게. 그게 묘를 썼다고 끝나는 건 아니지 않냐.

묘를 쓰셨다고요? 누구를?

그게······.

아버진 말을 꺼내시려다 말고 그냥 입을 다물고 계셨다. 그러면 나는 늘 저런 이야기는 아들이 있어 나누고 싶으셨을 종류라는 인상을 받는다. 관습적으로 부자 사이에나 나눌 이야기가 있는 것이다.

너희는 잘 모른다.

그러고도 한참을 그냥 계셨다. 그러다 결국 작정하고 입을 떼셨다.

윤삼월에 새로 묘를 쓴 분은 내 막내삼촌이셨다. 내가 새삼스레

이야기를 해 두려는 것은 언제라도 한 번은 너도 정문리엔 가 볼 게 아니냐는 생각이 들어서이다. 언제라도 한 번은.

아차. 정문리 이야기라면 두말없이 청주 한씨 우리 집 내력이다. 우리 아버지는 장손의 막내시다. 1910년에 태어나신 할아버지가 장손이셨고, 그 아래로 작은할아버지들이 있었고, 그러니까 아버지에게는 삼촌들이다. 진사를 한 증조할아버지는 할아버지에게는 일본식 교육을 거부하셨기 때문에 할아버지는 농사꾼이셨다. 그래서인지 할아버지는 조실부모하고 일찍 가장이 되시자 동생들에게 신학문의 길을 적극 열어주셨단다. 그런 동생들이 블랙홀로 빨려들듯이 가계에서 사라져 버린 것이다. - 여기까지는 몇 번이고 들어서 알고 있는 내력이다. 어느 집안인들 일제와 동란이라는 역사적 소용돌이에서 자유로울 수 있었을까마는.

쇼와 18년, 오늘 아버지의 이야기는 한참 옛날로 거슬러 올라갔다. 알아듣기 어려운 시절로.

그러니까 1943년 본격적으로 징병이 난무할 때 나는 아직 잉태도 되지 않았지. 선친은, 그러니까 네 할아버지는 동생 하나를 징병으로 보내야 했다더구나. 학도병으로 끌려간 삼촌 이야기는 처음부터 너무도 슬펐단다. 그렇게나 가슴 아픈 것은 하필이면 당신 딸이 당신 동생을 사지로 내몰았다는 부분이야. 일제가 고향

경찰서에서 '아버님 위독'이라는 전보를 도쿄 등지로 보내서 유학생을 귀국을 하게 해 놓고서는 부산에서 배에 내리자마자 온갖 회유와 강요로 지원서에 도장을 찍도록 했다는 이야기를 들으면 너흰 설마 하겠지. 그뿐이냐. 순진한 소학교 아이들까지 동원하여 일본 유학 중에 고향으로 숨어든 대학생들을 색출했단다. 아홉 살 난 여자애가 스물두 살 제 삼촌을 일러바치는 일은 누워서 식은 죽 먹기였겠지.

내겐 누이가 둘 있었는데, 물론 난 태어나기 전, 큰누이가 아홉 살인가 열 살인가 그런 초여름 날, 학교에서 예쁜 일본 선생님이 최면을 걸었더란다.

일본에 유학 갔다가 집에 돌아와서 쉬고 있는 형이나 오빠가 있는 학생은 손을 들어보세요!

누이는 번쩍 손을 들고 말했겠지, 우리 집엔 오빠 말고 삼촌이 왔는데요!

일본은 천진한 아이들도 이용했어. 그렇게 해서 큰삼촌은 일본군이 되었던 거야. 그렇게 해서 병을 얻었고 그리고…….

그래, 또 내 막내삼촌은 이번엔 인민군 치하 서울에서 인민위원회에 붙들려 인민군으로 강제 징집되었다가 북으로 패주하던 중 간신히 탈출에 성공하여 서울로 돌아오다가 행방불명되었다고 그랬다. 실은 큰삼촌이 학도병으로 편입되었을 때 막내삼촌은 농고를 졸업하기도 전에 아버지가 만주로 보내셨다고 들었지. 종전 후 두 삼촌들이 다시 만날 수 있었지만, 학도병 때 쇠약해진 몸으로 큰삼촌은 회생을 못했더란다. 난 너무 어려서 그렇게 들은 대로만 믿었었다. 그러다 나중에 알게 된 비밀은 무섭고도 슬펐다.

선친이, 그러니까 네 할아버지가 배운 것 없는 농부의 자격으로 신간회 활동에 참여했었다는 것은 한참 나중에야 알았구나. 아버지는 당신보다 열 살 이상 어린 삼촌들의 교육에 적극적이셨다고 했는데. 그게, 네 증조할아버지께서 하필 국치의 해에 태어난 할아버지에게 땅만 파고 살라고, 일제의 교육 일체를 거부하신 것과는 대조적이었단다. 아마 당신이 못 배운 것을 후회하셨을지. 어떻든 사람은 배워야 한다고. 이상재 선생의 노선을 신봉했고, 신석우 선생의 문자보급운동을 숭앙했으니. 뭐 그건 그렇고.

해방에서 6·25전쟁까지는 어느 가정이나 상당 부분이 덮인 채로 기억되곤 하지 않더냐. 우리 집에서도 아깝게도 삼촌 둘이 사라졌지만, 내가 어렸을 때는 다만 병사요 납북이라는 통상적인 설명으로 어렴풋이 기억될 뿐이었다. 추억은 아름다워라 — 그런 셈이지. 사람들은 무의식적으로 아픈 과거를 잊으려 하니까.

해방된 대한제국에서 — 맞는지 모르겠다. 대한제국이 일제에 병합되었다가 해방되었으면 대한제국이 맞겠지? 아니다, 대한민국 임정이 성년이 될 나이를 먹었으니, 이미 대한민국의 땅이었나? 그 사이 시간에 삼촌 둘은 매우 적극적으로 살았던 것 같다. 거기까지는 맞다. 그런데 그것이 비밀의 전부가 아니었구나.

나중에 알게 된 내막은, 그래 무섭고도 슬펐다. 막 일제가 떠난 땅에서 내가 태어났지만, 흩어진 가족들이 다 모이기는 어려웠더란다. 종전이 되고도 한참을 기다렸을 때야 돌아온 큰삼촌은 병을 얻어왔다고 했다. 일본군은 프랑스령 인도차이나까지 진출했었으니까 기후인들 견딜 수 있었을까. 병중에도 큰삼촌은 막내삼촌과 더불어 청년답게 새나라 건설에 열정적인 마음을 감추지 못했다지. 해방되던 해 스물두 살이 된 막내삼촌은 몸도 마음도 건강했고, 징용 갔다 온 형이 또 감옥을 드나들 때도 형을 우상처럼 존경했을 수밖에. 그러다 그 형은, 그러니까 학도병 삼촌은 그만 더욱 쇠약해진 몸을 버티지 못하고 숨을 거두셨대. 겨우 아장아장 걸었을까 말까 했던 내게는 물론 손톱만큼의 기억에도 없지만.

그리고 막내삼촌 말이다, 같은 말 또 한다만, 남북이 여전히 대치 상태인 나라에서 남북과 관련된 꼭지는 공개된 비밀 아니더냐. 물론 이제는 그나마 좀 비극으로서 이야기될 수 있는 세상이지만. 그러니까 막내삼촌은 납북당한 것이 아니었단다. 민전 활동 중에 뜻하는 바 있어 벌써 1948년도 봄에 월북하는 인사들을 따라가신 거래. 민전이 뭔 줄 네가 알 리가 있겠냐. 나도 한참 나중에야 알았는걸. 민주주의 민족전선이라고, 미군정 시기에 서울에서 결성된 좌파 계열의 연합단체 이름이 그랬단다. 암튼 해방되던 그해 연말에 모스크바 3상회의 결정이 나오자 우리 한민족이 좌우 이념으로 갈라서는 사단을 겪게 된 것 아니냐. 바로 반탁과 찬탁이 갈등의 시작이었지. 김구 선생 중심의 비상국민회의는 반탁운동을, 그에 맞서 조선공산당이 주도했던 민전이 찬탁론을 편 것이지. 아무튼 오늘 이념논쟁 이야기가 아니고…….

－1차 대전이 끝나고 파리강화회의가 열렸지.

－우리나라하고는 무슨 상관?

－그 무렵에 파리회담에 참가하여 대한제국의 독립을 승인해줄 것을 국제사회에 알리려 노력한 인물들이 있었지. 역사를 봐, 당연히 좌절하였지. 하지만 거기서 바로 이듬해 3·1 만세운동을 기획하게 된 것이야.

－누가?

－김규식 선생도 모르냐. 지금은 여운형 선생이랑 좌우합작운동을 준비하시지.

이런 대화들, 아버지는 두 삼촌들의 대화를 통해서 어렴풋이나마 둘이가 민전과 관련해 활동하는 것을 알고 계셨겠지. 동생들이 만일을 위해 큰형에겐 아무 말도 하지 않는 듯 했지만, 만일, 만일……. 만일 형제가 모두 위험에 빠질 수는 없다는 논리를 무언중에 나누고 있었겠지. 아버지는 동생들의 일을 조용히 보고만 있었는데, 그러다가 덜컥 큰삼촌이 떠나버린 것이야. 폐병이 사인이었다고 하더라도 옥고의 후유증인 것을 다 알았다더라. 그러나 그것은 사실 약과였던 셈. 생사의 갈림길은 어쩌면 인사가 아닐지도 모르잖느냐. 그런데 막내삼촌은? 막내삼촌의 운명은 외려 사람의 책임이라고 해야지. 큰삼촌과 세 살 터울이었는데, 형을 따라서 여운형 씨를 가장 존경했다고 그러더라. 그게 형이 죽은 지 얼마 되지 않아 그해 여름 여운형 씨도 사망하고 나서 막내삼촌은 충격과 회의 속에서 방황도 했던 모양이더라.

아버진 너무 어려서 도통 모르셨겠죠?

그렇지. 내가 중학생이 된 다음에야 아버지한테, 네 할아버지께, 듣게 되었지. 할아버지는 동생들을 다 잃고서 넋이 나가셨을 거야. 그때가 막내삼촌의 아들이라고, 내게는 유일한 사촌동생이 집에 왔다 간 즈음에야 말씀을 하셨어. 그때도 난 잘 이해를 하면서 들었던 것은 아니야. 할아버지가 돌아가신 뒤로, 그것도 한참 지나서야 곰곰이 생각하면서 이것저것 알아본 것이지.

아무튼 그 시절, 삼촌은 좌우합작운동이란 그 말만으로도 배가 부른 느낌이었다고 아버지에게, 네 할아버지께 말했더래. 김규식 선생이 이어 민족의 자주노선을 표방하는 의미의 민족자주연맹을 결성하니까, 47년인가, 겨울이었대. 강령은 독점자본주의도 아닌 무산계급독재사회도 아닌 제3의 길을 선택했었고.

제3의 길이요? 한반도에서? 같이 분단의 운명을 겪은 독일 땅 젊은 지식인들의 노선과 같았네요. 민주주의를 사회화하는 길, 사회주의를 민주화하는 길 ― 제3의 길. 그것이 그곳에서도 이곳에서도 이루어질 수 없었기에 독일도 한반도도 분단국의 운명 속으로 끌려들었던 것이군요.

　그래, 너도 공부를 했으니 그만큼은 알겠지. 1948년은 5월로 예정된 대한민국 제헌국회 총선을 앞두고 더욱 불안한 형국이었단다. 미군정 지역에서 단독선거가 실시되어 단독정부가 수립되는 것을 반대하는 생각으로, 총선에 반대하는 흐름이 형성되었다고 해야 할지. 결국 그 결과가 우리나라니 그걸 부정해선 안 되겠지만. 2월 초에는 밀양에서 농민들이 아침 일찍 지서를 습격하는 일이 벌어져서 경찰이 발포까지 했고, 물론들 다쳤겠지, 다른 곳에서도 비슷한 일들이 일어났었대. 한 보름간에 이곳저곳에서 200만 명은 참가했을 정도라니. 그때 무슨 일을 해서 그랬는지, 아무튼 막내삼촌은 그 사건 이후 북으로 옮겨간 셈이지. 그해 4월에 열렸던 남북협상에 김규식 선생의 일행을 따라 간 것이 삼촌의 마지막이 되어버렸다. 한국민주당을 제외한 남한의 모든 정당·사회단체가 적극적인 참여를 천명했고 평양에서 연석회의가 열릴 수 있었던 것이래. 하지만 늘 깃발에 쓰인 문구와 실상은 다르기 마련.

　4월 말 '전조선 제정당사회단체 지도자협의회'의 명의로 공동성명서가 발표되었다지만, 협상의 결과는 실천과는 거리가 먼 길이었겠지. 공동성명서라는 것이 조항마다 이견이 없었겠느냐고. 김규식 선생은 김구, 김일성, 또 누구더라, 암튼 4김회담까진 참석했어도 이후 연석회의에 불참했던 모양이야. 어차피 중요한 이야기는 논의되지 못하였으며, 북은 백범과 우사가 남한으로 귀환하자마자 약속했던 전기와 농업용수도 다 끊어버렸다는데 뭘.

그럼 막내 할아버지는 왜 돌아오지 않으신 거죠?

말 말아라. 그것은 정말 두고두고 의문이었다. 삼촌이 그토록 존경하던 김규식 선생은 분명코 반공적이었는데, 삼촌은 왜 함께 돌아오지 않았을까? 그 시기 일은 종내 의문투성이었다. 반공주의자 김구 선생은 왜 반공주의 남한에서 암살당했을까? 어쨌거나 남북협상에 참여한 탓으로 빨갱이라 의심되던 김규식 선생은 왜 북으로 끌려갔다가 사망했을까? 난 훨씬 나중에야 알았지만 뭘 알 수가 없었다! 암튼 이듬해 6월인가 평양에서 무슨 회의가 열릴 때부터 민전은 조국통일민주주의전선, 간단히 조국전선으로 통합되었다는데, 그때까지는 삼촌에게서 소식이 있었단다. 그러나 곧 함흥으로 갔던 모양이라. 함흥은 벌써 해방 이듬해 초봄에 반공학생의거가 일어난 이후 불안한 곳이었는데.

함흥에서 반공의거요?

그렇다니까. 조직된 인민위원회가 함남중학교를 인민위원회

청사로 차지하자 학생들이 학교를 빼앗기려 했겠느냐. 500여 명의 학생들이 일제히 일어나 시위를 하자 시민들이 합세해서 만 명도 넘게 반대를 했지만, 결국 보안서원들이, 아니 소련군까지 동원되었다던가, 아무튼 무력으로 진압했다는 사건 말이다. 사상자가 생겼다는 소문도 있었고. 남북이 다 같았어야. 삼촌이 그런 사건이 터졌던 곳에를 왜 갔을까. 세세한 이야기들은 결국 아무도 모르게 되었지. 함흥까지 간 사실도 전쟁으로 완전히 두절될 뻔했지. 난리는 각각 집안에서도 난리였던 거야, 생이별이 어디 한두 집이었냐 말이다. 삼촌 소식은 1·4후퇴 전에 피난 내려온 만삭의 아내가 전해 준 것이지, 단편적으로. 한참이 지나서야.

거기서 결혼을요?

그래 뭐. 결혼 소식은 몰랐지, 어떻게 되었는지도. 아무튼 만삭의 아내, 삼촌이 동지이자 아내로 맞았던 여자의 피난길은 유행가에도 나오는 처절한 흥남부두를 그대로 상상하면 된다. 삼촌이 함께 배에 오르지 못한 것인지 안 탄 것인지는 이제 와 누가 알랴.

아버지는 맥없이 이야기를 이어가셨다.

흥남이, 너희가 어렴풋이 부산삼촌으로 들어 알고 있는 분이 그때 그 역사적인 흥남부두 철수작전에서 태어난 아기였다. 막내 삼촌이 아이 이름도 지어주지 않고 헤어져 버려 유복자 아닌 유복자로 태어난 내 종제 말이다.

흥남은 너희 세대에겐 아무런 의미가 없는 지명이겠지만, 6·25 세대에겐 9·28 서울 수복 이후 압록강까지 진격했던 한미연합군이 혼비백산 패주를 거듭할 수밖에 없었던 비극을 대표하는 곳이지. 그 당시 중공군 – 그땐 그렇게 불렀어, 요즈음 말로는 중화인민공화국이 보낸 조선전쟁인민지원군이라 해야겠지 – 40만 명 가까이가 참전하는 바람에 순식간에 평양–원산 라인은 저들의 손에 넘어갔지. 인해전술에 맥아더라고 철수명령을 안 내릴 재간 있었겠냐.

인해전술을요?

엄청난 병력 투입을 그땐 그렇게 불렀단다. 집중적으로 투입한 전투원의 희생을 상관 않고 계속 공격하여 수적인 압도로 돌파구를 만들고 방어부대나 방어지역을 고립시켜 궤멸하는 작전 말이다. 막대한 인명피해를 수반했겠지만 일시적으론 승리를 거두었지. 퇴로가 막힌 한국군 제1군단과 미국군 제10군단 병력만 해도 10만 명에, 차량에, 보급물자 전부를 흥남항구로 철수시켜야 했으니. 거기에 몰려든 또 10만 명 피난민들을 어쩐다더냐. 그런 건 영화에서도 드물 것이다.

그때 인구로 10만이나요?

그래, 그때 인구로 피난민만 10만. 미10군단장이었다지, 그가 헬기에서 흥남부두를 시찰하다가 살인적인 추위 속에 더러는 물 속에서 허우적거리는 피난민들을 보고 사람들을 데리고 가리라 고 결정을 했더란다. 그런 점은 서양 사람들에게 머리 숙여지는 부분이지. 결정이 내려지자 군함이고 상선이고 차출된 배가 200척인가 뭐 엄청 동원되었단다. 그 마지막 배가 메러디스 빅토리호인 거라. 그 배의 선장이 이미 실었던 모든 무기며 보급품들을 버리기로 결정한 것은 12월 21일. 아무튼 군인과 민간인 등 무려 14,000명이 승선한 이 배가 소리 없이 마지막으로 흥남항을 빠져 나온 것은 이틀 뒤. 이 기록적인 숫자는 나중에 기네스북에 올랐지. 그렇다고 이 배가 타이타닉 수준이냐! 어림없지, 겨우 60명 정원인데, 벌써 선원들이 40여 명 승선해 있었다니까 탈 수 있는 인원은 열댓 명 수준이었나 봐. 선장이 나중에 회상하는 이야기 는 처절하다 못해 공포 그 자체야.

선장이요, 직접?

그래, 선장이 쌍안경으로 본 비참한 광경은 이거나 저거나 끌 수 있는 모든 것을 가지고 항구로 몰려드는 피난민들 옆에 닭 과 겁에 질린 아이들이었단다. 당시를 회고하면서, 어떻게 그 작은 배가 그 많은 사람들을 태울 수 있었는지, 어떻게 단 한 사람도 잃지 않고 끝없는 위험들을 안고 갈 수 있었는지. 그해 크리스마스에 황량하고 차가운 바다 위에서 하느님의 손이 배의 조타장치를 잡고 계시다는 명확하고 틀림없는 메시지를 느꼈다고 했대. 그거 다 어디 기록에 남아 있어. 암튼 그 모든 것이 독실한 가톨릭 신앙의 힘이었는지, 그는 50년대에 바로 바다를 영영 떠나서 수사가 되었단다. 뉴저지의 베네딕트회 무슨 수도원에서 여생을 보냈더라고. 선장 라루가 아닌 마리너스라는 이름의 수사로서 십여 년 전 87세를 일기로 타계할 때까지.

아버진 어떻게 그렇게 나중 일까지 소상히……

그게, 그 양반이 한국과 인연이 깊게 닿아 있었던 것이 틀림없어. 그 수도원이란 곳이 경북 왜관의 베네딕트 수도회와도 연결이 되었다던가 뭐, 그렇더라. 또 그뿐이냐. 그 배에서 항해사였다던가, 스물두 살 항해사의 회고는 가슴이 찢어지지. 캔 속의 정어리들처럼 쑤셔 박혀서 거의 모두가 서서 어깨를 부딪치며 서서, 그런데도 단 한 사람의 사상자도 없이. 음식도 물도 거의 없이 사실상 움직일 수도 없었는데, 아무리 극기심이 많은 한국인들이라 해도 어떻게 꿈쩍 않고 서 있을 수 있었는지 설명할 길이 없다고 했단다. 그는, 이름은 생각이 안 나네, 암튼 이 피난민선을 기네스북에 등재하는 데 일조를 했대.

그래요. 2000년대 기네스북 기록 등재 직후에 철수 당시의 진정한 영웅은 선원이라기보다 죽음의 극한 공포 속에서 굳건한 용기와 신념을 보여준 피난민이었다고 그 비슷한 말을 어디서 본 기억이 나네요.

그뿐이냐, 항구에서 피난민들의 승선을 사수하던 미군은 몇 명 전사한 반면 배에서는 사상자는커녕 새 생명이 다섯이나 태어났다는 믿기지 않는 기록도 있단다. 사실 안 그러느냐, 내 사촌도 게서 태어날 뻔 했으니. 아슬아슬하지. 헌데 정작 부산항에 도착했을 때는 피난민을 내리지도 못하게 했단다, 피난민이 하도 넘쳐서. 그렇게 해서 거제도 장승포항에 내린 이들 피난민들의 자취는 지금은 박물관처럼 되어 있다던 걸.

　－ 서른 시간도 넘었어요. 살을 에는 바람이 무서웠어요.
　－ 아기가 잘 버텨주었지만, 그 전에 죽을 것 같았어요.
　－ 외투 주머니 속에 붉은 지폐가 남아 있었어요. 여기서는 쓸 수 없는 돈.
　－ 가마니로 비바람을 겨우 막을까 말까, 수용소 거적에 눕자마자 아기가 태어났지요. 아비 생사도 모른 채. 나이 든 여자들이 도왔죠, 그저 앞날이 캄캄했어요. 어미의 한숨과 눈물로 맞은 아기라니.
　아버지의 말씀 사이로 바람이 말하고 바람이 실어다준 속삭임들이 들려오는 듯 했다. 수용소 첫날 아기를 낳은 1927년생 함흥 여자. 애 아버지는 만삭의 아내를 배에 태우고는 그만이었다. 누군가는 양보해야 할 흥남부두에서 건장한 애 아버지는 부두에 서서 아내와 작별했다. 어떻게든 부산으로 찾아가겠노라고. 그 아버지는 아이가 학교에 입학할 나이가 되도록 부산바닥에 나타나지 않았다.

1950년 12월 25일생 흥남이. 흥남에서 온 흥남이. 아기의 이름을 그저 흥남이라 부른 사람들이 얼마나 많았을까. 메러디스 빅토리 호에서 태어난 아이 다섯 모두 흥남이가 아닌가. 흥남은 초등학교 입학을 위해 호적을 만들어야 했고, 엄마와 아들이 정문리에 나타났다. 그때서야 우리는 막내삼촌이 북에 남은 것을, 아버지의 얼굴도 모른 채 태어난 사촌이 있는 것을 알았단다. 사촌은 일단 가계를 찾았으니 더 이상 흥남이가 아니었지. 족보의 이름을 따라 한종남으로 불리게 되었으니까, 나에게는 유일한 사촌동생 종남이. 부산에서 피난살이 살림을 혼자 꾸리던 어머니랑 그렇게 단 둘이 부산 사람이 되었지. 숙모는 함흥에서는 여고를 다닌 신식 여자였지만 따로 여자가 할 일은 없어서 수선 바느질을 업으로 살아내셨다고 해. 아들에게 아버지의 소식을 들려주려고 사고무친의 부산을 떠날 수 없었을 그 심정을 누가 알랴. 흥남부두에서 탄 배가 부산으로 향했으니까, 어떻게든 부산으로 찾아올 것이라 믿고. 배가 끊겼으니 육로라도. 차가 없으면 걸어서라도. 그렇게 믿고 살아가는 하루하루는 근 삼십 년을 흘러가고 있었다.

조춘정

1979년 한종남은 경남대학교 국어교육과 4학년 재학 중이었다. 서른 살이 되어서야 졸업반인 이유는 애초에 초등학교 입학부터 늦어진 탓도 있었고. 무엇보다 아예 대학 진학을 포기했었던 때문이었다. 대학은 종남에게는 사치였다면 사치였으니.

종남이 고등학교를 졸업한 것은 좀 늦게 1972년. 처음 초등학교 입학부터 호적 때문에 늦어졌지만, 중학교를 졸업하고는 그만 부산상고로 진학하겠다고 원서를 고집하는 와중에 일 년을 놓쳤단다. 어머니의 힘든 일이 늘 맘에 걸렸던 그는 그 일 년을 놀면서 제법 돈을 벌었대. 깡통시장에서 – 지금은 부평시장이라 부르는 재래시장이지 – 게서 심부름하는 마술 같은 일을. 그러니까 어머니 수선 집에 미군 부대에서 빼돌린 군복 같은 것들을 들고 오는 사람들에게서 깡통시장에 낼 물건들을 받아다가 대주는 일. 씨-레이션 박스를 지붕으로 한 가리개 판잣집에서 시작된 미제 물건이 구호물자에서 거래물자로 탈바꿈되는 세상이었지. 물론 어머니 몰래. 꼬리가 길면 들키는 것은 사필귀정, 그런 일을 들킨 뒤 종남은 손을 털고 고등학교에 잘 입학했으나 이번에는 문학에 빠졌더래. 공부보다는 도서관에서 책을 빌려다 읽는 일에 열중했고, 수업시간에 그런 책들을 읽다가 호되게 꾸지람을 받는 것은 다반사였다더라고.

집안에 난데없는 문학 지망생이라? 내 큰삼촌은 선린상고 시절 김수영의 동기생으로, 김수영이 오스카 와일드의 영문을 줄줄 외며 두각을 나타냈을 때나 이어 도쿄상대에 진학했을 때에도 동기였다더라고. 하지만 김수영이 학병 징집을 피할 수 있었을 때 삼촌은 끌려갔고, 김수영이 예술부락에 「묘정의 노래」를 발표하며 등단할 무렵 삼촌은 이미 병사하고 말았지. 그렇다고 막내삼촌이 문학적인 자질이 있을 것이라곤 상상도 안 해보았지만, 종남은 그런 기질이 돋보였다고 했다.

그 예민함으로 오히려 대학을 포기했겠지. 어차피 연좌제 비슷한 일로 종남이 공무원이나 법조인이 될 길은 요원했을 것이니. 살았건 죽었건 — 그 당시에는 살아 있을 것이라 믿었지만 — 아비를 북에 둔 사람이라. 뿐만 아니라 대학은 그에게는 돈 지출과 같은 단어였으니까. 그 시절 우리 모두 그랬지. 나도 겨우 2년제 교육대학엘 진학하지 않았더냐. 종남인 어머니의 성화를 피해 달아난 곳이 군대였더래. 그런데 군대를 마치고 온 그가 변했다더군. 사람은 떳떳한 직업을 가져야 하리라고. 젊은이의 변화의 원인은 더러는 여자야. 군부대에 면회 온 선임병의 여동생 — 그 여자를 위해서 반듯한 직업이 필요함을 절실히 느꼈다고. 시인이 되는 길은 막연했으니 국어 선생님이 되리라 — 그렇게 해서 국어교육과 진학을 목표로 뒤늦은 대학입시 준비를 했고, 경남대학에. 마산에 애착이 간 건 여자가 마산에서 작은 병원의 간호원이었나봐.

개포동 당숙모가 그럼······.

221

조훈정

그래, 그 양반이다. 고향은 섬진강 어디라던데, 순천간호고등학교를 졸업하고 곧바로 외가 쪽 마산으로 취업을 했나 봐. 그때 간호고등만 졸업해도 충분히 간호원 노릇을 했었지. 아차, 지금 말로는 간호사라지. 그것보다, 그해 1979년 여름을 아비규환의 태풍 쥬디로 마감하며 마산의 인심은 흉흉했더래. 마산-진해 간 도로도 유실되고 사람 몇천에 차량 몇백 대가 혼란 속에서 마비되었고, 마진터널에서는 산사태 위험으로 사람들을 철수시키던 해군 장병들이 그대로 매몰되는 사고까지 났더란다. 암튼 그해 여름엔 전국적으로 백 명이 넘는 인명 피해가 났던 것 같아. 뭐 가물가물하지만.

그런데 가을이 되면서 야당의 유력 정치인이 국회의원에서 제명되는 사태가 벌어진 거야. 유신정권은 데드엔드를 향해서 내리막을 달리고 있었지. 택시기사가 택시에서 대통령 욕을 한 승객을 신고하면 그 포상으로 그렇게 어려운 개인택시를 받는다는 루머까지 떠도는 지경이었어. 그 정도면 공포정치나 뭐가 달랐냐. 유신반대 데모는 사필귀정이었지.

공포정치요?

그럼 뭐라 말하랴? 실체도 없는 재건원가 뭔가로 엮은 사람들을 사형판결 해 놓고, 판결 열여덟 시간 만에 처형하는 정치를 공포정치 아니고 뭐라 해? 그렇게 몇 년을 엎드려서 지냈으니 폭발

할 만도 했지.

그건 우리가 태어나기 전 이야기죠, 아닌가?

너희 중 둘은 태어났었지, 넌 다섯 살쯤 되었을 걸. 난 참 평범한 가장에 불과했다. 초등 근무하면서 중등으로 옮기는 과정에서 너무 내 앞가림만 했어. 늘 부족하여 공부는 열심히 했다지만 다 나 자신을 위해서였지, 선생을 할 자격은 한참 부족했었다 싶어. 젊은이들에게 비전을 줄 수 있었어야 말이지.

아버지가 아버지죠, 그럼!

들어봐라, 그때 경남대학에서는 여학생들이 오히려 주도권을 잡았다고 알려졌어. 같은 국어교육과 3학년이던 종남은 뒤늦게야 그들에 합류했다더라고. 여학생들은 이미 9월 말에 대학 방송실 장악 기도에 실패한 뒤에, 중간고사 기간을 이용하려는 계획을 세운 모양이었더래. 죽음을 불사하는 모습으로 호령을 해 대는 여학생들에 혼쭐나기도 부끄럽기도 해서 모두들 거리로 진출했겠지. 마산시청을 거쳐 3·15탑 주변으로까지 나갔지만, 경찰과 대치하던 초반에 모두들 연행되고 말았겠지, 수가 없어. 그 다음은 상상에 맡기자꾸나. 어쨌거나 주모자 급은 아니었던 종남이도 군 필에 나이까지 많은 상황이라 위험한 부류로 분류되었을지 모르지. 그때 일주일인가 구치소 안에서 대통령 암살 소식을 들었다더라고. 누구라도 귀를 의심했는데, 어떤 간수가 너희 놈들은 기쁘냐고 묻더래. 죽음 때문인지 그 질문 때문인지 바로 그 순간 종남이 구역질을 시작했다는 거야, 같이 있던 학생들 말이 그랬어.

종남이 구토와 어지럼증을 못 이기며 뒹굴자 일단 병원으로 이송되었나 보더라. 의식 소실이 온 것은 여자친구가 도착한 직후였다고. 생각해 보렴. 그렇게 다시는 의식을 찾지 못할까 걱정되는 상황에서 시간이 흘러 다시 눈을 뜨고 말을 하고……. 얼마간 희망이 자라는 것 같기도 했었대. 하지만 아름다운 환상은 그 다음 장면에서는 그만 깨지고 말았단다. 종남인 그길로 이미 저만치 다른 세상으로 가버린 것이야. 뇌수술에 이어 근 반년 간의 사투에도 그냥 그렇게 어린아이의 얼굴로 깨어난 채 퇴원을 했지. 그 후론 그대로 그냥 살았으니 산 것인지 아닌지. 심한 것은 그 사이 여자친구가 낳은 아들도 제대로 알아보지 못했단 말이지. 결혼식도 하지 않은 사람 병간호에 매달리던 여자가 곧 배가 불러와도 놀라지도 않더니, 아일 낳고는 혼인신고에 호적정리를 다 마쳤고. 종남네는 어정쩡한 그런 상황에서 서울로 옮겨왔어. 부마사태 후 한 2년인가 지난 후였지. 조금이라도 희망을 주는 병원이 있을까 하고. 함흥 숙모님이, 종남 어머니가 결단을 내리신 거야. 북에서 나타나줄 남편을 기다리기보다는 아기처럼 세월을 놓아버린 아들을 구하기로 마음 잡수신 거지. 혼자 사시는 서울고모가 늘 간이역 구실을 하시지. 말죽거리가 이름부터 그런 곳 아니더냐. 나중엔 너희도 데리고 계셨었고. 암튼 종남네가 올라갈 때는 고모가 집에서 비교적 가까운 양재천 건너 개포동에 방 두 개짜리 주공아파트를 분양받을 수 있도록 주선하셨지. 변두리라지만 그때 돈 천만 원이 쉬운 건 아니어서 조금씩 십시일반 돕기도 했어, 그렇게라도 해야 집안 우애 아닌가 하고들. 그래도 말도 말아라. 아이는 자라고 애 아빠는 더 아이 같아지고. 그러다가 종남이 결국 떠났지. 어머니의 태중에서 헤어진 아버지의 얼굴을 보기는커녕 생사도 모른 채. 그때 깨달았지. 금실아, 난 알았어. 북에 남았다는 막내삼촌은 이미 떠도는 영혼이 되었을 것임을. 그렇게 아들이 아버지를 만나러 떠났음을.

세월이란 것 참 무심한 물건이다. 그러고 다시 삼십 년이 다 되어가더라. 그 사이 그 집안일을 말로는 다 못하지. 네 당숙모 입장에선 남편 잃고 얼마 지나지 않아 시어머님과 아기를 한 번에 잃었지. 그렇게 넋 놓고 살아오더니 결국엔. 아서라, 작년 윤삼월, 사람들은 윤달이라고 해서 이장들을 하는데, 일부는 그게 다 좋은 것은 아니라고 나를 말리더라. 나에겐 그런 것이 통하지 않았다. 나는 윤달을 기다렸다. 마음속으로는 언제나 기다려왔다. 마침내 여건이 되었으니 윤삼월을 왜 피한단 말이냐. 큰아버지도 작고하신 지 언제냐, 결국 고향에 남은 당숙들 재당숙들과 어찌어찌 상의해서 전체를 손을 보았지. 성가 전에 세상을 버린 큰삼촌도 제대로 자리를 찾아드리려고. 특히 설마 설마 생사를 몰라 엉거주춤했던 막내삼촌을…….

초혼장 - 지령석을 모셔 그걸 통해서 영혼을 불러다 모시는 장사법을 그리 말한다. 양재천에 뿌려진 함흥숙모도 함께. 그렇게 아내도, 또 어렵게 탈출해 보낸 태중의 아들을 저세상에서나마 만나보시라고. 어떻게든 피붙이들 속으로 가서 살라고 보낸 그 서러운 아들도 죽어 삼십 년이라고. 허니 이제 이승과는 연을 끊고 훨훨.

아버지는 ㄹ 받침에서 멈추셨다. 나도 덩달아 입이 얼어붙었다.

아버지, 이젠 그 짐을 벗으셨나요? 대체 왜 그렇게 가슴 무겁게? 먼 먼 가족사의 짐의 근원은 무엇인가요? 아버지는 아들이었고 조카였고 종형이었고…… 또 우리 아버지시군요. 아버지는 누구인가요?

묻고 싶은 궁금함을 감추느라 거짓 하품을 참는 체 손으로 입을 막아본다. 꿀꺽 보따리를 삼킨다. 앞으로도 삼십 년 세월이 흘러 아버지를 마주할 수 있다면 그때 가서는 한 자락 귀퉁이를 풀어도 될까? 핏속으로 핏속으로 녹아든 이해와 불가해의 접점을 찾아서. 허나 그 전에는 절대로.

포이동 266번지

어린아해이고 어른이고
살아가는 것이 신기로워
– 김수영, 「달나라의 장난」 중에서

포이동 226번지 – 이 지번은 픽션이어야 한다. 포이동 226번지 사람들의 이야기를 쓰자면 거기 사람들의 허가를 받아야 할지도 모른다는 생각에 몇 달을 허비한 것이 잘한 일인지 아닌지 알수 없다.

나를 그리로 데려간 것은 아직 이른 나이에 요양병원에 들어 있는 당숙모다. 아버지의 사촌동생, 젊고 젊은 나이에 세상을 떴다는 당숙의 부인, 그 당숙모에게는 혈육이 없다. 그래서 아버지가 챙기신다. 큰아버지가 돌아가신 뒤에는 – 둘째 큰아버지는 벌써 옛날 결혼 전에 미국에 가서 안착하셨으니까 – 아버지가 집안의 연결고리가 되신 것 같았다. 어머니 또한 아버지 뒤에서 늘 분주하시다.

요양병원 로비는 정작 환자들의 상황과 비교하면 터무니없이 화려한 셈이었다. 어머니는 언제나처럼 간단한 음식을 챙겨 오셨다.

(누구?)

나 금실엄마.

(금실엄마 누구?)

여기 우리 금실이. 나 금실엄마. 우린 동갑내기 한실이들!

한실이란 말이 당숙모를 움찔하게 한다.

한종남 씨 아내!

어머니가 길게 부르는 말에 눈동자가 흔들린다.

어머니는 아차 하는 작은 소리를 내시더니만 그냥 가져온 음식으로 시선을 돌리신다.

여기, 아지매 좋아하는 파전 있어요. 동래파전! 아이쿠 다 식어 버렸네, 꼭꼭 싸왔는데.

눈동자가 음식 쪽으로 옮겨가지를 않는다.

어머나, 정구지 지짐을 만들어올 걸 그랬나?

아무런 반응이 없다.

엄마, 정구지 지짐이라뇨?

아, 부추전을 거기선 그렇게 부르나봐. 하긴 네 숙모 말 듣다 보면 웃겼다. 할머니는 얇은 솔전을, 외할머니는 두툼한 정구지 지

짐을 만들어주더란 말이지.

잘 드시는 것도 있군요.

응, 조금. 네 고모는 수완이 좋으시잖냐. 헌데 지금은 무릎 땜에 많이 못 다니시더라, 칠순 때까진 펄펄 날더니. 해서 네 당숙모를 이쪽 병원으로 옮긴 것 아니냐. 고모한테 대면 내가 한참 젊지 뭐.

엄마가 뭘 젊다고 그러세요. 엄마도 좀 쉬엄쉬엄 하실 나이신데.

며느리도 없는 사람이 무슨 쉴 복? 하긴 요샌 며느린 소용없다 더라. 난 딸이 셋이나 되니 좀 쉬엄쉬엄 살아볼거나. 아차, 이를 어쩌나. 아지매! 이 간호사님! 이 선생!

어떻게 불러도 당숙모는 영 모른 체 하시고 만다.

음식은 요양보호사가 와서 도와주니 조금 받아든다. 규칙적으로 벌리는 입이 아기 같다. 요양병원 생활에도 이력이 붙나 보다.

보세요, 너무 염려 마세요. 제가 먹이면 곧잘 드세요.

어떻게 요령이 좋으시네요, 다행스레.

안 먹으면 혼내준다고 그러시나요?

내가 엉뚱하게 끼어들었다.

예, 정말 그래요. 이걸 안 먹으면 뭘 안 주겠다. 뭐 좋아하는 간식 같은 것. 그렇게 어르기도 하고. 차라리 아기 같은 분들이 우린 쉬워요. 말은 안 해도 크게 고집을 부리시지는 않으니까.

그럼 왕고집부리는 환자들도 있어요?

그럼요, 폭력도 있어요. 사정없이 손을 휘저어버리죠. 무작정이니까 얻어맞기도 해요. 지난달엔 신출내기 요양보호사가 울고 그만두기도 했는걸요.

울어요?

꼭 아파서라기보다. 여기 일 작정하고 나서기 쉬운 건 아녜요. 여기가 처음인데 크게 충격이었나 봐요. 다음 직장에선 잘하게 될 거예요. 누구나 첨엔 견디기 어려워요.

자, 어르신, 이묘순 할머니, 이묘순 아줌마, 한번만 더!

몇 입 먹이다가 지친 요양보호사는 소용없다 싶으니 입이 귀에 걸리는 미소를 순간 해 보이고는 자리를 뜬다. 당숙모는 멍하니 멈추어 있다. 주섬주섬 그릇을 챙긴 어머니를 따라 밖으로 나올 수밖에 없었다.

네 숙모 몸은 멀쩡해 보이지 않더냐?

저를 잘 모르시던걸요. 실어증뿐 아니라 아무래도 눈도 좀. 아니 기억 자체가.

그럴 것이다. 어떻게 정신을 붙들어 매고 살아갈 것이냐, 식구 모두를 다 잃고. 그런데 어찌어찌 버티다가 하필 포이동에서 장롱에 목매단 사건 이후로 더 저리 되었다고, 사람들이 고개를 설레설레야.

장롱이라뇨?

신문도 안 보고 사냐. 젊은이들은 인터넷에서 모르는 것 없이 다 뒤져 본다던데.

재작년엔가 포이동 화재사건이야 알죠, 그 다음 더욱 처량해진 사람들. 하긴 당숙모가 저리 되신 건 한참 전이죠? 포이동이면 당숙모 사시는 데도 아니잖아요.

그게 가까운 거리지. 걸어서 15분, 20분도 안 되는 거리야. 네 숙모 사는 데가 물론 포이동 재건마을하고야 같겠냐. 개포 시영은 재건축 기대로 한때 잘 나갔었다더라. 그럼 또 뭐하겠어, 당사자가 저리 되었는데. 또 성한들 24평 그런 걸 받으려면 들어갈 돈이 얼마고……. 모르겠다. 아무렴 네 숙모 정신이 돌아오려나.

그런데 장롱사건은 뭔데요?

그게 화재사건 한참 전 일이지, 저 사람 저리 멍해지기 시작한 것이. 그 이야기를 다 하자면 어디서부터 하랴? 아서라. 말죽거리 네 고모가 저 사람들 서울로 불러들일 때만 해도 희망은 있었지. 아니, 우리가 볼 때는 어처구니 없더라만.

어머니는 섣불리 그 이야기를 꺼내지 않으셨다. 그러다 결국 털어놓으신 것은 고모를 통해서 알게 된 당숙모의 얄궂은 포이동 가슴앓이였다.

1979년 마산 작은 병원의 간호원 이묘순은 경남대학교 국어교육과 늦깎이 대학생 한종남과 미래를 설계하는 사이였다. 종남을 처음 만난 것은 전방으로 오빠 면회를 갔을 때, 간호고등을 졸업하고 간호원이 되어 있을 때였다. 시를 좋아했지만 언감생심 대학은 꿈도 안 꾸었던 그가 제대 후에 대학에 진학한 것은 순전히 묘순 때문이었다.

한종남은 아버지의 사촌동생이었다지만, 아직 꼬마였던 우리는 아무것도 몰랐다. 그는 함흥에서 1·4후퇴를 피해 흥남부두를 떠나온 어머니가 거제도 피난민촌에 도착한 다음날 철 이르게 세상에 나왔다. 북에 남은 아버지 ― 우리 아버지의 막내삼촌 ― 생사를 모른 채 흥남이라 불리며 부산에서 자라고 있었다. 입학할 때가 되어도 아버지는 오지 않았고, 정문리 본가로 모자가 찾아온 뒤로 항렬자를 따라 종남이 되었지만 부산에서 아버지를 기다리며 살았다.

그는 많은 다른 학생들과 함께 부마사태의 와중에서 체포되었는데, 며칠 뒤 대통령 사망뉴스가 나갈 즈음 구토를 하며 의식을 잃다시피 병원으로 실려 갔다. 뇌와 관련하여 응급수술을 했지만 결과는 불행했다. 그렇게 그의 생은 졸업은커녕 그 상태에서 정지해 버렸다. 중환자실로 달려온 여자친구는 ― 그이가 당숙모다 ― 놀랍게도 아이를 잉태하고 있었고, 그 길로 혼인신고를 하고 아이를 낳고 해서 4인 가족으로 늘어났다. 이들은 한두 해를 버티다가 치료에 대한 희망으로 서울로 왔다. 아빠는 아기가 재롱을 부리면 함께 친구하며 웃었다. 아기는 겨우 아장거리다가 넘어지다가 점점 빨리 달릴 수 있게 되었지만, 아빠는 점점 움직이는 일을 못 하게 되었다. 면역력은 떨어질 대로 떨어져 흔한 감기에도 입원을 반복했다. 생활은 기울고 아기 엄마는 ─ 우리 당숙모는 ─ 다시 직장을 구했다. 간호원 자리는 점점 대졸로 채워졌고 지방의 간호고등 출신으로는 힘들었다. 할 수 없이 야간 담당만을 자원하면서 준 종합병원에 취직했다. 아기는 저녁마다 자장가를 불러주는 할머니를 엄마처럼 따랐다. 어머니도 아내도 온갖 힘을 쏟았지만 종남 삼촌은 감기에서 폐렴으로, 폐렴에서 패혈증을 이겨내지 못하고 떠났다. 어머니는 실신했다 깨어났다. 언제선가부터는 평상심을 찾는가 싶었다. 어느 날 아이와 함께 시장엘 갔으려니 했다. 그날따라 아일 데리고 어른걸음으로도 10분도 넘는 양재천엘 왜 갔을까. 징검다리 부근에서 빠졌을 리는 없다. 거긴 사람들이 건너다니는 깊이니까. 혹시 모른다, 먼저 아기를 놓치고 구하려다가……. 멀리서 본 사람의 말에 따르면 아기는 처음부터 보이지 않았다 했다. 할머니는 잠깐 아기를 잃었다가 뭔가를 소리치며 물속으로 정신없이 뛰어든 것 같았다고. 그렇게 할머니와 아기가 갔다. 혼자 남은 아기 엄마는 ─ 우리 당숙모는 ─ 실신했다 깨어났다. 언제선가부터는 평상심을 찾는가 싶었다. 병원에도 다시 나갔다. 낮이면 양재천엘 자주 나갔다.

당숙모가 포이동 266번지와 연을 맺은 것은 일단 양재천변 코앞의 동네였기 때문만은 아니었다. 무심코 천변에서 넋을 놓고 앉아 있곤 하다가 이상한 얼굴을 발견했기 때문이었다. 오후 두세 시쯤이면 폐지 부스러기를 끌고 가는 할아버지의 얼굴에 시선이 박혀버린 때문이었다. 누굴까. 당숙모는 할아버지들의 얼굴과는 친숙치 않았다. 친가 외가 할아버지는 물론 아버지조차 일찍이 돌아가셔서 할아버지란 어떤 얼굴인가를 몰랐다. 그런데 등 위쪽이 마르고 아기처럼 수줍은 얼굴의 할아버지란 당숙모에겐 상상이 안 가는 어떤 존재였다. 그렇지만 그 할아버지는 꿈에선가 어디에선가 분명 만났던 사람이었다. 누굴까. 몇 번을 그렇게 스치던 어느 날 할아버지를 따라갔다. 그곳이 포이동 266번지였다. 개포 시영에서 그리 멀지도 않은 그곳에, 사람살이인가 싶게 살아가는 동네. 아니 동네 느낌이 아니라 쓰레기 하치장 같은 곳. 거기가 그 아기 같은 할아버지가 몸을 누이고 사는 데였다. 그런데 할아버지는 도통 말이 없었다. 처음 쭈뼛거리는 인사에도 알아듣는 듯 마는 듯. 귀가 안 들릴까. 그렇게 기웃거리다 옆집 아주머니를 만났다.

뉘시우? 그 양반 무신 말 잘 안혀걸랑.

아유, 죄송해요. 제가 아는 분인가 싶어서 따라왔는데, 언젠가 헤어진 누군가 싶기도 하고.

에고, 잘 되었우, 행여 아는 사람이믄. 이 양반 평생 가야 사고무친에 자기가 누군지도 잘 모르는 사람이걸랑.

아니, 어떻게 자기가 누군지를 몰라요?

그게, 우리 아저씨가 하꼬방 살 때부텀 만난 사람인데 말이우.

하꼬방이요?

아, 그 청계천서 폐지 하다가 이리로들 왔다는 것 아니우. 난 여기 온 뒤로 만났다우.

그럼 아저씨께선 잘 아시겠네요?

알다마다요, 그 사람을 살렸다는데. 뭔 인연인지 여기꺼정 함께 왔으니.

아저씨는 해가 넘어가서야 판자촌으로 들고, 당숙모는 밤 근무를 해야 해서 주말에야 아저씨를 만날 수 있었다. 하지만 아저씨의 설명도 아리송하기만 했다.

한참 군사정권 때 일인데, 어느 새벽 청계천변 하꼬방 판자문 앞에 모로 누워서 새우잠을 자다가 발견된 사람이란다. 첨엔 자는 줄로 알았는데, 정신을 잘 못 차려서 일단 끄집다시피 하꼬방 안으로 들였다. 그런데 자기 이름도 아는지 모르는지, 도무지 말을 시켜도 못 하고 알아듣는지 마는지 그런 사람이었다. 하꼬방에서 한데 살던 둘 중에서 나이 든 사람이 삼십 중반의 김씨였다. 이 노인네를 어쩌나 고민 중이었는데, 그렇게 며칠, 가만 앉은자리에서 폐지를 혼자 정리하고 그러더니 고물 책 하나를 보고 눈이 뒤집히더란다. 그걸 품고 자는 것이 신기해서 구경거리가 났나 싶었단다. 다음 날엔 두 사람이 각각 일을 나서는데 엉거주춤 따라나서더란다. 다리 하나를 제대로 쓰지 못하는 성싶었는데도.

결국 첨엔 뒷짐을 지고 따라다니더니 오후엔 뭔가 글자가 있는 것이면 슬며시 집어 올리더니, 그제서는 버린 책이며 휴지를 집어오는 일을 곧잘 하더란다. 어수룩한 사람 버리기도 뭣하고. 그러다 하꼬방 사람들이 한꺼번에 재건마을로 쫓겨올 때 묻어왔는데, 이름이 난감했다. 순간 김씨가 얼른 생각을 해 낸 것이 이 노인이 처음 집어든 책에 적힌 이름이었다. 그것을 비슷하게 따서 김수용이라고 둘러댔다. 일가 아저씨인데 말을 잘 못한다고 하고. 나이도 대충 적어넣었으니까 실제 나이는 모른다. 일단 서류들을 만들어 재건대원등록증을 나누어 받았으니까 유령에서 사람이 된 것. 어쩜 다행인 것이 호적 없는 사람들도 그땐 주민등록 취득이 가능했던 일이었다. 포이동 200-1번지. 정말 다행이었다, 언제부터서인가는 이 동넬 완전히 유령 취급을 해서 아예 주민등록도 받아주지 않았으니까. 뭐 그런 정보였다.

김수용이래요, 유령이었다가 사람이 되었다네요. 참 그런 일들도. 그래도 유령처럼 되기 이전엔 분명 사람이었을 거 아녜요? 어디서 뭘 하다가 청계천 하꼬방 문간에 나타났을까요? 그 얼굴이 뭔가 낯이 익은 것이 어디설까, 알 수가 없어 고민 중이에요.

걸 뭘 고민하고 말고. 거야 병원에서 그 많은 환자들 보며 살아온 세월 때문이겠지. 자네 살기도 힘 드는데…….

양재동 고모가 그렇게 말하면, 글쎄요, 난 포이동 거길 꼭 들여다 봐야 숨이 쉬어지는 걸 어쩌죠, 하면서 웃곤 했단다. 이후로 고모가 당숙모의 입에서 듣는 말은 모두 그 재건마을 이야기뿐이었다.

포이동 266번지 - 장화 없인 살 수 없는 진흙탕 속. 어쨌거나 땅을 개간하고 얼기설기 판잣집을 지어 만든 마을이래요. 이 사람들은 어디에서 왔을꼬, 했어요. 망태 할아버지들 말고도 일가 친척이 없는 고아 출신도 느닷없이 이리로 팽개쳐졌다고도 해요. 어쨌거나 양재천 저쪽 사람들은 여길 양아치 소굴이라 한다네요. 무슨 특별단속기간 같은 때는 난데없이 절도범이라고 잡혀가는 사람도 있고. 그게 실적을 세우려는 형사들이 막무가내로 끌고 가는 것이라고도 하고. 죄 있고 없고를 누가 그리 훤히 안대요? 그래도 이렇게 여자들도 들어왔고 아이들도 생겨난 것이 사람 사는 동네죠.

포이동 아재 - 숙모는 그를 그렇게 불렀다고 한다.
포이동 아잰 언제 다리를 다쳤을까요? 보아하니 상이군인은 아닌 것 같고, 뭐 총상 그런 것 같지는 않거든요.
포이동 아잰 가족이 없었을까요? 도통 가족 이야기를 입 밖에 내질 않으니. 김씨 아저씨네가 옆에 있어 얼마나 다행인지. 그 집 꼬마 애를 보면서 눈가가 축축해지는 걸 난 봤어요.
포이동 아잰 나이도 알 수 없으니. 누런 돋보기를 끼고 책을 읽는 걸 보면 환갑이나 되었을까? 책은 고물에서 골라낸 것들. 신문도 날짜 관계없이 샅샅이 보는 것이 뭘 찾는 사람인지……

아, 포이동 아재가 처음에 꼭 껴안다시피 내놓지 않고 읽었다는 책이 뭔 줄 아셔요? 눈 큰 김수영의 시집이에요, 아마 첫 시집이죠. 『달나라의 장난』. 작은 나무상자 위에 그 책이 있더라고요. 1950년대에 나온 데다 버려진 것이니 너덜너덜했지요. 원래 주황이었을 바닥 몇 센티미터 위로 펜 하나로 그린 고층과 저층의 상징적인 집들, 그 위로 한가운데 둥글게 뜬 달. 글자들이 종이 속으로 녹아들 시간이 지났지만, 생각보다 온전했어요. 그보다 기가 막힐 일은요, 집엔 애 아빠가, 종남 씨가 남긴 몇 권 안 되는 책 중에 『달의 행로를 밟을지라도』가 있거든요. 함께 샀어요, 900원 주고. 양장본인데 표지 색깔이 독특해요. 처음 그걸 샀을 때 난 무심코 바다색이라고 했더니, 제목의 달을 보고서도 우주보다 바다가 먼저 생각나느냐고 나를 놀렸던 얼굴이 떠올랐어요. 우린 「복중」* 에 애를 배서 조용해진 계수 이야기에 서로를 바라보았어요. 나도 그럴까? 너무 조용한 것도 병이다, 너무 생각하는 것도 병이다…… 그런 구절들을 외었지요. 그 얼굴이 갑자기 포이동 아재 얼굴에 겹쳐지는 거예요. 아이 같던 그 표정에 주름이 깊어지더니……. 아, 세상에 어떻게 똑같이 김수영의 시집을 가지고 있어요. 둘 다 달 어쩌고. 세상엔 닮은 사람들이 더러 있겠지만,

---

* 김수영, 「新歸去來 6 伏中」, 『달의 行路를 밟을지라도』, 민음사, 1977, 90-91쪽.

어떻게 전혀 엉뚱한 사람들이 같은 취향을 나누죠? 형님도 그 아재 한번 보면 안 될까요? 얼굴만 좀…….

물론 고모가 포이동까지 가서 그 노인을 만나는 일은 없었다.

사람이 우연도 있는 것이지 뭘 그러나. 봉산가 뭔가 이젠 좀 그만하지, 자네도 요새 보면 얼굴이 부숭부숭하고 그러는걸.

고모가 그렇게 말리면 당숙모는 이젠 포이동 들르는 것이 삶의 일부가 되었다고 말했다. 거기 종남 씨 얼굴이 겹쳤던 주름진 얼굴을 보러 가야만 한다고. 언제 어느 순간 옛날 생각이 나거나 입이 열리거나 그럴 수 있기를 희망하면서.

그게 실어증이라기보다는 함구증일지…….

그거면 어떻고 저거면 어때서. 병원에서 보는 환자들로 모자라는가. 이젠 자네도 뭔가 앞날 생각을…….

고모는 실어증인지 함구증인지 말을 거의 못 하는 답답한 노인을 찾아다니는 당숙모를 끝내 이해하지 못했다.

세상에 거긴 여름에도 방역 한번 안 나와요. 사람 사는 동네에 어찌 그럴 수가 있는지. 마을 생긴 것이 언젠데 아직 수돗물도 없어요. 어떻게 여기 한 동네만 빼놓고 공사를 해요? 사람들은 땅에 구멍을 파놓고 지하수를 길어다 먹죠. 물을 떠다 붓고 한나절이면 물이 퍼렇게 변해요. 숯을 놓거나 짚 같은 거나 베 쪼가리를 깔고 걸러보기도 하고. 몸도 불편한데 혼자 사는 포이동 아재한

텐 물이 젤 문젠거라요. 밭은기침도 가끔 하는데. 참 형님, 구룡사 물이 아주 좋다지요? 불공 드리러 가서 안 드셔봤어요?

당숙모는 불심과는 상관없이 고모를 따라 약수라고 소문난 구룡토수를 길으러 다녔다.

아, 그런데 재활근로대가 해산되었다는 것이 좋은 걸까요, 나쁜 걸까요? 포이동 아잰 요즈음엔 마을 출입이 통째로 통제되니까 좀 쉽겠지요?

그건 포이동 266번지 사람들이 동네 밖으로 출입이 통제될 때 한 말이라 했다. 실제로 나라 안팎이 88올림픽에 대한 기대로 들뜬 때였다. 서럽게도 이들 빈민들의 꼬락서니가 국가의 수치라며 마을 밖 출입을 통제했단다. 고모는 그 말을 믿지 않았지만, 당숙모는 더 자주 그를 찾을 밖에.

포이동 아잰 큰일 났어라. 포이동 266번지가 개포4동으로 번지수가 바뀌면서 주민등록을 안 해 준다는군요. 더 큰일 났어요. 자활근로대 해산이란 게 심상치 않은 거라네요. 원래는 우선으로, 그러니까 재건마을 사람들을 먼저 선착순으로 땅을 불하해 준다는 조건이었는데. 그게 글쎄, 이미 살고 있는 땅을 새삼스레 돈을 주고 사가라는 것인데. 아무튼 법이 바뀌어서 266번지 사람들이 불법 점유자가 되었다네요. 첨엔 하천 가에다 잡아넣다시피 억지로 데려다 놓고서 조용히 살면 땅을 준다고 했었다는데. 고달픈 삶에서 제 각각 나름대로 꿈 같은 것을 품고 왔었을 것 아뇨. 고물상 김씨 아저씨도 청계천 사과상자보단 나은 집을 가질 줄 알았다네요. 그러다 십 년 살고 나니까 불법 점유라고. 원래 코에 걸면 코걸이라지만, 그게 원래 서울시 도서관 부지였다는 것이 말이나 되는가요. 십 년만 더 살면 일 없을 텐데, 아니, 그리 될까 봐 미리 수 쓰는 거래요. 나라가 국민한테 수를 쓰다니. 고르고 골라서 제일 비참한 국민한테.

진짜 큰일 났어요. 한번 불법 점유자라 딱지를 붙이니깐 이젠 무단 점유 변상금을 내라고 세금이 날아들었대요. 각 집에 30만 원도 넘는데 그게⋯⋯.

당숙모의 근심은 해가 갈수록 누에고치에서 실 뽑듯 이어졌다고 한다.

포이동 아잰 못 해내라. 옆집은 둘이 벌어도 다 못 한대요. 김씨네 아줌만 청소일 다녀요, 벌써 언제부터. 근데 이자가 20퍼센트나 된다는데 그게 자꾸 불어나면 어쩌냐고요.

포이동 아잰 분명 병이 있어라. 몸 움직이는 것이 더 근들근들한데 병원엘 가지 않으니 알 수 없지요. 내가 간호사라고 해도 들은 신청도 않고, 고개만 끄덕끄덕, 알아들었다는 말인지, 내버려두란 말인지. 오늘은 피붙이는 없냐고 다그쳐 물었더니 퀭한 눈을 한번 크게 뜨더니 눈을 딱 감아버리더라고요. 말은 안 해도 분명 알아 듣는 거예요. 무안해서 혼났는데, 얼결에 잘 계시라는 소리도 못 하고 나와버렸어요. 내가 무슨 권리가 있어서 맘 아픈 걸 물어요…….

당숙모의 근심 걱정은 그리 오래 가지 못했다. 포이동 아재가 세상을 등졌기 때문이었다. 세상이 진즉에 그를 등졌으므로, 그는 쉽게도 떠났다. 옆집 김씨 아저씨가 한 이틀 꼴을 보지 못해서 들여다보았다는데 숨소리 없이 천장을 보고 누워있더란다. 그제는 놀라서 뛰어 들어가니 오른손 검지로 나무상자 하나를 가리키더니만 눈을 스르르 감았다고 한다. 몸을 일으키려 하니 손가락을 가늘게 떨며 계속 상자를 가리키고. 해서 상자를 열었더니 거기 몇 소장품이라는 것 중에 처음 발견해서 가슴에 품고 읽었다는 시집과 낡은 회중시계가 하나 있었고.

장례랄 것도 없이 김씨 아저씨하고 동네 몇 사람이 구룡산 언덕에 뿌려주면서 승천하라고 빌었다. 아홉 형제들 함께 승천을 못 하고 남은 막내 용이 승천을 기다린다는 구룡산, 여기 포이동 266번지 사람들은 살아서 못 오른 하늘에 죽어서는 올라야 하지 않겠느냐고.

그러고도 바로 흩어져 버리지 못하고 포이동 아재의 빈 단칸방에 돌아와 앉은 몇몇 사람들. 임자 없는 세간들, 그것이라도 대충 필요한 사람이 써보자고 챙기는 실팍한 사람들. 실팍하지 않고서야 곤곤한 삶을 어찌 살아남겠는가. 작고 낡은 나무상자는 아무도 관심이 없이 그렇게 남아 있었다. 김씨 아저씨는 상자를 고이 가져갈 사람은 우리 간호사 선생 밖에 누가 또 있겠냐고, 딸도 아니면서 그만큼 극진히 위했으면 당연히 뭐라도 간직하라고. 또 우리들 중 누가 책 같은 걸 보겠냐고 했다. 그렇게 동네 이웃도 아닌 당숙모에게 상자가 돌아왔단다. 『달나라의 장난』과 낡아서 서버린 회중시계가 들어 있는.

 이게 무슨 조화예요. 이 시집이 나한테 오다니. 또 이 회중시계는 뭘까요. 쇼와 18년 HDK − 이게 이름이면 김씨는 맞나? 고씨, 구씨도 있지만 김씨일 확률이 높고. 얼결에 붙인 이름이 성이라도 얼추 맞았네요. 참, 쇼와 18년이면 해방 전이잖아요, 사십 몇 년? 이게 포이동 아재 것은 아니겠죠, 설마? 그때 벌써 이런 시계를 가진 사람이 누구였을까? 포이동 아재 아버지였을까요? 젊어선 부잣집 도련님이었을까요? 아참, 성을 앞에다 썼으면 한씨? 안 돼. 잠깐, 설마 종남 씨 아버님 항렬은 뭐죠? 규 자 맞지요. 하긴 진 자 규 자셨으니 그것도 아니고.

 고모는 순간 눈앞이 하얘졌다고 한다. 어머니에게 그 이야기를 들려줄 때도 다시 소름이 돋았다고 한다. 이북에 있을, 살았건 죽었건 북에 남았다는 진 자 규 자 삼촌을 떠올리다니. 아닌 건 확실하겠지만, 너무 그럴싸한 예감에. 하지만 어떻게든 가운데 자가 아니라서 다행이다 싶으셨단다.

세월은 또 흘렀다. 뭔가 들뜨게 하는 새천년이 되어도 포이동 266번지 사람들은 더욱 풀이 죽었다. 당숙모의 말로는 원래대로라면 이제 자신의 집이라는 것을 가질 때가 되었는데 현실은 무단 점유자로서 빚 방석에 주저앉아 버렸으니 말이다. 1998년에야 서초구와 강남구가 서로 밀던 수도공사가 완성되어 사람들이 순간 환성을 질렀다. 그 기쁨도 잠시, 이것이 내 집 수도가 아니라는 박탈감은 차라리 수도 없는 내 집을 원하게 했다. 마을은 여전히 결함투성이였다.

그 사이 김씨도 젊지 않은 나이가 되고, 간호사인 당숙모의 지식으로서도 다 알 수 없는 병을 주저리주저리 달고 살았다. 심부전 등 치료가 불가능한 건 아니나 산소 공급이 문제라서 주기적으로 병원에 가야 하는데 한 번에 몇십만 원씩 하는 치료비 감당을 해낼 수가 없는 노릇이었다. 그러다 그가 덜컥 제 목숨을 끊는 일이 벌어졌다. 의료보험이 세계적 수준이라고 자부하는 나라에서 무슨 일일까. 그들은 국민건강보험도 기초생활수급자 지정도 혜택을 받을 수 없었다.

어떻게 그러냐고! 난 그런 걸 정말 모르고 있었다. 재작년 초여름 심각한 화재사건 보도를 보면서도 몰랐다. 어떻게 초등학교 아이의 불장난이…… 라고 애석해 하면서도 재건마을이 뭔지 몰랐다. 아버지가 70년대 80년대를 가족을 돌보면서 묵묵히 맡은 일만 하시면서 살아온 것을 후회스럽게 말씀하셨던 것이 생각났다. 나는 그보다도 더 많은 공부를 하고서도 이렇게 세상을 외면하고 살아왔다, 불발인 내 처지만 통곡하면서. 주민등록이 되지 않은 이 사람들에게 인권이란 이름은 존재하지 않았구나. 그걸 까맣게 몰랐다. 자유와 평등과 박해의 상징인 파리 복판에 가서 박사학위를 했으면 뭣하는가.

포이동 이야기는 장롱의 비극으로 이어졌다. 청소일로 병마속 남편을 돌보던 김씨의 아내가 남편이 죽고 한 달도 안 되어 따라서 목숨을 끊고 말았다는 것이다. 무슨 그런 해괴한 일이 일어나는가 말이다. 장롱에 목을 맨 참극은 로맨틱 러브스토리로 먼저 간 짝을 따라 죽는 환상이 아니다. 2, 30년 전 아웅산 테러사건 뒤에 극도의 우울증으로 생을 마감했다는 고관의 아내와도 전혀 다른 결정이다. 사는 게 너무 힘들다…… 사는 게 너무 힘들다…… 그렇게 끼적거린 메모를 남겨놓고 죽어버린 참담함. 의식주 – 문자 그대로 의식주 해결을 못 해서 죽어야 했던 삶. 하필 그들의 아들은 명예와 충성심과 용기로 무장하고 무엇보다 애국애족의 정신으로 군복무 중이었다니.

이 아들은 실제로 군대에 가 있었는데, 아버지가 자살했을 때는 어머니가 직장이 있다는 이유로, 겨우 청소부 일을 하고 있었는데도, 의가사 제대가 안 되었다고 한다. 막상 어머니마저 죽었을 때에는 이제는 돌보아야 할 사람이 아무도 없으니까 역시 의가사 제대가 안 되었고. 병마와 가난 속의 부모를 지킬 수 없는 젊은이들이 필승의 신념으로 나라를 지키고 있었다. 이 군인에게는 15년째 밀린 토지 변상금 4, 5천에 자동차세 천여만 원 등 눈덩이처럼 불어난 빚이 굴러왔다.

뭐 자동차세라고? 그럼 그 동네에도 차를 가진 사람들도 있었네.
그렇지만 차가 다 차인가. 고물 일을 하느라 고물 차 하나를 얻었는데, 명의를 이전하자마자 압류를 당하리라고 상상이나 했을까. 법을 모르는 그들. 설상가상. 명의만 있지 압류당해서 탈 수도 고물을 실어 나를 수도 없는 차는 그들의 저승사자였다.

하필 장롱에서, 키가 작다고 어떻게 장롱에서.
그 아줌마, 아들이 너무 보고 싶다고 하더니만.

아주머니가 발견된 다음날 당숙모는 혼 빠진 사람 같았다고 한다. 사실 포이동 백 가구 가까운 사람들은 끈끈한 정이 양재천 북쪽 강남과는 사뭇 다르다 했다. 둘, 셋 모이면 비교요 갈등이 인간의 속성이라지만, 워낙 가난의 평준화 속에 가라앉으면 키 재기할 기운이 나지 않는 법인지. 설마 싶으면 전쟁 직후 우리나라를 회고하는 어른들의 말을 들어보면 안다.

아들이 너무 보고 싶다고 하더니만.

그것이 숙모가 내뱉은 마지막 말이었더란다. 그러고는 말을 접었다. 어떻게 실어증이 걸리는가. 가족의 일도 아닌 남의 일에. 사람들은 이해할 수 없었다, 거의 너덜너덜한, 눈 큰 시인의 닮은 꼴 시집 두 권을 가슴에 품고, 호주머니에 쇼와 18년의 회중시계를 감추고 방 안에 들어 앉아버린 여자를.

얼음장 같은 냉기에 놀란다. 설마 하는 마음으로 족보를 뒤져본다. 우리 할아버지 상 자 규 자, 그 아래 덕 자 규 자, 진 자 규 자 할아버지들. DK라면 덕 자 규 자의 이니셜일 순 있지만 그분은 일본 유학에서 돌아와 학도병에 끌려가셨다 했다. 또 확실히 돌아가셨다, 해방에서 동란 사이에. 아니다, 혹여 일본 유학생 인텔리 작은할아버지의 시계를 막내 할아버지가 지니고 있었을 확률은? 해방과 동란 사이 두 할아버지들은 뜻이 맞아 늘 함께했다고 하지 않았었나?

아니다, 절대로 아닐 것이다. 모래알 같은 사람들. 아들을 한 번도 못 만난 채 신산한 삶을 이어가면서 생면부지의 며느리를 마주치는 일 따위는 없는 것이 세상 이치다. 아닐 것이다. 하지만 당숙모의 혼돈은 분명 포이동 266번지에서 비롯되었음을 어쩌랴.

쥐도 인간이다

얼마나 운이 좋은가,
올해도 모기에게 물리다니.
— 고바야시 잇사

잠자리 한 마리가, 유난히 빨간 잠자리 한 마리가 차창 앞에서 붕붕거린다. 설마 부딪히기야 할까만 저도 모르게 브레이크 위로 발이 간다. 잠자리는 가벼운 망사날개 덕에 날렵했고 차는 살생을 면한다. 앞선 일행들의 꼬리가 보이지 않는다. 계곡에 다다가갈 때까지 잠자리가 또 나타날까 염려되어 눈을 크게 뜨고 앞 유리를 응시한다.

잠자리 날개 같구나!
나일론이 처음 보급되고 레이스까지 아이들 옷에 장식이 붙던 옛날, 여름방학을 맞아 새 원피스를 입고 외가에 갔을 때 외할머니는 한껏 칭찬해 주셨다.

잠자리 날개?

그전까지는 잠자리 날개가 정확히 어떤지를 몰랐던 나는 외사촌을 졸라서 잠자리 날개를 보여 달라고 떼를 썼다.

잠자리를 몰라? 날개를 안 봤어?

외사촌은 이해가 안 된다는 듯이 눈을 크게 뜨더니 우릴, 나랑 은실을 데리고 사립문을 나섰다. 손에는 파란 그물을 붙인 긴 막대가 들려 있었다.

이게 뭐야? 이걸로 잠자리를 잡아?

이것도 몰라? 매미채야.

매미 말고!

알아. 나비고 뭐고, 곤충을 보려면 이걸로 잡는 거야.

잡으면 죽어?

죽이면 안 돼!

좀 조용히 해라, 가서나들.

뭐야, 너! 난 동갑이잖아.

난 1월생인 걸. 내가 오빠지.

어린 시절 그렇게 방학마다 한데 어울려 자랐던 중심에는 외할머니가 계셨다. 하지만 외할머니는 언제부턴가 계시지 않았고, 다 커서는 우리들은 서로 다르게 살았다. 우리가 정색을 하고 다시 만난 것은 어머니 생신을 전후해서 일가친척이 함께 모인 때였다. 지난해 회갑을 너무 평범한 날로 넘겨버린 것이 모두에게 짐이 되었고, 올해엔 마침 더위로 방학이 길어지면서 여럿이 모일 수 있었다. 옥실도 부부가 함께 늦은 여름휴가를 나왔다. 막내 옥실은 미국에 의사로 정착한 큰아버지의 딸이 되면서 제이드가 되었지만, 집에선 여전히 옥이다. 제 남편 앨버트도 한국에 와서는 '오기'라고 부를 줄 안다. 옥실은 미국의 마미 대디가 함께 못 와서 서운해 하셨다는 인사도 잘 챙긴다. 또 참 오랜만에 이모와 외삼촌이 오셨고, 이종매와 외사촌도 더불어 왔다. 고추잠자리를 잡겠다고 뽐내던 꼬마나 졸랑거리던 우리들 모두 어른이 되어 있었다.

입추가 지났지만 더위가 지독했다. 벼가 한창 익어가는 때라서 맑은 날씨가 계속되는 것은 좋을 것이다. 조선 시대에는 입추 지나서 비가 닷새 이상 계속되면 도처에서 비를 멎게 해 달라는 기청제를 올렸다 했으니, 쾌청한 날씨를 염려해선 안 된다. 하지만 너무 더웠다.

친척들이 모일 때면 늘 어머니의 수고가 밑반찬이지만, 이번엔 달랐다. 달라야 했다. 어머니가 주인공이니 일단 그날 점심은 모처럼 외식이었다. 돌아오는 길에는 경관 좋은 찻집에도 들렀는데, 차창 밖으로 펼쳐진 들은 옛날처럼 김매기도 끝난 한가로운 농촌 풍경이 아니었다. 농촌은 한가해지기는커녕 하우스 작물 재배로 일 년 내내 쉬지 않고 일감이 몰려드는 통에 어정칠월 건들팔월이라는 여유도 사라진 지 오래다. 평택은 배 농사 오이 농사

애호박 농사 이외에도 화훼 농사로 일 년 내 분주한 편인데, 올해에는 2만 평에 참깨를 심은 농원도 있다고 했다. 아직 깨를 털어 말리는 집은 없어 보였다. 깨를 터는 날을 상상만 해도 유월 말 불볕더위에 모종을 본밭에 이식하고 계속 손질을 해야 했을 여름날의 보람을 느끼겠다 싶었다. 내가 괜스레 부자가 되는 느낌도 들었다. 들판 어딘가에서 고소한 깨 내음이 밀려오는 듯했다.

아직 더위가 심해서 저녁이 되어도 낮 기운이 정지된 듯 열을 뿜어냈다. 다음 날 젊은 사람들은 따로 캠핑을 떠났다. 그 외사촌이 어느덧 캠핑의 도사가 되어 있어서 일은 수월하게 그렇게 추진되었다. 망설이던 우리 몇을 설득하는데, 아예 아버지 어머니랑 어른들도 모두 함께 가셔도 된다고, 여름이니 이불도 별 필요 없고, 먹을 것만 가지고 떠나면 일반 콘도처럼 식기도 다 마련되어 있단다. 믿어볼밖에. 갈아입을 옷이며, 밤엔 오히려 서늘할 것이니 긴 팔도 하나씩 챙기라는 거짓말 같은 설득에 솔깃해지기도 했다. 이 지독한 더위를 정말로 날려보낼 수 있는 곳이라고?

아이들은 무조건 방방 뛰었다. 어른들은 한뎃잠이 설다 하시며 끝내 고개를 흔드셨고, 옥실네도 남겠단다. 무엇보다 옥실이 제 본격 요리 솜씨를 발휘해서 어머니랑 어른들을 대접하겠다는 뜻이었다. 미국인 앨버트는 괜찮은 서양 사람다운 매너가 있는 사람이고, 당연히 아내와 함께 장을 보러 갈 것이었다. 어머니는 도

대체 부엌이 서양 요리 하게 생기질 않았다고, 명색이 요리사가 요리할 수 있는 부엌이 아니라고 아서라 아서라를 연발하셨다. 게다가 젊은 사람들끼리 어울려야지, 영어 한마디 못하는 노인네들하고 서양 사위가 심심해서 뭘 할 거냐고 캠핑 쪽으로 밀어붙였지만 옥실은 막무가내였다. 열여섯에 떠난 어머니가 그리울 법도 했다. 열여섯보다 훨씬 더 많은 햇수를 미국인이 되어서 살았으니. 그 사이 만나본 것은 겨우 손가락으로 헤아릴 만큼이다. 오붓한 시간이 필요할 터다.

테트며 짐들을 이고 지고 싣고 가야 하는 자유야영장은 이렇게 급조한 팀들이 가기에는 절대적으로 무리였다. 해답은 풀 패키지 야영장을 찾는 일. 그런 일은 외사촌이 앞장섰다. 그러고 보니 대학부설 연구원으로 있는 그의 전공이 곤충이다. 의대에는 머리카락 박사나 손톱 박사가 있다더니, 외사촌이 곤충 박사란다. 일찍이 풀벌레를 잡으러 다니던 추억이 그대로 취미로 전공으로 발전했으니, 캠핑장 대화의 리더가 되기에 족했다.

엄마아, 아빠아!
뭐야, 이게 뭐야, 아빠아!
아이들은 어쩌면 난생 처음 보는 벌레들에 기겁을 할 일이다.
에이, 놀라지 마. 이게 무슨 벌레냐, 귀뚜라미! 이름이 있다고!
나 알아요, 우리 집 화장실에도 왔었어요!

아니, 그건 아마 달랐을 걸.

귀뚜라미였는데!

날개를 봤어?

그렇게까진 모르죠, 외삼촌.

그러게, 날개가 없는 꼽등이가 가끔 집안으로 기어들지. 이름 처럼 꼽등이야, 등이 동그랗게 굽었다고. 귀뚜라민 등이 굽지 않 았어, 메뚜기처럼. 둘 다 다 같이 메뚜기과지만.

그럼 왕뚱인 그 사촌?

사투리겠지.

아냐, 그렇게 부르기도 해. 알락왕뚱이란 이름도 있어. 꼽등인 야산이나 동굴, 인가 주변 어두침침하고 습기 찬 곳을 좋아한단 다. 낮엔 구석진 곳이나 으슥한 곳에 숨어 있지만, 밤엔 밖으로 나오지. 혹시 집 안으로 들어와도 걱정 마. 질병을 옮길 일이 없 거든. 해충에 속하지도 않아. 듣지도 못하고.

아하, 그러니까 소리 내어 우는 놈들은 귀뚜라미?

승연이 참 영리하네. 그래, 귀뚜라미는 날개에 있는 발음기관 으로 울음소리를 내어 짝을 찾고 그런단다. 일단 수컷이 노래를 부르지, 그러면 그 울음소리에 암컷 귀뚜라미가 홀리는 거란다. 그러니까 이성을 자극하는 노래가 따로 있지. 수컷끼리 싸울 때 는, 영역 다툼 말야, 그런 땐 다른 소리를 내는 거래. 사람들이 거 기까지 알 리야 없지, 전문가들도. 암튼 옛날 사람들은 귀뚜라미 는 울기와 싸우기를 잘한다고 생각했어. 시끄럽게 울어대는 것이

분명 의사표시라 생각한 거지. 그래서 매사에 나서기 좋아하는
사람을 보면 '알기는 칠월 귀뚜라미'라고 놀렸지. 칠월이면 지금
은 양력이니까 팔월.

난 귀뚜라민 괜찮아여. 곤충 중에서 가수잖아여.
말 예쁘게 해라, 괜찮아여, 그게 뭐냐, 괜찮아요, 그렇게 해 봐.
왜여?
그게 무슨 말투냐고?
다덜 그러는 걸요.
다덜?
넵?
다덜?
아이들은 낄낄대고 엄마들은 기절이다.

요즘 아이들의 말 비틀기가 예사롭지 않다. 방가방가, 열공 중이
삼? 이라고 하면 누가 알랴. 반가워, 열심히 공부하는 중이야? 그
런 반듯한 말은 싱겁단다. 그렇군을 글쿤으로, 재미있다를 잼있
다로 쓰는 건 음절이나 줄인다는 의미가 있겠지만, 안녕하세요 하
면 될 걸 안녕하세엽 하거나, 알지는 알쥐라고, 뭐냐는 모냐라고
음을 비트는 건 도무지 이해가 안 된다. 우린 선데, 한국어 배우러
온 유학생들도 한 학기만 지나면 은어나 비틀기에 능하다. 문자메
시지 문화가 그런 걸 주도하는지, 영어 원어민 강사들도 비틀거나

축약된 문자메시지 형식의 영어를 농담 삼아 가르쳐주기도 한다.

이야기는 떠들썩하게 은어와 비어 문제로 옥신각신이었다. 이번엔 내가 끼어들었다.

이모는 앤 없다, 이러면 더 잼있어?

우와, 이모 짱!

짱?

응, 당근 최고라는 말씀.

근데 앤 정말 없어?

못살겠구나. 항복이다, 항복! 승연아, 아까 하려던 얘기, 귀뚜라미가 가수왕이라는 그것이나 계속해라!

귀뚜라미가 뭘. 곤충 가수왕은 베짱이인 걸! 이솝우화에 나오잖아, 개미와 베짱이. 여름 내내 노래만 하느라고 모아놓은 곡식이 없어서 겨울에 먹을 것이 하나도 없는 베짱이.

승연이 제 말이 계속 흠 잡혀서 머쓱해진 동안 승주가 나선다. 둘은 바로 아래 여동생 은실의 애들이다.

베짱이? 베짱이가 아니라 매미야. 집에 동화책 있어요.

이번엔 재경이다, 이종 여동생의 아들 재경이. 승연이 승주와는 달리 외동인 재경은 책하고만 동무를 해서 안 읽은 동화가 없다고 했다.

어쩜 좋으냐. 여치도 있는데. 개미와 여치. 재경이 책은 프랑스

동화를 번역했을 테고. 그러니까 개미에게 비교되는 게으름뱅이는 여럿인가 봐. 베짱이, 매미 그리고 여치. 처음 이솝이 부지런한 개미와 게으른 매미 이야기를 썼는데, 옛날 그리스엔 매미가 물론 노래를 잘 불러댔었고, 유럽 언어로 번역될 때 거긴 매미가 없어서 베짱이로 변했단다. 아시아 쪽엔 여치가 단연 노래를 잘하지. 해서 개미와 여치라는 대비가 되었고.

삼촌, 그러니까 베짱이나 여치 아무렇게나 말해도 되는 거죠?

승연이 손위라고 정리를 하려 하지만 소용없다. 매미라니까, 하고 재경이 고집이다.

베짱이, 여치, 매미 다 좋아. 일개미와 다르게 노래만 부르며 놀고 있는 곤충을 이른 것이니까. 애들에게 외삼촌은 어떻게든 마무리를 해야 했다.

자, 이리 온. 그것들이 어떻게 우는지는 알아? 목소리를 낸다고 생각하는 사람? 없지? 매미는 수컷이 특수한 발음기를 가지고 있어서 높은 소리를 내는 것이야. 배 안쪽에 브이 자 모양의 굵은 근육이 따로 있어. 그걸 수축하면 등판 안쪽에 있는 둥근 발진막을 잡아 당겨 오므라들면서 소리가 나는 거야. 반대로 늘어나면 발진막이 되돌아가면서 약한 소리를 내지. 이 독특한 울음소리가 공명 ― 공명 알지? 울리는 것 ― 그래서 엄청 큰 소리가 되는 것이야. 베짱이도 날개에 소리를 내는 발음부가 있단다. 왼쪽 앞날개의 줄칼 모양을 한 부위에 오른쪽 앞날개의 밑둥을 비벼서 '찍찌르르' 하며 잘도 울지. 여치도 수컷이 울음소리를 낸단다. '찌르르 찌르르' 하는 베틀과 비슷한 소리를. 왼쪽 앞날개에는 줄칼 모양의 날개맥이 있고 오른쪽 앞날개에는 마찰편이 있으니까 두 날개를 비비면 울음소리가 나는 거야. 암컷이 그 소리를 듣고 홀리기를 바라는 것이지. 그러니 정성을 다해서 울어대는 것이지. 울음소리가 없다면 종족보존은커녕 자기 유전자 복제도 불가능하지.

유전자 복제가 모야?
승연이 또! 누나가, 언니가 돼가지고 요상한 말씨를 해서 쓰나!

유전자 복제가 뭐예요? 이번엔 군말 없이 고친다.
그게 동물이 번식하는 것을 정확히 말하면 그렇단다. 승연인 알아듣겠지만 다른 애들에겐 어려우니 그건 담에 이야기하자. 오늘은 우리 다시 개미랑 매미, 베짱이, 여치 이야기하자. 매미, 베짱이, 여치들이 개미에게 곡식을 구걸했다는 이야기는 이야기일 뿐이야. 서로 먹는 음식이 다르거든. 여치는 곡물을 먹지 않고 작은 곤충들을 먹는 육식성이야. 베짱이도 그렇고. 매민 아예 수액만 빨아먹지.

그러니까 게으른 사람더러 게으름 피우면 어찌 되는지 배우라는 이야기죠 뭐.
그렇지, 재경인 역시 책 많이 읽은 태가 나네. 그래. 원래 이솝 이야기가 사람에 빗대는 이야기지.

그렇다고 배고파 죽을 지경인 사람에게 넌 게을러서 저축을 못했으니 그냥 굶어 죽어라, 그래야 되나요? 불쌍해.

승주가 말하자 아예 승연이 거든다. 그래요, 일단 나누어주고, 다음 여름에 일을 하라고 하면 될 것을.

그렇다고 매미가 다음 여름에 일하냐? 어차피 게으른 것들인데. 재경이 지지 않는다.

매미 이야긴 도대체 말이 안 돼. 매민 겨울까지, 아니 가을까지도 살지 못하잖아. 그냥 그렇게 노래 부르다가 죽을 건데 뭐. 승연이도 맞장을 뜬다.

참, 그렇구나. 매미는 아니네. 매미의 일생은 참. 길게는 17년을 기다려 태어났다가 짧게는 17일을 살다 가기도 하니까.

정말요?

불쌍해라…….

뭐 그런 일생이 있어!

곤충들이 대부분 그렇지. 하루살이도 있는 걸. 물속 유충으로 1년, 성충이 되어서는 겨우 하루야. 며칠 더 살기도 한다지만.

그러니까 개미와 베짱이 이야기는 상징이라고 한단다. 내가 끼어들었다.

상징이 모야? 상징이 뭐예요?

아차, 이 아이들에게 상징을 설명하기란 곤혹스러운 일이었다.

그게, 너희들 다 알잖아, 이야기 속의 개미는 개미가 아니라 개미처럼 부지런한 사람을 말하는 것이라고. 일개미가 일 년을 산다고 해서 베짱이나 매미는 겨울에 죽고 없으니까 이야기가 안 된다는 것은…….

안 되죠, 당근. 당연히 안 되죠.

그러니까 실제 개미와 베짱이는 서로 말을 할 수도 없지 않아?

건 그렇죠.

그런데도 이야기를 그렇게 만드는 건 개미와 베짱이가 둘이 서로 만나서 말을 한다는 말이 아니라, 개미처럼 부지런한 사람과 베짱이처럼 게으른 사람을 빗댄다니까. 너희는 이미 상징을 알아요. 이야기의 뜻을 다 알아들었으니까.

그럼 별거 아니군여.

그래. 직접적으로 부지런한 엄마와 게으른 이모 – 그렇게 이야기를 하기는 곤란하지 않겠니?

건 그렇죠. 울 엄만 되게 부지런해요. 재경이다.

울 엄마도……. 승주는 말을 하려다 만다.

이몬 아녜요?

밤은 길고 이야기는 끝이 없었다. 일찍 자고 일찍 일어나야지……, 누군가 그렇게 말했지만 누구도 일찍 침낭 속으로 들어가려고 하지 않았다. 그래도 아이들을 들이밀었다. 제부, 승연이 승주 아빠가 애들을 몰고 가는데, 재경 아빠가 한숨 후에 뒤따른다. 평범한 회사원이지만 음악에 빠져서 사는 그는 우리들 추억에 젖은 시시콜콜 이야깃거리보단 MP3가 백 배 좋을 터였다.

해먹이 저만치 나뭇가지 사이에 걸린 채로 매달려 있었다. 우린, 은실이와 나, 동갑 오빠 외사촌이랑 이종 여동생 재경 엄마, 그렇게 해먹이 있는 쪽을 향했다.

저거 오빠가 가져온 거지? 무섭지 않아?

은실이 너 무서움증 있어? 어려서 그넨 언니보다 네가 훨씬 더 잘 탔었잖아?

그네? 그랬었나?

은실은 얼버무렸다. 시간이 지나도 여전히 얼룩으로 남았을 세상에 대한 울렁증을 사촌들에게 들키고 싶지 않을 것이다.

좀 높게 매달았네. 누구야? 누가 키 자랑을?

늘 그렇듯이 나는 무서움을 아닌 체 잘 가장하기 때문에, 실은 해먹 정도에는 무서움도 아니므로, 냉큼 해먹에 올라갔다. 감촉이 참 좋았다. 어디선가 보았던 두꺼운 천도 아니고, 그물도 아닌, 촘촘히 짜인 마른 식물이었다.

풀잎인가 보네, 그런 게 모이면 이리 단단하고!

그렇지, 유연하면서 단단하지. 쇠라면 절대로 대신할 수 없는 강함이 게서 나오지. 우리 중에서라면 은실이? 그렇지, 은실이 최고지. 재경 엄마야, 넌 반쪽!

결혼만 하면 대순가.

은실은 또 멋쩍어 했다.

결혼만 하면이 뭐야. 아들 딸, 두 아이의 엄마가 되었다는 존재감, 그걸 우리 모태싱글들이 알기나 하남요! 승연 엄마!

별 속내를 모르고 - 은실이 고1 때 가까이서 성수대교 붕괴사건을 겪으며 이후 고등학교 시절을 많이 힘들게 보낸 속사정 말이다. 대학 진학도 무산된 저간의 힘든 시절들을 사촌들까진 잘 모른다. - 은실의 이른 결혼과 정착을 부러워하는 외사촌은 연구직 세대의 애환을 떠벌일 태세다.

오빠, 오빤 무수한 생물들과 함께 사느라 특정 동물의 암컷에 관심을 가질 여유가 없었겠지.

내가 거들며 방향을 돌렸다. 정작 은실은 우리에게 - 많이 배우고 어려운(?) 직종에 종사하는 우리에게 - 소외감을 느낄지도 모르는 일 아닌가.

특정 동물 인간의 암컷? 어렵게도 말하네.

그래, 오빤 우리 어려서도 우리 애들보다는 곤충들에 관심이 많았었지 뭘.

정말 그랬다, 오빠. 고추잠자리 잡아다 주고는 곧 놓아 날려 보내고. 풍뎅이 잡아 돌리는 아이들하곤 열나게 싸우고. 오빤 벌도 잡지 말고 가만 있다가 날아가길 기다리라 하고. 은실도 끼어든다.

정말 그랬어? 그래, 맞아. 난 곤충들을 어려서부터 좋아한 게 맞나 봐.

그래서 뭐 나빠? 그쪽으로 직업도 갖게 되었고. 아까도 아이들하고 잘 놀았잖아. 귀뚜라미에서 개미와 베짱이까지.

그쯤에서 은실이 자리를 털고 일어났다. 재경 엄마도 함께, 애들한테 가보겠단다.

둘이만 남게 되자 또 말이 끊겼다.

금실아, 넌 결혼 안 해?

그러는 오빤 왜 안 하는데?

거야, 나는 남자고.

남자는 결혼을 안 해도 된다? 그럼 여자들은 누구하고 결혼을 하는 건데? 뇌에서 분비되는 신경물질이 촉진되어 짝을 찾는 호르몬이 왕성한 시기는 어차피 지난 것이고. 그런 시기에 결혼을 했다 쳐도 신경물질의 작용이 벌써 끝났을 거야. 현대의 도시남녀들에게 그런 작용은 3년하고 조금 더 갈 뿐이라며? 거기에 남녀 구별이 있어?

없지. 그래서 결혼을 깨는 책임도 남편과 아내가 비슷해지는지도 모르지.

무슨 결별 이야기냐, 오빠. 결혼 같은 것 시작도 안 한, 시작도 못 한 우리들의 대화치고는 어째 변명만 같네. 높은 포도나무에 매달린 포도송이를 따 먹을 수 없으니 – 저 포도는 아직 익지 않아서, 그러니까 너무 시어서 먹을 수가 없다는 변명마냥.

뭐야, 또 이솝우화야?

그러네. 참, 아까 부지런한 개미의 상대역이 뭐였지? 그래스호 퍼면 메뚜기 아냐? 서머싯 몸의 단편 제목도 「개미와 메뚜기」였던가? 교훈적 우화를 배우면서 승복을 하지 못했던 어린 시절을 내레이터를 내세워 말했지? 배고픈 놈은 굶주리는 것이 마땅하다는, 그러니까 제 먹을 것은 제가 비축해야 하고 많이 비축한 사람이 없는 자에게 줄 필요가 없다는 식의 교훈 – 그러나 그것은 어딘지 옳지 못하다고 느끼는 내레이터. 과거의 행적과 관계없이 현재 굶주리는 베짱이를 내버려 두라니!

내레이터가 어른이 되어 개미와 베짱이 같은 형제를 관찰하면서 쓴 이야기 말이지?

응, 람제이 형제. 조지 앤 톰.

그래, 이름이야 뭐. 너 그런 기억력은 무시무시해, 응? 내 설마 장편들은 선뜻 손을 못 대지만 개미 어쩌고 하는 단편쯤이야 읽지. 존경할 만한 변호사인 형과 날라리 동생 이야기, 그게 한편으론 현실이지. 정직과 근면이 밥 먹여주냐, 어디. 밥은 먹여주겠지, 하지만 두더지 인생. 미래의 연금을 사랑하는 우울한 인간과 생을 사랑하는 경쾌한 동생을 대비시켜 우화의 교훈을 비틀었지. 생은 교과서가 아니라고. 행운은 생을 사랑하는 동생 편이라고.

서머싯 몸이 아니더라도 다른 작가들도 교육용 독서에 대한 비판은 끝이 없지, 이론상으로는. 교육이란 게 어차피 순수보다는 사회적 목적으로 편성되는 것 아냐? 인간 개체는 수요와 공급 논리에 따라 사회적 적응을 향해서 교육되는 것.

뭐야? 불문학자가 아니고 교육학자시네?

외국 문학에 빠진 것이 바로 그 수요와 공급 계산도 틀릴 수 있다는 증거 아닌감.

자조적이기는! 밥이 배 터지게 넘쳐도 안정감도 행복감도 고프니까 인문학이 철학이 필요한 것 아냐!

아니, 어차피 교육은 행복을 보증하지 못해. 적응이라는 미명으로 의지의 분쇄를 목적으로 이루어진 것이니까.

의지의 분쇄?

우리는 둘 다 침묵했다. 기껏 많은 교육을 받고도 사회의 변두리에 자리한 연구직 세대. 시쳇말로 삼포세대다. 연애도, 결혼도, 출산도 모두 포기한 세대. 우리에게 의지란? 본성이라고 말을 바꾸어도 마찬가지다. 우리의 본성은 수요라는 사회적 필요에 강제 당하여 잉여인간으로 전락했다. 사촌의 연구원 자리라는 것도 강사나 어슷비슷하게 계약직이니까.

몇 분의 시간이 흘렀을까, 다행스레 모기가 말문을 열어주었다.

모기향도 소용없네! '얼마나 운이 좋은가, 올해도 모기에게 물리다니'라고 따라 말하고 싶지만.

싶지만, 뭐? 모기 물렸어? 운이 좋다고?

응, 모기 물리면 난 그렇게 위안해. 고바야시 잇사라는 하이쿠 명인의 시야. 와, 모기가 힘이 정말 세네. 학생들 말이 요즘 모기는 빨대가 길다고들 하더니만.

모기 잘 물리는구나.

그래 난 여름이 추운 겨울보다 훨씬 좋지만 모기 땜에 힘들어. 오빠, 모기에 잘 물리는 것도 유전이라며?

그런 셈이지. 최근엔 미국 쪽에서 그런 체질은 유전적 요인이 85퍼센트나 된다고 발표가 나왔어. 피부에서 과도하게 분비되는 스테로이드와 콜레스테롤이 많은 사람이 더 잘 물리는 거라고. 물론 실제 체내의 콜레스테롤 수치량은 상관이 없는 거래. 그러니 유전적 요인이 많지. 너를 잘 무는 건 네 유전인자 때문이니 네 탓이 아니지.

탓이라기보단 속상해.

이럼 어때? 네 피를 빨아먹는 모기도 생존을 위해서라고 생각하면 나아지지 않아?

모기의 생존을 위해서? 기쁘게 모기의 먹이가 되어주라고? 설마, 오빠 사람보다 모기 파리를 더 좋아한다는 건 아니겠지? 그런 커밍아웃은 없나?

모기를, 파리를 좋아하느냐고? 이야기가 길어진다. 그만두자.

뭘 그만둬!

그래, 모든 모기가 다 사람을 무는 건 아니란다. 보통 모기들은 꽃의 꿀이나 수액, 이슬 등을 먹고 살지. 하지만 산란기의 암컷 모기들에겐 동물성 단백질이 무한정 필요해지는 거야. 알의 성숙에는 단백질과 철분이 필수적이라고.

그래서 그렇게 필사적이구나.

필사적이라니?

너무 많이 먹어서 날지 못하고 어디에 가만히 붙어 있다가 죽기도 하잖아. 올 엄만 우리가 엄마야 모기…… 하고 팔을 탁 치기라도 하면 가만 있거라 하시고선 가만히 근처를 보시다가 모기를 잡아. 에따, 요놈, 내 딸내미 복수다! 이러시면서. 그럼 검은 피가 벽에 표시 날 만큼 번지면서 모기가 방바닥으로 떨어졌어. 그러니까 엄만 정말 복수를 하신 거네. 알을 품은 모기가 제 아기째로 죽어갔으니.

문제는 그런 사적인 복수 차원이 아냐. 모기의 세계와 우리 인간의 세계도 대치하고 있다는 점이지. 모기가 원인을 제공하는 말라리아는 이 지구 상에서 매년 백만 명 인간의 생명을 앗아가지. 우리나라엔 말라리아를 퍼뜨리는 중국얼룩날개모기나 뇌염을 옮기는 작은빨간집모기가 문제지.

뇌염 말고 말라리아도 많아?

그럼. 우리 어머니들이 태어나던 시절, 그러니까 1940, 50년대엔 여름철이면 학질이라고 해서 많은 희생자를 낸 질병이었지. 약들이 개발되어 그때처럼은 아니라도 여전히 발생하는 질병이야. 지난 10년 간 말라리아 환자 수가 만오천은 되었을 걸. 지난 해 좀 줄어서 오백 정도? 어찌 보면 모기들이 인간을 사육하는지도 모르지. 일시에 말라리아로 죽였다가는 다음 먹이가 부족할 테니 적정한 개체 수를 유지하는 선에서 인간을 방목하는지도 모른단 말이지.

뭐야?

그렇잖아. 모기가 인간을 방목한다는 말은 안 어울려? 인간이 너무 큰가? 인간도 더 큰 소를 방목해서 잡아먹지.

그게 뭐 같아?

같지 그럼. 소, 돼지, 닭…… 방목이 아니라 요샌 관리 사육이지. 아예 철창에 가두어서. 철창을 물어뜯고 있는 돼지의 사진을 본 적이 있어. 그런 독성이 몸통 속에 쌓여 인간들에게 돼지플루를 전달하는지도 몰라, 그 원한이 플루 바이러스가 되어서.

뭐야? 오빠 언제 동물 변호사가 된 거야? 곤충박사로 모자라서?

모르겠다. 넓게 생명에 대한 변호사라면 또.

그래, 생명에 대한 변호사. 알 것 같아. 우리 어려서 외할머니에게서 들었던 말 기억해? 쥐를 일시에 방제한다고 이른 저녁시간에 온 동네가 한꺼번에 쥐약을 놓으라 했을 때.

그럼, 기억하지. 쥐도 인간이여~. 우리가 얼마나 킬킬거리고 웃었는데 기억 못 할까.

쥐도 인간이여~. 그래 그것이었어. 우린 외할머니가 헛소리 하시는 줄로만 알았었지.

쥐를 잡더라도 이 집에서 오늘 저 집에서 내일 그렇게 잡아야 쥐들이 이 집 저 집으로 도망 다니며 얼마라도 살 것 아니냐고.

씨를 말리는 짓은 심한 거라고, 쥐의 병충해 이전에 쥐에게도 살 권리가 있다는……. 그래, 따로 철학자가 없으셨네. 살아 있는 것은 살 권리가 있다는. 살아 있는 것은 사는 것이 미덕이라고.

참 소박한 철학자셨네.

소박하지 않으면?

소박하지 않은 철학도 물론 있지. 너무 무서운.

무섭다니?

무서울 것까지야. 그래도 철학이란 결국 삶과 죽음에 관한 사유이다 보니.

죽음에 대해서도?

그렇지. 어떻게 사느냐는 곧 어떻게 죽느냐의 문제이니까.

살아보지도 못 하면서 죽음에 대해서 생각한다고? 너희 인문학자들이란!

오빠, 우리 여기에서 접자. 인문학과 자연과학, 학문이란 게 무엇이 얼마나 다른데? 우린 다 같이 결국 필요 이상으로 배워서 별 소용없는 인생 아냐!

자조적이기는! 나 자연과학자는 이 삶을 뭐, 받아들이고 있어. 결혼? 글쎄……. 인간들 벗하기나 곤충들 벗하기가 얼마나 다를 것 같아? 요 아까운 놈은 필사적으로 네 피를 먹다가 죽고 말았네. 너 헌혈했을 때 그냥 곱게 날려 보내지 왜 잡았어?

뭐?

요놈이 죽으면 새끼들은 태어나 보지도 못하고 죽지만, 네 피는 고만큼 빨렸어도 너는 그대로 살아 있고, 또 이미 빨린 뒤에는 요놈이 죽어도 회복이 안 된단 말이지.

살인자, 아니 살모기자, 아니 살생자 취급 마라, 오빠. 살고 죽는 문제에 들어가면 머리가 아파.

머리 아프지 마라, 생명체는 살아감이 미덕이라고! 인간이나 초파리나. 인간의 질병을 일으키는 것으로 알려진 유전자 중 60퍼센트 이상이 그 쪼끄만 초파리에게도 있다니까. 쥐도 인간이다…… 하시던 울 할머니 말씀 기억해! 어디서든 끼어서 살아가는 것이라고! 쥐랑 함께, 모기랑도 함께.

그래, 더불어서. 하늘과 땅을 나누면서. 그럼 예쁜 고추잠자리랑도 함께. 여기 오는 길에 차창에 부딪힐까 놀랐어. 우리가 함께 매미채 들고 쫓아다니던 그 여름의 잠자리는 몇 대를 지나 살아왔을까? 오늘 그놈은 몇 대 손이냐고!

밤하늘의 별은 더욱 쌩쌩해진다. 졸릴 만큼 시간이 지났나 보다.

발이 시리네. 잠들고 싶다는 증거야.

게서 잠들면 안 된다. 너 업고 갈 장사 예 없다. 그만 들어가자!

그래, 아침에 늑장부리면 미울 테니 이젠 자야지.

옳지, 한금실 착하다. 밤엔 푹 자고 아침 일찍 일어나 또 하루를 살고!

당연한 숙제를 새삼스레 확인하면서 텐트 쪽으로 걸음을 옮긴다. 뜨고 지는 해 따라 살아가는 것. 비가 오면 맞고, 비를 맞으면서 그 비가 그칠 것을 믿고. 그치지 않는 빗줄기는 없음을 믿고. 인간은 인간이니까. 설마 쥐도 인간인데.

삼포세대

솔직히, 나는 정복한 것보다는
패배한 것이 낫고,
영구적 소유의 독점적 고형성보다는
임시성과 불확정성의 느낌이 좋다.
– 에드워드 사이드, 『도전 받는 오리엔탈리즘』 중에서

삼포세대라네, 삼포!

삼천포가 아니고?

삼천포는 무슨, 삼포라니까. 우리 같은 루저를 삼포세대라요!

삼포? 어디선가 듣긴 들었는데.

그래요, 쓰리 포세이큰 제너레이션!

뭐요, 셋을 포기한 놈들이라고?

쳇, 영어라야 얼른 소통되는 우린 바로 바나나족이지, 무슨 삼
포족. 겉만 누런, 속은 허여니 뼛속은 양놈들이지.

김박은 삼천포로 빠지는 게 특기지. 뭘 포기해서 삼포냐, 그걸
물어야지요!

뻔한 것 아뇨.

이박, 그래도 읊어봐요!

입에 담기도, 그게. 그러니까 연애, 결혼, 출산 세 가지를 모두 포기한 세대란 말이외다.

하나마나 한 소리. 그게 다 직장 문제, 돈 문제 아뇨.

그래도 그게 '불안정한 일자리, 학자금 대출상환, 기약 없는 취업준비, 치솟은 집값 등 과도한 삶의 비용으로 인해 연애도, 결혼도, 출산도 포기하거나 기약 없이 미루는 청년층' 그 비슷한 정의가 있어요. 재작년인가, ㄱ신문의 취재팀이 만든 신조어이지만 정곡을 찌를밖에.

우린 그렇게 삼포세대라 낙인 찍혔다. 나 개인적으로는 내가 공부 때문에 공부에 심취해서, 그러니까 제법 고상한 삶의 방식 때문에 연애도 안 하고 사는 줄로 착각했었다. 그러나 나도 그들도 방법이 없는 것이다. 꼼짝없는 삼포세대.

가을 학기가 끝나가는 때였다. 다시 실직을 앞두고 있다. 겨울 방학은 한시적으로 우리를 실직자로 만든다. 정규직이라면 강의는 없어도 월급이 있는, 그래서 어쩌면 재충전이다 휴가다 해서 느긋한 삶을 누릴 수 있을 시간이건만.

평균인 – 평균인은 누굴까.

그날 저녁도 외주둥이 굶는다고 소보로빵 한 개로 끼니를 때웠다. 소주와 냉수를 1:3으로 타서 음료수 대신 마셨다. 왜소한 저녁상을 물리고 - 상에서 먹은 것도 아니었지만 - 하릴없이 습관처럼 컴퓨터 앞에 앉았다. 헤아릴 수 없는 아메바들의 네트워크가 작동한다. 나 아메바는 갑자기 이 시대 평균 아메바 상에 관심이 집중되었다. 평균치는 수많은 통계에서 찾아보아 골라내면 될 것 아닌가.

그리 어려울 것이 없어 보였다. '우리' 중에서 평균적 수입을 갖고, 평균적 자녀 수, 평균적 기대 수명, 평균적 학력, 평균적 직업, 평균적 취미활동······ 등을 고려하여 대표적 가정의 대표적 사람을 꼽는 일이다. 무엇부터 찾을까. 잠시 통계의 무시무시한 망망대해에 빠지는 느낌이었다. 하지만 무엇보다 사람이 어떻게 먹고 사는가가 우선일 것이었다. 우선 가족의 평균 수입, 그런 간단한 것부터 시작해 보기로 했다. 이것은 수치로 기록될 수 있는 것이므로 통계를 찾기도 쉽고 평균이나 적절한 대표를 찾기도 분명할 것이다.

예를 들어 한 중소기업을 가정하자! - 사장을 포함한 직원 전체는 70명이고 이들의 총 급여의 합은 2억 1천만 원이라고 하자. 그러면 이 회사 직원들의 평균 월급은 300만 원이다. 이 통계는 산술평균에 의거한 것으로 결코 거짓이 아니다.

하지만 내용을 보면 수상쩍다. 대부분의 직원들은 월 300만 원은 그림의 떡이라고 생각한다. 직원 50명이 150만 원을 받고, 10명의 작업반장들도 겨우 200만 원씩 받을 뿐이기 때문이다. 이들에게 300은 비현실적인 수치이다. 그런데 왜 그런 평균치가 나오는가. 그것은 과장들 5명이 500만 원씩을, 부장 3명이 1,000만 원씩을, 부사장은 2,000만 원, 사장은 4,000만 원을 받기 때문이다.

70명 중 50명이나 되는 최빈수가 받는 월급은 고작 150만 원, 그러므로 대부분의 직원들이 통감하는 월급은 150만 원에 불과하다. 70명을 한 줄로 세워놓고 중앙에 있는 35 또는 36번째 높은 월급을 받는 사람을 대표라고 한다면, 대푯값 역시 150만 원에 불과하다. 이 회사의 최빈수와 대푯값은 150만 원 월급인데, 평균 월급은 300만 원이다. 나는 초장에 완전히 혼란에 빠졌다.

열이 났다. 좀처럼 찬물 샤워를 못 하는 내가 찬물 샤워를 하고 나왔다. 컴퓨터는 여전히 켜져 있었지만 지나쳐서 창쪽으로 향했다. 밖은 이미 칠흑처럼 어두웠다. 지나는 자동차의 헤드라이트에 아스팔트의 미세 먼지가 날아오른다. 작은 도로라서 저 아래 걷는 사람들의 실루엣도 보인다. 저들이 평균인일까. 운전자가 평균인일까.

다음 순간, 대한민국 평균인을 찾는 일은 생각보다 수월하지 않을 예감이 들었다. 일을 원론적으로 생각해 보려니 한참을 물러서고 만다. 처음 자리가 아니라 마이너스 어딘가로. 도대체 누가 '우리'인가. 우리 국민이라 함은 대한민국 국민을 말한다. 그러나 간단하지가 않다. 1919년 3월 1일 기미 독립선언에서 비롯되어 그해 임시정부를 수립했던 현 우리나라의 건국은 참 오래 걸렸다. 1945년 광복을 맞았어도 다시 미군정의 주둔시기를 거쳐서 1948년 8월 15일에야 정부 수립이 선포된 나라다. 독립 선포 후 서른 살이 되어서야 비로소 정부 수립을 이루어낸 것이다. 그것도 우여곡절 끝에 100,210제곱킬로미터 땅에서만. 그러니까 함께 독립선언을 했던 반쪽 123,138제곱킬로미터를 북에 두고, 이제 와 그들의 1인당 국내 총생산 1,900달러를 살짝 조롱하면서. 우리는 그들보다 10배 이상 행복할 것이라고 확신하면서, 우리를 우리에 한정한다.

그 한정된 우리는 경제협력개발기구 34개 회원국 중에서 수출입 선 순위권에 진입했다고 희희낙락이다. 1961년 우리가 여전히 전후의 비참함을 극복하지 못하고 있을 때 탄생한 기구에 30년도 넘게 뒤늦게 합류한 우리가. 하지만 동시에 평균 자살률도 거의 3배나 더 이룩해(?) 냈다. 인구 10만 명 당 11명이 평균인데 우리나라는 서른 명이 넘는 짙은 그늘을 드리우고 있다. 경제 위기로 유럽공동체에서 퇴출 위기에 내몰렸다는 그리스는 세 명도 채 안 되는 상황에서. 그러니 경제가 행복을 절대적으로 지배하지는 않는다. 국민총소득(GNI) 2만 달러 시대가 된 것과 자살자의 숫자는 비례하여 증가 일로에 있다. 왜?

정말이지 평균 수입을 알아보고자 했던 내 의도는 한순간에 좌절했다. 대신 여러 경제 지표를 조금 알게 되었다. 생경하지만 뭔가 그럴듯했던 국민총생산(GNP)이라던 개념은 어느새 국민총소득으로 바뀌었다. 보다 합리적으로 바뀐 것이란다. 국민총생산은 한 국가의 거주자 - 국민 - 가 일정 기간 동안에 생산한 모든 재화와 용역을 시장가격으로 평가한 것이다. 그러다보니 우리나라 국민이 외국에 진출해서 생산한 것도 모두 포함되었다. 그래서 한때는 우리나라 영토 내에서 이루어진 총생산만을 나타내는 국내총생산(GDP)으로 바뀌었다. 그러던 것이 마침내 국민총소득으로 바뀐 것인데, 실제 재화나 용역을 살 수 있는지를 나타내는 실제 구매력을 측정하기 위해서 그렇게 산출한단다. 이 지표는 국민들이 느끼는 체감경기를 보다 잘 반영해 준다고. 실질 국내총생산에다 교역조건 변화를 반영한 실질 무역손익을 차감하고 거기에 국외순수취요소소득을 더해서 산출하니까. 국외순수취요소소득 - 머리 아픈 용어였지만 우리 국민이 외국에서 벌어들인 것에서 타 국민이 우리나라에서 벌어간 것을 빼는 의미로 이해할 것이었다. 참고로 우리나라는 대외채무에 대한 이자 지급 때문에 이것이 마이너스란다. 나도 대외채무를 졌다?

무슨 이야기인가. 국민총생산이냐 국민총소득이냐는 이 이야기의 중심이 아니다. 국민총소득이 2만 달러가 넘어도 왜 이렇게 허한가.

문제는 불평등 성장이다. 한은에 따르면 1991년에서 2011년까지 20년간 국민총소득이 연평균 9.3% 늘어났는데, 그동안 기업소득의 증가율은 11.4%인 데 비해서 가계소득의 증가율은 8.5%에 불과했다고 한다. 개개인의 실질적인 주머니 사정이 글로벌 금융위기 이후에 좀처럼 회복되지 못하고 있는 이유가 성장의 후퇴 때문이 아니라는 것. 오히려 그 열매가 제대로 분배되지 않고 있기 때문임을 역설해 주는 증거가 아닌가.

또 1인당 국민총소득 22,708달러 중에서 기업과 정부 몫을 빼고 개인이 실제로 쓸 수 있는 소득은 얼마일까. 개인의 근로소득과 재산소득을 합쳐서 거기에서 세금과 사회보장기여금을 뺀 것을 개인총처분가능소득(PGNI)이라고 하는데, 이것이 우리의 주머니 사정과 가장 밀접한 지표다. 그런데 지난해 1인당 개인총처분가능소득은 1인당 국민총소득의 57.9%에 그쳤다. 한 나라의 소득은 크게 자본에 대한 보수 - 영업 잉여라고도 한다 - 와 노동에 대한 보수 - 피용자 보수라고도 한다 - 로 나뉘는데, 전체 소득 중에서 피용자 보수가 차지하는 비율, 즉 노동소득분배율이 57.9%에 불과했다는 말이다. 미국은 75.3%로 세계 1위, 왜 그 많은 모순을 안고서도 미국이 제일가는 나라인지를 말해 주는 지표이다. 스페인이나 일본 등은 물론 경제협력개발기구의 평균인 62.3%에도 못 미친 것이 우리나라의 실정이다. 총소득이 별로 늘지도 않은 상황에서 그나마 정부와 기업이 가져가는 몫이 전체에서 40%를 넘다 보니, 우리 개개인의 주머니는 허할 수밖에 없는일. 그게 금융위기 직전인 2007년의 61.1%에 비해서도 낮아졌다. 그만큼 근로자 몫이 줄어들고 있음을 보여주는 통계다. 국민총소득 22,708달러 중 개인총처분가능소득은 13,148달러 - 그러니까 지난해 우리 국민 한 사람이 실제로 소비에 쓸 수 있는 돈은 (발

삼포세대

표 당시 환율 1,126원으로 환산해서) 연간 14,80,457원으로, 대략
월 123만 원에 불과했다.

평균급여 – 월 123만 원.

이 통계는 나를 울렸다. 마치 경제를 조금은 아는 사람모양, 나라
전체의 경제적 불평등 구조에 관한 상심 때문에? 그랬다면 그것은
조금은 사치였다. 수치는 통계 속에서 존재했고, 나는 양심적으로
사고하면서 양심적으로 사고한다는 자존감을 지닐 수 있었으니까.

진짜 문제는 개인적인 모멸감이었다. 나는 평균 123만 원 세대
에도 끼이지 못한다. 방학 동안은 일정한 수입이 보장되지 않기
때문이다.

『88만 원 세대: 절망의 세대에 쓰는 희망의 경제학』을 감히 들
춰 읽지 못하는 것도 자격지심이다. 그 책이 처음 나온 2007년까
지도 나는 장래가 촉망되는 영순위 강사의 신분을 누리면서 세상
물정 모르고 인문학에 파묻혀 살았다. 승자 독식 게임의 법칙도
예감하지 못한 채. 그러다 곧 닥쳐온 나의 추락은 부끄러움에 무
조건 움츠러들게 했다. 비정규직의 평균 임금 119만 원을 20대의
평균 소득비율 74%로 곱한 값이 88만 원이라고 했는데, 나는 지
금 40을 바라보며 이게 무언가. 일이 있고, 책상이 있고, 동료가
있는 것, 그것이 우리를, 나를 지탱해 주는 끈이다. 하지만 계약
직 신분은 늘 벼랑 끝이다. 벼랑 끝 신세를 들키기 싫어서 가족들

로부터는 스스로 죄인이 되어 소원해지는 세월이다.

지금까지는 전통적으로 가족이 가족의 복지를 떠맡았다. 대학생들은 F·M(아버지 어머니)장학금에 기대고, 결혼까지를 부모에게 의존한다. 부모 세대는 어렵게 마련한 집을 자녀들 대학 뒷바라지와 결혼자금으로 다시 팔아야 한다. 그러고도 둘째나 셋째에겐 더 이상 뒷받침할 여력이 없다. 중산층에서 이미 밀려나 내려앉았다. 이제는 가족의 부담이 한계점을 넘어섰다. 가족은 소리 없는 신음 소리를 낸다. 가족의 구조와 성질이 이 시대 한국의 특별한 온도와 압력에 이르러 다른 상태로 바뀌는 임계점에 이른 것이라고. 최고의 '스펙'을 가지고도 일류기업에 입사하지 못하면, 박사학위가 전임을 보장받지 못하면 루저가 되는 세상에 산다. 연애는 사치의 극이요, 결혼 또한 비즈니스이다. 딩크족(DINK, Double Income No Kids)은 삼포세대의 로망이다. 너 자신을 알라, 삼포족아! 형언할 수 없는 화가 치밀어 오른다. 루저인 나 자신을 향해서.

글을 쓰기 시작해서 엉뚱한 곳으로, 정말로 삼천포로 빠졌다. 잠깐, 삼천포 사람들을 위로하기 위해서 변명이 필요하다. 옛날에 한 장사꾼이 진주장으로 가려다가 길을 잘못 들어 한산한, 혹은 장날이 아닌 삼천포로 가게 되어 낭패를 보았다는 이야기가 시발일 뿐, 나는 삼천포에 아무런 유감이 없다. 발 길 가본 적도 없으니 좋고 나쁠 수도 없다. 그래도 그 이름 때문에 한번은 가보

고 싶은 곳 목록에 든다. 진주이건 삼천포이건 이야기를 계속해
야 하는데, 종류를 가늠할 수 없는 화가 치민다.

화 - 화가 나는 일을 당하여 우리는 주로 화를 참는 것이 인자의
길이요, 인자의 도리를 모르면 화로써 망한다고 배웠다. 그렇게 주입
되었다. 하지만 화를 끓이고만 있으면 병이 된다고도 하질 않는가.

분노는 많은 경우에 백해무익이지만, 사람이 분노해야 하는 상
황에서 분노하지 않거나 분노를 모른다면 더 큰 화가 도래할 것
이라는 메시지도 있다. 2차 세계대전의 레지스탕스 출신으로 프
랑스의 좌파 지식인을 대변하는 노익장이 남긴 짧은 글, 바로『분
노하라』는 글이다. 스테판 에셀. 1917년생이니 90을 넘어서 쓴
글이다. 유명한 1917년생들이 다 떠나고 없는 세상에서. 정치라
면 러시아혁명도, 케네디도, 박정희도. 문화라면 윤동주도, 윤이
상도, 하인리히 뵐도 떠난 세상에서. 에셀은 독일계 유대인으로
일찍 파리에 정착해서 거의 한 세기를 살다간 지성인이다. 그냥
이라도 90 노인의 발언은 경청할 가치가 있을 것이다. 글이고 그
림이고 저작자가 죽으면 값이 올라가는 때문이기도 하지만, 우리
나라에도 신속하게 번역되었다. 노익장의 분노 예찬 발언은 애늙
은이들이 대접받는 동양적인 관점에서는 다소 색다를 수 있다.
아니 온 세계가 난공불락의 신자유주의 이론으로 무장된 글로벌
경제시스템하에서는 분명코 내민 돌에 정 박힐 일이다.

에셀은 말했다, 분노하라! 포기하지 말고 진보하라! 부당함 앞에서 분노하는 것만이 진보를 이룬다. 분노 덕에 인류는 잘못을 바로잡았고 부당한 것을 없앴다고. 미래를, 미래로의 진보를 위해서는 젊은이들이 분노하라고! 죽음의 순간까지 세계적인 자유주의 속에 커지고 있는 불평등과 새로운 제국주의에 맞서고 있는데, 젊은이들은 뭘 하고 있느냐고!

프랑스의 현실에도 분노할 일이 많은가 보았다. 특히 가진 자와 못 가진 자의 양극화가 날로 심화되는 모양이다. 알제리를 비롯하여 비 코카시안 이민자들에 대한 차별도 갈수록 산이다. 이건 엊그제의 일이지만 명색 프랑스 하원의원 질 부르둘레라는 인물이 히틀러가 로마족, 그러니까 쉬운 말로 집시족을 충분히 못 죽였다는 망언을 서슴지 않았다. 그 일에는 장-마르크 애로 총리조차 법에 따른 처벌을 운운할 지경에 이르렀다지만. 세상은 금권에 따라 이합집산을 거듭하는 권력들이 세포분열을 하는 장에 불과하다. 성실한 근로세 납세자는 없다. 바보들이 있을 뿐이다. 세상은 갑과 을만 존재한다.

을순이 – 내 이름은 한금실이 아니고 통상 을순이가 되었다. 이루 헤아릴 수 없이 많은 을식이와 을순이들의 하나. 그러므로 거의 무명씨. 나에게 분노의 여력이 있을까. 어떻게 분노해야 할까.

첫 발걸음은 관심이다. 반세기 전에, 1960년대 유럽의 사회주의

대학생연맹의 여대생들은 '사적인 것이 곧 정치적인 것이다!'라고 외쳤다. 반세기가 흘렀지만 여전히 한국의 여학생들은, 여자들은 정치에 무관심하다. 그들의 관심은 외모와 이력을 통한 개인적인 성공에 있을 뿐이다. 여자 특유의 외모로써 남성 세계를 공략하거나 남성들과 똑같은 성공적인 이력을 쌓아 권력에 이르는 길이다. 그 이외는 무관심하다.

스물세 명인가 네 명인가, 미스코리아 본선 진출자의 외모 사진들이 똑같다고 세계 여론에서 비웃는다. 몇 년 전에는 "한국의 미의 비용"이라는 제목으로 영국의 유수 저널이 한국의 성형수술 풍토를 대서특필했다. 얼굴에 독을 주입하는 것은 일상이고, 가정주부가 심지어 종아리 수술도 마다하지 않는 곳이라고.

그뿐인가. 얼마 전 폴라 비가운인가 그 비슷한 이름의 화장품 경찰관(?)이란 별명의 전문가가 한국에 와서 놀란 것이 바로 화장품 종류였단다. 스킨, 로션, 에센스, 아이크림, 영양크림이라는 필수(?) 코스도 모자라서 앰플, 트리트먼트, 마사지 제품, 기능성 제품의 홍수들을 보고서 하는 말이, 수많은 종류의 기초 스킨케어 제품들이라야 파격적으로 말하자면 보습제 한 종류란다. 수많은 과정의 덧바름은 오히려 모공을 막아 트러블을 일으킬 수도 있고, 과한 영양분은 타고난 피부 루틴을 방해해서 자연스러운 재생력과 유수분 유지력을 떨어뜨릴 수도 있다는데……. 나처럼 단순 무식한 사람에겐 단비와 같은 소식이었다. 피부도 인체의 일부이라면, '소식하면 장수한다!'라는 말이 적용될지도 모른다, 정말로.

피부나 외모가 아니지만, 나만의 이력에 관심을 가졌다는 의미에서 나 또한 사회적 무관심자에 속했다. 죽어라, 아니 충분히 열심히 공부를 했지만, 그러고도 갑의 근처는커녕 을의 세상으로 낙착되고 말았다. 벌이라면 벌이다. 지식을 생보다 우위에 놓는 죄를 범한 일, 지식에 종사함에 우월감을 가졌던 일에 대한 벌. 이 창살 없는 수감생활 중에 나는 무엇을 다시 시작할 수 있을까. 이제서 무엇에 관심을 가질까. 무엇을 분노해야 하는지 알기나 하는 걸까.

시작, 모든 새로운 시작은 반성이어야 한다. 그렇게 배웠다. 반성 시작 –

나는 공부만 했다. 학문이 생을 의미 있게 해 줄 것이라고 믿고 공부만 했다. 목표를 초월한 학문. 유용성을 생각하는 것은 저열하리라고 믿었다. 쓸모없음 때문에 쓰임이 되는 것이라고, 어쭙잖게 노자도 이해한다고 생각했다. 집의 쓰임은 벽이 아닌 빈 공간 때문이라고, 내가 두 발로 설 수 있는 것은 발바닥 크기의 땅 때문이 아니라 주변의 땅, 내가 밟지 않고 있는 너른 땅 때문이라고.

나는 사치스러웠다. 욕심을, 특히 물욕을 초월한 삶을 구했다. 그 무슨 사치였는가. 착각 아니면 거짓말이다. 세 끼 굶으면 군자 없고, 사흘 굶어 도둑질 아니할 놈 없다는데. 취직을 하든지 시집을 가든지 – '취집'을 향하여 전진을 했어야 한다. 결과적으로 취직을 향한 노력은 적잖이 해 왔다. 결과가 없을 뿐이다. 일단 안

산포체모

정된 직장이, 돈이 없으니. 그러면 곧 삼포세대에 속한다. 연애는 무슨. 혹시 연애를 할 수 있다고 쳐도 – 그 정도는 생물학적 짝짓기 본능으로 일어날 수 있는 일이렷다, 희망하건대. 하지만 결혼에 이르는 것은 사투에 가깝다. 생물체는 살아남기 위해서 필연적으로 이기적 행동을 할 것이므로, 남녀 관계라는 것도 다분히 계산적이 될밖에. 생물체의 상호작용에는 다소간 이해의 충돌이 내재한다고, 어디선가 읽었고, 또 동의한다. 자기 복제를 시도하려는 충동이 사랑이라는 단어로 미화되어…….

틀렸다. 나는 반성 대신 변명을 늘어놓고 있다. 정작 중요한 반성은 뒷전으로 미루어놓고 있다. 죽어라 공부하고도 일자리가 없는 것을 내 못난 탓으로만 돌리는 반성은 무의미하다. 부족하다.

무엇을 더 분노해야 할 것인가. 내 탓은 제 앞가림 못한 데 대한 분노, 제 욕심에서 나온 분노에 불과하다. 애초에 나를, 우리를 대학입시에서 떨어뜨리지 않았던 이 사회, 대학 정원을 너무 부풀렸던 이 사회에 분노를 해서는 안 되는 것인가. 그것이 에셀이 말하는 분노, 진정한 사회참여에서 오는 분노이다. 자유로운 경쟁이라는 이름의 한 줄로 서기를 주입시킨 교육. 살벌한 경쟁심을 자유라는 당의정으로 덧씌워 우리에게 먹였던 교육. 제 앞가림에만 매진하라고, 늘 다른 사람들보다 더 잘하고 더 많이 가지기 위해서 평생을 달리라고 가르쳤던 교육 말이다. 그것도 분노해야 한다. 분노해야 바로잡을 것 아닌가.

어찌 보면 우리가 영문학을, 독문학을, 프랑스 문학을 선택했던 대입에서 어른들은 – 그런 곳을 진학하게 권했던 담임선생님이나 그런 학과의 대문을 너무 활짝 열어놓고 우리를 흡인했던 대학들 모두 – 그때 어른들은 우리가 바나나족으로 성장하게 될 것을 몰랐다는 말인가.

바나나 – 바나나를 난 별로 좋아하지 않는다. 어린 시절에는 바나나는 병과 관련된 이미지였다. 아프면 바나나를 사주셨다. 조금 더 자라서는 해괴한 모양이 눈에 들어온 때문에 싫어하게 되었다. 금방 바나나 송이에 꼬이는 하루살이들도 성가셨다. 하필 그 싫은 바나나로 지칭되는 우리들.

저 가야금과 거문고의 구별도 모르면서 현악기 종류들은 정확히 배워 알았다. 피아노 연습은 지금의 아이들에게도 거의 필수다. 자연 단음계, 화성 단음계, 가락 단음계 구별도 배웠다. 자진모리, 휘모리, 중중모리는 구별할 줄 몰랐다. 조금 알았더라도 엇중모리라고 하면 멍했다. 법고, 운판, 목어, 범종을 한국어 교원 양성과정 공부하면서야 제대로 알았으니, 지식분야인들 바나나 타령을 하지 않을 수 없다.

아니 그 분야가 더했다. 개화기에 생산된 신문학은 어땠는가. 신소설, 신체시, 신파극 범주를 통틀어 서구 문학과의 관련 양상이 문제가 되었다. 비록 김현과 김윤식의 자생적 근대화론이 정

삼포세대

설로 굳었지만, 해방 직후에는 이식문학론도 만만치 않았다. 신문학을 메이지와 다이쇼 시대 문학의 이식이라고 단언했던 임화의 논의는 그의 정치적 이력으로 묵살되고 만 것이니. 정치는 문학이론 위에 존재한다.

쇼와 시대 이전, 그러니까 1870년대에서 1920년대 중반까지 일본 개화기의 서양 추종 문화가 조선에 그대로 수입 또는 주입되었다는 견해는 왜 백안시 되었을까. 메이지유신의 이름으로 서구의 자유주의 이론을 통한 근대화는 한마디로 문명개화의 기치 아래 수행되었다지만, 사실 일본의 경우는 무사들의 충성심과 사회적 조화라는 전통적 가치도 여전했거늘. 오히려 수입을 통한 수입에 해당되는 우리는 우리의 전통적 가치를 한동안 망각했었고, 그 기간은 사뭇 길었다.

예컨대 무당이나 사당패처럼 홀대받던 것이 풍물이었다. 꽹과리, 징, 장구 그리고 북, 어느 것도 손에 대면 천하다고 업신여겼다. 그게 사물놀이라는 새 이름으로 거듭난 것이 1978년의 일이었으니, 장구재비 김덕수 패거리가 ― 정식 명칭 김덕수사물놀이패 ― 세계무대에서 두각을 나타내고 또 돈을 벌자 그때서야 사람들은 풍물도 사물도 돈이 되는구나, 성공이 되는구나 하고서 관심을 보였던 셈이다. 우리 고유의 정서라거나 문화의 발흥이어서가 아니라, 돈이, 성공이 되니까. 결국 우리는 우리 가락을 연주는커녕 감상도 할 능력을 잃은 채, 국적 불명의 음악에 취해서 산다. 국적 불명의 문화도 수출하여 돈이 되면 선이 된다. 글로벌 음악, 글로벌 문화.

일찍이 매슈 아널드 같은 고급문화론자들이 세속적 오염으로부터 보호하려고 했던 '문화'라고 하는 것이 결국은 유럽의 제국주의 문화였음을, 에드워드 사이드는 확실히 깨달았다. 벌써 반세기 전에. 그 반세기 동안에도 우리는 여전히 '오리엔탈리즘'에 종속되어 왔다. 유럽 세계와 아시아 세계의 차이에 관한 감각을 더욱 경직화시키는 압력에, 동양이 지닌 (서양과의) 이질성을 그 약함에 관련시켜 무시하고자 하는 사고에, 학문적으로 동양 위를 억누르는 의미에서 본질적으로 정치적인 그런 교의에. 그러므로 (서양) 문화에 근접할수록 고급문화를 가지게 될 것이라는 착각에.

그뿐인가. 바나나족은 앞서거니 뒤서거니 글로벌 문화 창달에 매진하며 산다. 미국 기업과 맞선 우리 기업이 자랑스럽기만 한가. 스마트폰은 주인의 자리를 넘본다. 눈을 뜨면서 스마트폰을 찾고, 머리맡에 놓고서야 잠든다. 그것도 LTE라야 하지, 행여 3G는 큰일이 난다. 여전히 2G를 쓰고 있다면 영락없이 비사회적 죄인이 되고 만다. 인간은 가까운 장래에 번호와 기호로 분류된 코드를 팔이거나 뇌 어딘가에 이식받아 글로벌하게 통제되어 살게 될 것이다. 인간로봇, 아니 아예 로봇으로 진화하기 전에 아직은 바보 같아도 사람 같은 사람이 남아 있는 세상을 음미해야 할 것 같다.

음미 – 또는 삶을 살아가는 일은 능력이 되는 사람들만의 몫일까. 그렇지는 않을 것이다. 먹고도 굶어 죽는다 하질 않는가. 돈을, 성공을 향한 허기는 끝을 모른다. 산비탈을 한번 돌면 사람들 절반이 사라진다는 무서운 동화가 현실이 되어 있다. 한 단계를 지나면 절반이, 다음 단계에선 또 절반이 탈락하고 우량종만 남는다. 우량종들도 피터지게 경쟁하여 궁극에는 일인자만 남는다. 그 한 사람은 무엇을 향해 살리.

차라리 삼포세대 바닥 헌장으로 삼아 읊어도 좋을 시가 있다. 스물일곱에 요절했다는 천 년 전 당나라의 문인 이하의 작품이다.

> 장안에 한 젊은이 있어
> 나이 스물에 마음은 벌써 늙어 버렸네.
> (…)
> 곤궁하고 못난 인생
> 해질 녘이면 애오라지 술잔만 기울이네.
> 지금 길이 이미 막혔는데
> 백발까지 기다려 본들 무엇하리.
> (…)
> 서리 맞으면 잡목되고 말지만
> 때를 만나면 봄버들 되는 것을,
> 예절은 내게서 멀어져만 가고
> 초췌하기가 비루먹은 개와 같네.*

비루먹은 개. 이삼십 대 젊은 사람들 거의 절반이 이 무기력에 굴하고 있다는 통계도 있었다. 어느 온라인 취업포털의 설문에서

---

* 정끝별 시인의 번역본에서 발췌.

본 것 같다. 이제 사람들은 결혼을 원하지 않는다. 이 얼마나 무서운 적응인가. 할 수 없는 것을 하지 않겠다고 자기암시로써 통제하는 적응력. 어찌어찌 결혼에 이른다 해도 출산은 망설인다. 출산율은 2012년 기준으로 1.23명, 사람을 세는 정수로 말하자면 한 명이다. 세계 최하위 수준이란다.

난 그렇게 끝나고 싶지는 않다. 비록 객관적인 눈으로 삼포세대 일원이지만. 그렇게는 하지 않으련다. 쓸 돈, 쓸 수 있는 돈을, 주머니 사정을 잠시 잠깐 망각하는 바보이고 싶다. 미래를 계획하느라 미리 겁에 질리고 싶지 않다. 겁에 질리지 않으면 포기가 아니다. 다른 유형의 삶. 신자유주의 이론으로 평가받지 않을 삶도 삶일 것이다. 자본주의 그 이전에도 사람들은 살았다. 자식이 제 먹을 것은 갖고 태어난다고 믿었던 한참 낙천적인 시절에도.

낙천적이고자? 설마. '모든 것이 부조리함을 의식하는 인간'에게 어차피 실존은 이유도 종극적인 목적도 없을 것이니.* 그냥 살 수밖에, 그래도.

누군가를 찾아 나서리라, 그래야 한다. 둘이 모여서 여섯을 포기하더라도. 셋이 모여 아홉을 포기하더라도. 허기의 노예가 되지 않고서 살아갈 길을 찾기 위해서는. 추워서 더 어두운 겨울을 이기고 봄버들이 되는 꿈을 꾸기 위해서라도.

---

* 카뮈의 '부조리' 개념 인용.

표현형

자연선택이 어떤 유전자를 선호하는 것은
유전자 그 자체의 성질이 아니라 그 결과,
즉 그 유전자가 표현형에 미치는 영향 때문이다.

— 리처드 도킨스

국제우편

큰언니, 아니, 금실 언니에게!

오랜만에, 참 오랜만에 금실 언니에게 편지를 쓰게 되었어. 언닌 유난히 큰언니 소리보다는 금실 언니라 부르는 걸 좋아했었지. 그건 생각이 나. 참, 개학이 임박한 것 같아 언니가 따로 사는 집 주소로 쓰려는데, 그게 좀 이상하기도 하네. 설마 놀라는 건 아니지?

가만! '제이드 한'이 보낸 모처럼의 오프라인 편지다. 이메일이 거미줄처럼 살아 있는 세상에서 옛날식 편지를 받아본 지가 얼마만인가. 그런데 막내가 편지를? 정말 드문 일이다. 막내 옥실은 어려서부터 우리가 금실이 은실이라고 불리는 것과는 다르게 옥이라고 불렀다. 그것이 미국 사람이 되면서 그대로 제이드가 된 것이다. '제이드 옥실 한'의 편지는 내가 유독 내 이름을 고집하는 병을 일깨워준다. 나, 큰언니 금실이 대학 내내 줄곧 생각했던 목표 그대로 졸업하자마자 파리로 떠나기 전까지 – 98년 봄을 맞으며 – 그앤 겨우 중학생 꼬마였었다. 우리가 함께했던 마지막 겨울에. 나는 늘 내 생각만 했고, 동생들은 막연히 거기에 그냥 있을 것이라 믿었을 것이다. 거의 그애들이 염두에 없었다 해야 옳다. 그런데 막내가 곧바로 더 멀리 미국으로 떠날 줄이야. 그해 여름에 가족이 함께 둘째 큰아버지 회갑을 계기로 미국을 방문했을 때, 놀랍게도 큰아버지가 옥이에게 유학을, 입양을 권했단다. 입양까지는 한참 나중에야 알게 된 일인데, 그편이 학업에도 생활에도 안정적이라는 것이었다. 무엇보다 큰아버지에겐 소생이 없었고 아버진 늘 다른 사람들의 의견을 존중하신다.

우리가 언제 헤어졌는지 금실 언닌 그거 생각나? 내가 지금 서울-뉴욕 간 비행거리 7,000km보다 더 멀리 떨어진 곳에서 살고, 식구들이 내 얼굴 몰라볼까 걱정이기도 하지만, 난 언니가 떠나던 날을 기억해. 언니는 떠나는 것이 필수적인 일처럼, 숙제처럼, 의무처럼 당연하게 집을 나섰어. 난 두 언니들보단 한참 어렸잖아, 그때 겨우 중2 올라갈 무렵. 언니는 내 작은 몸보다 더 큰 가방을 들고서 내 눈에 인사했을 뿐이야. 손이 모자라서인지 손을 잡아주지도 않았고. 엄마 아빠랑 우리 다섯이서 다 타면 언니의 큰 짐에 자리가 좁다고 은실 언니랑 나는 집 마당에서 헤어졌어. 너무 어렸을 때 헤어진 거지. 그리곤 언제 다시 만났지? 내가 앨버트랑 집을 찾았던 추석에 다시 본 것이

전부? 참 앨버트 인상은 어땠어? 언니가 놀란 것 사실이지?

그랬었지. 10년도 넘은 세월 동안 우린 떨어져 살았어. 난 가족이라거나 동생들 생각을 별로 하지 않았던 것이 사실이야. 너도 그랬지 않을까? 서로 자신의 삶에 몰두한 것이겠지. 너도 어린 나이에 이민에 이젠 결혼까지 해서 완전히 거기에 정착하다니. 우리가 공유했던 시간은 유년시절뿐이구나.

은실 언니랑은 좀 달랐어, 우리가 처음이자 마지막 여행을 함께 했었거든 금실 언니 떠난 그해 여름, 그러니까 1998년 여름에 우리는 태평양을 건넜어. 날짜변경선을 지나 같은 날 거의 같은 시각에 미국에 내렸지. 하루를 벌었다고 신기해 했어. 이 하루는 한국에서 미국에 도착하는 누구에게나 주어지는 선물이지만 뭔가 만회할 수 있는 하루, 것도 나처럼 한국에 돌아가지 않아야 효과가 있을 덤이지.

사실 내가 엄마 아빠 미국 여행에 따라오게 된 것은 은실 언니 덕택이었다는 것을 나중에야 알게 되었어, 나중에야. 왜냐하면 고모네랑 다른 집에서는 다들 어른들만 미국에 왔으니까. 은실 언니가 좀 아파서, 딱히 아프기보다는 좀 우울해서, 암튼 언닐 배려하느라 우릴 데려간 거였지만, 우리는 여행 내내 귀염둥이 자리를 독차지했어. 미국의 큰아버지 – 지금의 대디는 그때 회갑이라고 했는데 완전 청바지 차림에, 동생인 울 아빠랑은 많이 달랐지. 아빠들도 서로들 너무 오랜만에 만나는 거야. 거의 이산가족 상봉 수준이었지. 아무도 서로를 못 알아보겠다고, 난리도 아니었지. 자라서는 평생 한 번도 못 본 것 같았어.

말이 났으니 말인데, 내가 여기에 남게 된 것은 아무래도 큰언니, 금실 언니 영향이 컸었나봐. 난 언니의 뒷모습을 보면서 사람이 자라면 그렇게든 부모를 떠나는 것인 줄 알았으니까. 집에 남은 은실 언니 아파서 그런 것이고. 지금 생각하면 은실 언니가 아픈 것이 아니라, 우리가, 떠난 사람들이 병든 것 아니었을까? 아니, 큰언닌 지금 돌아갔으니 나만 이상한 건가? 여기 남은 걸 후회하느냐고 물어봐줄래 언니? 지금 말고 더 나중에.

오늘은 우리가 이렇게 멀리 떨어져서도 끈이 닿아 있게 만드는 사건 – 사건 말고 뭐지? 그런 일이 생겨서야. 놀라지 마 언니. 아니 벌써 놀랐어? 또 하나의 봉투를 설마 먼저 열진 않았겠지?

그래 아니다, 옥아. 무슨 이야기를 하려는 거냐. 내 이름이 적힌 또 하나 이 봉투는 대체 뭐란 말이냐. 여기 이 보낸 사람은……

언니, 먼저 여기 마미 이야기를 해야겠어. 그래야 봉투가 무슨 영문인지 어렴풋이 알게 될 거야. 마민 대디와 결혼하기 전에 한국에서 온 것이 아니라 독일에서 온 분이래. 독일에서 간호원 하다가 이리로 이민 온 한국 사람들이 꽤 있었대. 한번 서독에서 살아본 사람들이라 미국이라고 별 다르겠냐고 그런 생각들이었대. 똑똑한 마미는 그때 미국 와서 대학에서 장학금 받고 공부를 하기도 했는데, 그때 간호원이면서 암에 관련된 공부를 하면 장학금을 주는 대학이 있었대. 문제는 결혼을 미루고 미루다가 여기 대디랑 결혼했는데 첨부터 아이를 가질 수가 없었대. 그래서 대디가 나더러 딸 하라고 조르셨던 거야. 난 천연덕스럽게 그러겠다고 대답했고, 울 엄마 아빠 놀라셨지만, 특히 여기 마미가 얼마나 설명을 잘하시던지. 그 며칠 있는 동안 설득 당했고, 미국은 여자 아이도 꿈을 펼칠 수 있는 나라라고 믿게 되었어.

아니, 내 이야기가 아니라 마미 이야기라니까. 마미에겐 교회 친구들도 많지만 특히 독일을 거쳐서 온 한국 사람들하고는 아주 가깝게 지내셔. 앞서거니 뒤서거니 지구를 한 바퀴 돌아서 온 사람들이 일가친척 같은가 봐.

마미는 독일에 있을 때 벌써 어려운 일을 겪으셨대. 수술실의 보조간호원이면서 자신이 수술대에 눕게 될 줄이야. 난소 적출이라면 놀라운 수술이지? 더구나 아직 젊은 나이의 처녀가. 그때 어머니와 단 둘이 살아나온 삶을 도망친 것 벌 받았다고 하셨어. 무조건 어머니를 떠나고 싶었대. 이해심은 전혀 없었고, 어머니가 돌아가신 지금도 이해하는 마음은 잘 안 된다고 하셨어. 생각해 봐, 네댓 살짜리 아이를 엄마가 무섭다고 앞장 세워 데려가? 마미의 엄마는 어린 마미를 앞세웠대, 경찰에 불려갈 때면 늘 그랬대. 아버지가 옛날 말로 입산? 아무튼 입산가족이라서 어머니가 경찰에 불려갈 때면 어린 마미를 데리고 가셨대. 무서워서 부들부들 떨었지만, 가지 않겠다고 손을 잡아 뺐지만 소용없었대. 그렇게 아버지 없이 자라면서 뭔가 말썽도 아닌 것, 고집을 좀 부려도 홀로자식, 뭘 조금만 잘못 해도 홀로자식이라 그랬대. 그런데 독립할 나이가 되자마자 어머니를 버리고 떠났대. 어머니가 쫓아오지 못할 곳으로, 독일로. 마미는 다른 동료들이 한국으로 돈을 모아 부치곤 할 때 꼬박꼬박 저축을 했대. 한국에 남은 어머니는 생활이 어려운 형편은 아니었고, 무엇보다 별나게 사치스러운 편이었나봐. 뭐냐, 이런 것, 옛날엔 유난히 까만 코트들을 입었대. 그럼 어디서나 희끗희끗 뭔가 달라붙기 일쑤고. 그럼 마미의 어머니는 그걸 인절미로, 콩가루 묻히기 전의 하얀 인절미로 떼어내곤 했대. 그게 말이나 되냐! 마미는 그걸 분개해 하셔. 그땐 사람들이 쑥떡도 못 먹던 세상인데 콩떡으로 옷에 묻은 먼지를 털어냈다고! 그것도 뭐 부잣집 마나님도 아니면서. 더구나 마미는 외국생활 하면서 배운 것도 많다고 하셔. 독일 여자들한테서도 많이 배웠대. 간호원들도 상당한 부자들도 있었는데, 남편이 의사인 사람, 교수인 사람도, 그런데 그 여자들 얼마나 알뜰한지, 직접 눈으로 보지 않고서는 몰랐대. 왜 옛날에 뭐 독일 사람들은 네 명인가 다섯 명인가 모여야 담뱃불 붙일 성냥을 켰다고 그런 소리들 있었잖아. 분명 맞벌이로 탄탄한 여자들인데, 일주일이 뭐야. 가을 겨울철엔 2주일도 같은 옷만 입더래. 코트거나 뭐 하나 입으면 겨울을 난다니까. 물론 속에 입는 옷들이야 바꾸지만 말이야. 텔레비전에서 뉴스 하는 여자들도 그러더래. 일주일 내내 같은 재킷을 입고 나오더래. 돌이켜보면 모양새를 모양을 너무 갖추려는 게 한국 사람들이래. 거의 다 그렇다 쳐도 마미의 어머니는 좀 심했다고. 하긴 요사이 미국에 사는 한국인들은 한국에서 온 아줌마들 보고 기절해. 관광온 아줌마들. 아무튼 지금은 이래저래 엄청 많이들 왔다 갔다 하잖아, 100불 지폐를 제 밭에서 무 뽑듯이 쑥쑥 뽑아 쓰는 걸 보면 아주 기겁들을 하지. 것도 요즈음엔 카드까지 긁어대니 뭐. 유학생들도 상당수는 사람 놀래키더라. 난 분류상 교포야, 후훗.

마미는 내게 너그러웠어. 어머니와 딸이 서로 다 이해할 수 있는 건 아니라고, 특히 우린 양부모 관계잖아, 그래서인지 마미는 날 구속하지 않으려고 하시지. 마미가 어머니를 이해할 수 없었던 이야기들도 서슴지 않고 하시는 것은 내가 마미를 이해 못 해도 그쯤 다 이해한다, 뭐 그런 뜻인지도 몰라. 내가 오늘 왜 이렇게 왔다 갔다 하는지, 원

마미가 착실히 저축을 했던 목표는 정상적으로 보이는 환경에서 살고 싶었던 것뿐이래. 정상이 뭐냐고? 아버지와 어머니 그리고 아이들이 있는 집. 그런데 느닷없이 수술을 하게 되었으니, 처녀의 몸으로. 마미의 꿈은 반쯤은 닫힌 거야. 그래서 다른 사람들을 돌보는 일에 나선 건가봐. 마미는 나이가 많은 편이었고, 더 젊은, 어리다시피 여겨지는 간호조무사들을 정말로 언니처럼 품어주었나봐. 특히 젊음 특유의 사랑이라는 질병으로 애달픈 여자들을. 그중엔 딘스라켄 로베르크 광산에서 일하던 한국 남자를 만나 미래를 설계하던 중 광산사고로 연인을 잃

은 여자, 금발의 재즈뮤지션 지망생을 만나 꿈에 부풀다 속절없이 끝낸 사랑의 후유증으로 수면제를 털어넣은 여자 등. 브레멘 시절에는 환자로 있던 젊은 독일 남자의 아기를 가지게 된 간호원 이야기며.

뭐야, 브레멘이면, 환자와 어쩌고, 그럼 배 교수 어머니 이야기? 그래서 배승한의 우편물이? 설마.

그런데 여기 다시 미국으로 모인 사람들 가운데는, 늘 희망에 부풀었던 분이 이씨 아저씨야. 자주 집에 오시는 분이라서 나도 잘 알아. 그 아저씨 처음 1963년 크리스마스를 앞두고 60명 일행과 함께 아돌프 광산에 배치되었던 이야기를 단골로 하는 분이야. 김포공항을 출발해 알래스카와 뒤셀도르프 공항을 거쳐 스무 시간 가까이 비행기를 탔던 일부터. 한국에선 신학대학을 다닌 목사 지망생이었지만, 독일에 가니 그런 건 아무 소용없었다고. 광산 주위에 나무를 심는 일부터 시작해서, 석탄을 캐내면서 파 올린 돌을 쌓고 쌓으며……. 그 아저씨 가끔 '글뤼크 아우프'라고 건배를 해서 첨엔 좀 이상했지. '굿 럭'쯤 되는 말이라는데, 아우프가 아웃이란 말인 걸 알았을 땐 소름이 끼쳤어. 땅 속에서 나와야 행운인 거지! 탄광에서 죽지 말고 살아서 밖으로 나와서 만나자는 뜻이라니. 사고로 죽는 사람들이 많았다는 말이겠지. 일 년에 한두 명은 희생되고, 매일 두어 명씩 사고를 당했다는데 뭘 하긴 너무 힘든 노동 때문에, 말도 안 되지만 망치로 손을 쳐달라고 부탁하는 동료도 있었대, 좀 쉬려고. 몸무게 60kg이 안 되던 사람들이 20kg이 넘는 착암기를 들고 48도 온도의 지하 1,000미터의 구멍에 들어가야 했던 그때. 주말까지 일하면 1,200~1,500마르크를 월급으로 손에 쥐던 나날들. 탄광촌 하숙집에서 한 방에 3명이 같이 살며 돈을 모았는데, 일당은 /9마르크 - /9라는 말을 늘 강조하시지, 지금도. 그때 한국 돈으로 /,200원 남짓, 독일에선 맥주 대여섯 잔 마실 돈이었다 해도 한국에선 큰돈이었다고. 그러다 거기서 간호원 아내를 만나 아들을 얻었고, 아들의 미래를 위해 귀국 대신 미국을 선택한 거였대요. 얼마나 올바른 선택이었는지, 그 아들이 선망의 하버드대학에 다니고 있었어. 참 나중엔 하버드 로스쿨로 진학했고, 최근에는 아주 젊은 나이에 연방법원 판사까지 되었으니 다들 부러워하지. 특히 마미가 그래. 나더러도 꿈을 높게 가지라고 하셨지. 독일에서 태어난 한국인도 연방판사가 되는 곳이 미국 사회라고, 다시 한 번 뭔가 관직 같은 직업을 권하고 계셔. 그럴 때면 마미가 참 안되었다 싶어. 사람들 뒤치다꺼리는 도맡아 하시지. 정작 소생은 없으시지. 물론 내가 외동딸이지, 법적으로. 그 딸이 아무리 대단한 레스토랑이지만 주방에서 가운을 입고 일하는 것을 속상해 하셔. 왜 한국 사람들은 요리사를 가벼이 여기지? 요샌 조금 이해하시려고 하는 편. 암튼 마민 다른 사람들 도와주는 일을 발 벗고 나서는 분이야. 그러니 사람들이 우리 집으로 모이지, 방도 항상 남아 있고. 우선 한국에도 그런 집들 있잖아. 정문리 큰집 같은 데도 그러잖아. 청주 한씨들은 다 재워주고. 나 어렸을 때 미국 왔지만 정문리 이야긴 더러 기억이 나. 아빠가 하신 말 중······.

아니, 마미 이야기. 아니, 한국-독일 아저씨 이야기. 그렇게 우리 집에 오는 사람들 중에 오늘은 한국-독일 아저씨 이야기부터 할게. 내가 미국에 와서 몇 년 안 지나서였을 거야. 한번은 아주 이상한 사람이 왔어. 한국말을 유창하게 하는 서양인, 영어는 잘 못하는 그런 사람이 찾아왔어. 그 사람은 분명 한국 이름에 어머니 아버지가 다 한국에 사는 한국 사람이라는데 모습은 영락없이 서양 사람이었어. 게다가 반은 독일인이라면서 독일어도 잘 못한다고 해서 이상했어. 무

슨 영문인가. 그 아저씨 어머니가 옛날에 간호원이었나 봐, 독일에
서. 아저씨가 브레멘에서 태어났을 때 독일인 아빠는 벌써 그곳을 떠
난 상태였다나. 병원의 환자였었다고 하니까. 다행히도 어머니가
곧 한국 아저씨랑 결혼을 할 수 있었던 모양이야, 역시 독일로 일하러
갔던 광부. 아무튼 곧 아이를 입양하고, 그리곤 소문 없이 한국으로 돌아
가고, 그래서 한국에서 자랐으니까 모국어가 한국말이지 뭐. 하지만
아이는 독일 사람이 진짜 아버지인 것을 알게 되었겠지, 모습이 달
랐으니까. 그러니까 아빠 찾아 삼만 리 같은 거랬어, 어른이 되자마
자 독일로 아버지를 찾아 나선 것이래. 거기서 아버지의 흔적이 미
국을 향했던 거지 뭐. 난 잘은 몰라. 아무튼 미국에 와서 여러 사람들
만나러 다니고, 그러다가 한 몇 달인가 여기 살았어. 그동안에 잠시
잠시 우리 집에 들르기도 했고, 그러고는 또 몇 년 후엔 다시 이곳에 왔
는데, 그땐 아예 얼마간 우리 집에 있다가 갔어.

그런 사람 이야길, 지난 이야길 왜 하냐고? 그게 이번엔 또 몇 년
이 흘러 그 동생이 또 우리 집에 왔으니 놀랄 일 아냐? 지난번 크리스
마스 지나고 대디 마미한테 잠깐 들렀을 때야. 크리스마스 때는 앨버
트 집에 다들 모이거든. 근처의 부시 일가가 다 모여. 미 대통령 부시
네 말고, 버드와이저를 생산하는 부시 일가 말이야. 산타클로스나 크리
스마스트리 전통이 독일계에서 미국에 정착된 것은 결혼 후에야 알았
어. 독일계 이민자가 생각보다 많아 여기에. 대여섯 명 중 한 사람
은 독일계라니까. 어쩜 잉글랜드계만큼 된다고도 해. 그래서 문화도 많
이. 킨더가든이란 말 자체가 독일어이고, 고등교육시스템도 독일계가
가지고 온 것들이래. 출판사다 신문사다 뭐다. 독일계는 과학, 건축, 산
업, 스포츠, 연예계, 신학, 정부와 군사의 거의 모든 분야에서 영향력이
있는 편이야. 우리가 위대한 미국인이라고 배웠던 많은 사람들, 아이
젠하워 대통령은 물론, 워싱턴라 닉슨은 모계가 독일이랬어. 우주인 닐

암스트롱, 엄청난 사업가들 록펠러, 보잉, 크라이슬러, 웨스팅하우스, 힐튼, 구겐하임, 골드만 앤 삭스, 리먼 브라더스, 심지어 애플과 구글마저. 내 말은 독일계 미국인들은 자존심이 높은 편 같아. 부모 중 한 사람만 독일계이어도 꼭 밝히려 하거든. 참, 언니가 프랑스 문학 말고 독문학을 했더라면 앨버트랑 좀 더 잘 통할 걸. 우린 학부에서 만났어. 암튼 앨버트는 예정대로 의과대학에 진학했지만, 난 망설이고 있다가 결혼을 먼저 했지. 여기 사실 대개는 뭉클하게 큰 사람들 사이에서 난 여전히 꼬마인데다가 비루먹은 망아지처럼 말라서는 꼬마라고들 그래. 대디의 실망을 견딜 수 없어서 그런 대로 준비하긴 했지만, 생물학 자체도 그렇고 또 앞으로 해야 할 의대 공부가 정말 적성에 맞지 않았어. 그래도 앨버트 덕택에 생물학은 견디어냈지만, 가까스로 졸업을 하고 나서는 병이 날 지경이었어. 결혼이 돌파구였을까? 아, 왜 또 내 이야기로 돌아가지?

그때 또 마미를 찾아온 사람, 이번엔 특별한 사람이 아니라 그냥 한국 사람이 와 있었어. 한국 사람인데 독문과 교수라나? 그런데 뭣 때문에 미국엘? 이상한 일은 그 젊은 교수가 형을 찾아왔다는데 그 형이 두 번씩이나 우리 집을 다녀갔던 한국-독일 사람이란 거야. 전에 엉클 요한이라고 했던 그 아저씨……, 그런데 이 한국 교수가 어떻게 그 동생이냔 말이야! 그리고 어떻게 어른이 사라지고 또 그 동생이 찾아오고……

그래도 갑자기 떠오른 것이 있었지. 독일이 연결고리라는 것. 마미가 바로 한국과 독일과 미국이라는 연결고리로 큰 원을 그리고 있잖아. 해서 그 두 아저씨들도 그 원 안에 존재하는 거다, 라고 생각되었어.

또 있어. 두 아저씨들은 얼핏 서로 다른 골격인데, 한 사람은 서양인 비슷하고, 이번에 온 사람은 완전 동양인이야. 하긴 흰 꽃을 피우는 완두와 자주 꽃을 피우는 씨앗을 수정 교배했을 때라도 팔레트에 물감 섞이듯 연분홍색 완두가 생겨나지 않듯 일단 다르지. 하지만 똑같은 것이 있었어, 눈빛이 그래. 어두운 눈빛이 어쩜 똑같은지. 인간의 게놈이 30억 쌍의 염기서열로 이루어져 있으니까, 어머니만 같아도 같은 엄청 많은 것을 공유하는 것이야. 일단 피노타입에서는 그래. 피노타입 – 표현형이라고 하나?

표현형 – 표현형이라는 옥실의 표현에 난 그만 뒤통수를 맞은 기분에 빠진다.

이 아인 생물학과 전공이 맞긴 하다. 적성이 어쩌고 하더니만, 게놈, 유전체 운운, 전공 공부가 뇌의 상당 부분을 차지하고 있는 것이다. 그래, 그렇담 너 한옥실의 확장표현형은 어찌 되려는 거냐?

옥실은 자신의 환경에 적응하고 있는 것 같다, 분명히. 의대 진학을 포기하고 이제는 요리사가 되겠다니, 그 자유로운, 거의 창의적 발상이 그애가 만일 여기 평택에서 고등학교까지, 잘하면 서울에서 수능성적에 맞춘 어떤 학과의 학생이 되었더라면 가능했을까? 아니다. 옥실은 미국 사람들의 문화를, 사고방식을 자신의 뇌세포에 접목시켜서 확장 변화해 나가고 있는 것이다. 그것은 순 한국 소녀의 표현형을 넘어선 확장표현형인 셈이다.

확장표현형 – 우린 인간 유전자의 놀라운 발현효과에 대해 그렇게 부른다. 유전자라고 하는 것이 얼마나 철저하게 이기적일 수 있는지, 최근에 읽은 책에서 놀란 적이 있었다. 심지어 숙주와 기생자의 상호작용은 악어와 악어새 등, 어려서 그저 아름다운 공생이라고 배웠던 어렴풋한 상식과는 사뭇 달랐다. 기생자의 적극적이고 필사적인 필요에 의해, 즉 이기적 유전자의 발현효과가 숙주를 조작하기에 이르는 상태 – 속여서 착취하는 상태인 셈이란다. 뻐꾸기를 보라고!

뻐꾸기가 멧새나 때까치의 둥지에 제 알을 낳아두는 것이나, 뻐꾸기 새끼가 배다른 형제, 그러니까 둥지의 적자들을 둥지에서 밀어내는 것이 창조적 본능일까. 다윈은 그것을 특정 종에게 개별적으로 창조된 본능으로 보기보다는 모든 생물을 증식시키고 변이시키는 자연선택의 일반적 법칙의 작은 결과로 간주하는 편이 훨씬 자연스럽다고 했었다. 심지어 맵시벌 유충이 살아 있는 모충의 체내에서 그 몸을 파먹는 것까지도 말이다. 살아남기 위해서.

그래도 기이한 설명이 없지 않았다. 제 몸보다 훨씬 커버린 뻐꾸기 새끼 – 도둑의 새끼이자, 제 새끼들을 죽인 살인자 – 에게 정성스레 먹이를 물어다 먹여주는 멍청한 어미멧새의 사진을 본 적이 있다. 자라버린 뻐꾸기 새끼의 주둥이가 양부모의 몸체를 삼켜버리고도 남을 만큼 큰데도 그 입에 먹이를 넣어주는 장면이라니. 그건 도무지 다윈의 설명으로는 부족했다. 그래서 도킨스는 뻐꾸기 새끼가 바위종다리나 멧새 같은 양부모를 속여 부양을 받는 이것을 속이는 것 이상의 그 무엇, 단순히 정체를 숨기는 것 이상의 무언가를 하리라고, 즉 숙주의 신경계에 중독성 마약과 같은 무엇인가를 사용하여 불가항력적으로 통제하는 것이라고 가정하여 설명한다. 기생자가 숙주의 뇌와 몸을 조작한다는 설명이다. 이 모두 자신의 유전자를 가진 자식을 퍼뜨리기 위한 본능의 무서운 기능이다. 이기적 유전자! 나는 최근 들어 시간이 남아돌아 이런 저런 책들을 보다가 특히 도킨스의 여러 가지 설명들을 좋아하게 되었다.

하물며 다른 나라 다른 문화의 땅에 내리자면 고유하고 공통적인 문화심리, 우리가 지닌 무의식 속 우리 조상 배달민족의 문화 같은 것도 변하고 확장되게 되어 있다. 그런데 나는? 나는 지성과 감성을 통째로 가장 흡습성이 좋다는 젊은 시절을 파리에서 보내고서도, 무수한 젊은이들의 선망의 땅 그곳에서 보내고서도 다시 도루묵이더냐! 도루묵은 막내의 편지나 마저 읽을 것이다.

금실 언니, 내가 왜 이러지? 이젠 다시 두 아저씨들 이야기를 할게, 그것이 본론이라니까.

한국-독일 아저씨, 형은 그러니까 친아버지의 흔적을 찾아서 세상을 헤매는 것이랬어. 동생은, 순 한국인 아저씨는 그 형을 찾아다니고. 내가 보기엔 한참 어른들인데 왜 안쓰럽지. 누가 더 안쓰럽냐고? 글쎄. 자신의 근원을 찾고 싶은 욕망은 어쩜 이해되지만, 반쪽짜리 형을 찾아 지구를 한 바퀴 돌아온 아저씨? 그런데 마미 말씀이 동생 교수님은 그분 어머니 땜에 그 일을 해야 한다고, 어머니가 몸져누웠기 때문에 형을 찾아야 한다고 그랬대. 한국은 참 대단한 나라야, 여전히. 난 그 말에 머리를 쥐어 박힌 느낌이었어. 엄마 아빠가 멀쩡히 눈 뜨고 계신데 난 왜 가볍게 떠나왔을까? 겁도 없이. 미국을 동경했을까? 남녀

차별이 없는 나라라는 환상에? 우린 딸부자라는 허울 속에서 은근히 아들 아닌 존재에 불편을 느꼈었지. 불편이라기보다는 주변의 시선들을. 하지만 남녀차별, 그런 것은 사실 문제가 되지 않아. 여긴 빈부의 차별이 너무 극심해서, 지난 세기에는 세상사람 모두에게 아메리칸드림을 갖게 했다는 정상적인 나라가 이미 아냐. 대학을 졸업해도 변변한 직장 갖기가 어렵고, 학자금 대출 상환을 못해 신용불량자가 되고, 만일 전업 일자리를 갖고서 열심히 일해도 생활임금을 벌지 못해. 집 장만? 꿈도 꿀 수 없어. 난 여기선 비교적 행운아지, 여전히 한국 사람들은 자녀들에게 올인 투자를 하니까. 그런데 울 엄마 아빠 내가 기껏 식당에서 일하려고 미국에 갔냐고 서운해 하시겠지, 알아. 하지만 여기선 정식 요리장 셰프가 단순 직업은 아냐. 그 나름대로 보람도 있고. 어느 정도 인정받기까진 좀 더 시간이 필요하겠지만 큰언니가, 금실언니가 엄마 아빠껜 잘 말씀드려, 옥이도 제 몫은 하는 사람이라고. 그리고 여기 대디는 좀 쇠약해지셨어, 내가 가까이에 사는 것에 만족해 하셔서, 비록 의대를 포기했지만 이젠 또 음식이 약이나 치료보다 사람을 더 기쁘게 하는 것임을 아, 정말 자꾸 내 이야기에 빠지게 되네.

오늘 느닷없이 편지를 보내게 되는 것은 그 한국 아저씨가, 동생이, 뭘 놓고 가서야. 바로 이 작은 봉투. 옷장 속 선반 서랍에, 거기 그렇게 놓여 있는 누런 봉투에서 내가 금실 언니의 이름을 보고서 얼마나 놀랐을지 짐작이 가지? 어떻게 그 많은 한국 사람들 지금 5000만 명이 넘는다지? 내가 중학교 다닐 땐 4000만 명이 조금 넘었나 그랬었는데. 암튼 그 많은 사람들 중에서 어떻게 언니를 아는 교수님이 우리 집엘 다녀갔느냔 말이야. 첨엔 놀랐고, 그 다음엔 이것을 부러 놓아두고 갔을까, 깜박해서 그랬을까 갸웃거렸지. 얼마간 두고 보리라, 그랬어. 그런데 오래도록 연락이 없어. 그럼 뭘까. 어디서 잊었는지 모르는 걸까? 그러다 질문을 해 보았지. 이것을 발신인에게 돌려보내는 것이 옳을까? 그러다가 결론은 이것을 수신인에게 보내는 것이야, 언니한테. 왜냐하면 이미 수신인이라고 기록되어 있으니까. 그 다음은 언니가 알아서 해 열든가 돌려보내든가. 교수님이 다음 학기엔 강의 때문에 한국에 들어가신다고 했어. 먼저 일단 다시 베를린에 가셨다가. 거기 꼭 만나보아야 할 사람이 있다고 했지 싶어. 그러니 이 우편물이 주인보다 더 먼저 갈지도 모르겠어.

휴우, 여기까지가 오늘의 편지야. 손으로 쓰지 않고 컴퓨터에서 쓰는 이유를 알아주기 바란다고, 후후. 맞춤법이 중2 실력에서 멈췄으니 엉망이거든, 그런데 컴퓨터가 다 잡아주잖아. 또 이렇게 쓰니까 많이 쓰게 되네. 잘못 쓴 종이를 구겨가면서 써야 된다면 몇 자 못 썼을 것인데.

참 아빠 엄마 안부도 묻지 않고 본론 먼저 쓴 걸 보면 나도 어느새 미국 사람 다 된 건가? 아빠가, 뭐야, 써든 센소리 뉴럴…… 그래, 급발성, 아니, 돌발성난청 소식 나중에 듣고 얼마나 놀랐는지, 대디 말씀은 그런 난청은 곧바로 치료했으니 7, 80 퍼센트는 회복되셨을 거라고, 또 아빠의 전화 목소리가 엄청 커진 것은 나이 들면 다 그러는 것이라고 위로를 하시지. 여기 대디도 옛날 음반 틀어놓으시면 사실 집안이 쩡쩡 울려. 뒷마당 넓은 주택이라 다행이지. 집안 내력일까, 청력 나쁜 것이? 아빠 그러니까 청력 외엔 괜찮으신 거지?

엄만 어떠셔? 난 엄마의 부엌을 좋아하지 않았어. 엄마가 늘 부엌에만 있는 것이 싫었어. 엄만 왜 늘 부엌에만 계셨을까? 난 그 어두운 부엌에서 도망치고 싶었는지도 몰라. 내가 한국에서 계속 살았더라면 언젠가는 내가 들어앉게 될 부엌이. 그러고서 이제 여기서 요리사를 하겠다니 내일 일 모르는 것이 삶인가 봐.

그래, 인생은 새옹지마. 네가 벌써 그런 말을 하는 나이가 되었구나. 늘 꼬맹이이던 네가 이젠 대화가 통하는 어른이 되었어. 하지만 넌 엄마의 부엌을 잘못 이해했구나. 엄마는 부엌에서 늘 편안해 하셨단다. 서두르지 않고 천천히 뭔가 먹을 것을 만드시는 일 자체를 일상이라고 여기신 거야. 너 미래의 셰프가 말하는 요리라는 개념과는 다르겠지만, 맛있는 먹을거리 만드는 일에 엄마가 힘들어하시는 것 보았어? 그런 자질이 네게 유전되어 너를 요리의 세계로 이끈 것이야. 은실도 곧잘 음식을 하거든. 그런데 난 뭐냐! 난 공부가 버려놓았나? 너무 고급 음식을 사먹는 것, 잘 차려서 먹어 없애는 것을 죄스럽게 여기게 되었으니 말이지. 누군가가 천 원도 안 되는 라면으로 - 삼양라면 5개 들이가 2,700원 하는 매장도 있으니까 - 끼니를 때울 때, 그 열 배 만 원짜리 점심이면 이해가 가지, 그러나 백 배만큼 10만 원을 점심에 쓴다면 그건 뭔가 죄가 되는 일이 아닐까. 그런데 그보다 더 심한 2, 30만 원짜리 점심이라면? 어쩐지 적게 소비하는 것이 미덕일 것만 같은 빼딱함으로 살다보면 소비가 미덕인 이 사회에서 열등한 사람으로 밀리게 되겠지. 이미 밀렸고! 하지만 네가 있는 한 미국에서도 내로라하는 셰프가 만들어주는 음식을 구경할 날이 있겠지? 그 전에 비뚤어진 내 사고를 교정해 놓으마, 가능하다면.

언니, 난 어쩌다가 그렇게 쉽게 이곳을 택했을까? 선택의 무서움을 실감해. 사실 대학 막 들어가서 내 가슴을 뭉클하게 했던 사람은 일본계였어. 일본 사람이었다고, 우리의 원수! 우린 그렇게 비슷하게 배웠던 것 같아. 그런데 그는 전혀 원수가 아니었어. 그래도 무서워서 도 망친 셈이야. 미래의 혼혈이 무서웠어, 가해자와 피해자의 혼합. 그 건 너무 이질적이라서 영영 섞이지 않을지도 몰라. 독일계도 이질 적이기는 어차피 마찬가지라는 생각을 하긴 해. 하지만 그쪽은 직접 한국과 원수진 일은 없으니까.

지금 무슨 말을 하니. 우리나라도 이젠 화두가 다문화사회다. 결 혼이주여성이 10만 명이 넘어요. 남자도 2만 가까이 된다던가. 절 반이 한국계를 포함해서 중국인이라지만, 네 말대로 하자면 원수 라 치는 일본인도 만 명쯤 된다고 그러던걸. 요즈음 또 하나의 화두 는 국어 말고 한국어다. 영어로 말하자면 국어나 한국어나 똑같이 코리언 랭귀지. 미국에도 한국어 가르치는 곳 상당히 많다던데. 하 긴 넌 한인 교회가 아닌 미국 교회엘 다닐 테니 잘은 모르겠지만.

물론 우린 아직 아기 계획은 없어. 앨버트가 의대 공부를 더 해야 하고, 나도 요리사가 되고 싶으니까 더 해야 하고. 마미는 한국 사람 정서로 우리 아길 키워주시겠다고 어서 서두르라고 하시지만, 레스토 랑 실습이 대단한 격무이다 보니까 아길 서두를 수 없을 것 같아. 난 이번에는 성공하고 싶거든. 요리사로서는 물론 남자들이 더 많은 세계, 그들도 체력으로 버티는 일에 가끔 역부족을 느끼고 있긴 하지만 그런 데 아빠 괜찮으실까, 우리 미래의 아기를 보시는 일이? 앨버트를 보시 는 것도 굳은 얼굴을 펴려고 노력은 하셨지만, 아빠 특유의 미소까진 못 보고 돌아왔어. 아빠 조금 비뚜름한 미소 멋있으신데……. 그럼 잘 있 어! 엄마 아빠에게 사랑한다고 말해 주고! 은실 언니에게도!

그렇구나. 아버지에게선 희미한 미소가 거무스레한 얼굴을 밝게 해 주는 것 같았지. 내 한심한 이력에도 늘 미소를 보내주시지. 엄만 한숨이 좀 먼저이시지만. 미소와 한숨 사이, 염려라는 같은 공간을 나는 견디기 어려워하는 것이야, 그래서 이렇게 전혀 엉뚱한 고장에 들어와 살고 있지. 벌써 몇 년째를. 그렇다고 여기에 뿌리내릴 그 어떤 매력도 계기도 발견하지 못하면서.

又 하나의 봉투가, 옥실이 보낸 우편물 속의 또 하나의 봉투가 네모반듯하게 내 앞에 놓여 있다. 원룸이라는 공간의 특색 없는 왜소한 책상 위, 컴퓨터 앞 작은 공간에. 이 누런 봉투를 열면 아마도 단편적인 메모들이 들어 있을 것이다. 내가 처음 글쓰기를 시작했던 계기가 되어준 그의 메모들. 단순히 메모들이 흩어져 있어서 정리 삼아 글쓰기를 시작했는지 – 난 섞이고 흐트러진 걸 참지 못하는 병이 있다 – 그와의 연결을 어렴풋이 기대하면서 그 일을 시작했었는지는 이젠 모르게 되었다. 다만 그 가운데에서 내가 기록해 낸 여러 표현형들, 배달민족의 다른 표현형들을 나는 사랑했던 것 같다. 나는 일반적으로 사람들을 사랑한다. 어떤 얄팍한 모습까지도, 부족하고 비굴한 모습까지도. '인간적'이라는 단어는 온갖 진부한 것들을 포함한다.

봉투를 열까. 아니, 기다리자.
이 얄팍한 서류봉투에 무엇이 들어있을지 관심을 누르기로 했다. 발신인이 지적에 들어와 있으니까. 평상시처럼 형의 흔적에 관한 메모들이라면 겉모양은 옥실의 편지에서 이미 들은 대로일 것이다. 베를린에서 미국으로, 남미로, 다시 미국으로. 형의 행방을 찾았다는 이야기는 옥실의 간접적인 소식에 들어 있지 않았다. 형의 소식을 모르는 채로 그는 베를린에 들렀다가 한국으로 돌아올 거라 그랬다. 꼭 만나야 할 사람이 있다는 그곳 베를린.

꼭 만나야 할 사람? 누구일까. 누구면 어때서. 누구면 어때서. 누구면? 혹시? 그의 사적인 영역에 관해서 들어 알고 있는 것이 전무하다. 유학시절 내내 그가 형의 흔적만을 찾아 헤매었을까. 그의 청춘은 늘 혼자였을까. 공부하는 사람이라고 늘 혼자였을까.

어쩌면 그는 처음으로 이 얄팍한 봉투 속에 자신의 이야기를 담았을지도 모른다는 상상을 해 본다. 이제 그만 자신의 생을 찾아, 기다리는 여친(?)에게로, 기다리다 지쳤을 여친에게 이번에는 프러포즈를 준비하련다고, 매우 인간적인 사실들을 털어넣었을지도 모를 일이다. 그래서 차마 부치려다 말았고. 어쨌거나 곧 학기가 시작될 것이다.

학기는 곧 시작되었다. 연락이 아직 없다. 거기에, 미국에 그냥 우편물을 두고 온 것, 그게 일부러 그랬던 것일까? 마감 또는 휴지부 같은? 아니, 그냥 단순히 부치는 것을 잊을 수도 있는 것 아닐까? 그냥 기다려 볼밖에. 발신인이 돌아온 이상, 가까운 시일 내에 무슨 소식은 있을 터. 미리 열어보긴 조금 애매하다. 내가 여차여차 '당신이 내게 보낼' 봉투를 미리 손에 들고 있노라고 연락한다? 그건 더더욱 못할 짓이다. 나는 그에게 무엇이었을까? 그동안 모종의 수신인이었다는 사실에 너무 큰 의미를 부여했었던 내 자신이 우스꽝스럽게 여겨지기도 하는 찰나.

전화다. 이 사람, 양반은 아닌가 보네.

어라, 그런데 그의 전화가 아니었다. 어떻게 당연히 그의 전화라고 생각했을까.

전화는 비슷한 번호였지만 전혀 다른 한국어 담당 직원의 전화였다. 그것이 또 한 번 나를 절망케 하는.

간단히 말해서 폐강 소식이다. 비정규직 운명이 늘 그런 것이라곤 하지만, 이번엔 좀 많이 서러웠다. 언어교육원 강의가 아니라 대학 강의이고, 외국인 대학생 상대 강의라는 특성 때문에 그동안 수강신청 인원 제한은 적용되지 않았었다. 지난해에도 열세 명으로, 열여덟으로 강의를 했었다. 그런데 이번 봄 학기부터는 예외가 인정되지 않는단다. 그걸 몰랐었다. 손에다 쥐어주지 않으면 행정을 모르는 것도 물론 내 탓이다.

그래서 학기 시작해서 한 주간의 강의가 아무런 의심 없이 끝났다. 열심히 수업안내를 했고, 교재를 두 권이나 소개했다. 구입하라는 말이었다. 참고서적도 보여주기 위해서 일주일 내내 무거운 책들을 들고 나갔다. 처음에도 수강 학생 수가 적었지만, 시간이

지날수록 두어 명씩 늘었다. 계속 수업안내를 해야 했고, 그래도 첫 주에 1과를 마쳤다. 자기소개서를 쓰게 해서 몇 사람 받아놓은 상태였다. 주말이 지나고, 오늘 오전에 인터넷에서 수강현황을 들여다보니 학생들은 더 늘어 있었다. 다시 첫 시간 유인물부터 부족한 만큼을 복사했고, 새로 오면서 책을 가져오지 못할 학생들을 위해서 2과 전체를 몇 장 복사했다. 내일 수업을 위해서였다. 첫 시간에 파워프린트를 이용해서 수업안내를 할 때, 몇 가지 멋진 기능을 배우고 싶은 생각이 났었다. 그래서 내일 수업 끝나고 간단히 나를 가르쳐줄 아르바이트 학생도 구해 놓았다. 그런 오후였다.

그런 오후에, 수업준비로 달아올라 아침에 열어둔 창문이 그대로인 것도 모르고 있는 오후에. 전화는 간단했다.

그게, 폐강 결정이 되었습니다, 수강인원 미달로.

폐강이?

얼른 대꾸를 하지 못했다. 그럼 낼 수업에 가서 폐강이라고 해야 하나요? 인원 미달?

나는 옛날 그 목소리를 다시 듣는다. 위험을 경고하는, 마감 시간을 알리는 목소리.

한 선생님, 아홉 명입니다. 벌써 네 시가 넘었는데요.

언어교육원 프랑스어 시간이 폐강 위기에 처했던 그날의 일이었다. 직원의 분명한 암시에 점점 굳어지려는 입을 여는 대신에 눈을 들어 시계 쪽을 향했을 때. 무정한 시계는 멈추지 않고, 더 이상 사람은 올 것 같지 않았을 때. 그때 스스로 궁여지책이지만 방법이 있다고 중얼거리며 내 프랑스어 시간에 등록을 했던 사람, 배승한. 그는 그때 갓 부임한 제2외국어 팀장 교수였다.

왜 지금 그를 생각하는가. 그가 나에게 주소를 써놓고 부치지 않은 봉투를 받아서? 그에게서 받은 것도 아닌데? 그는 아무려나 2년의 외유를 마치고 돌아와 있을 것이다. 물론 벌써 언어교육원과는 직접 관련이 없다. 제2외국어는 언어교육원 몸통을 줄이는 과정에서 팀장이라는 자리가 없어졌다. 대신 한국어 담당 부장 교수가 있다. 이젠 팀장이 아니라 부장이라는 이름으로 승격되었다. 영어 부장, 한국어 부장. 아니, 이 순간 봉투 쪽에 시선이 머물러 있다는 것은 과장이다. 난 그저 혼란스러울 따름이다. 그때의 폐강 위기와 지금의 폐강 통보가. 그땐 제2외국어 팀장의 기지로, 도움으로 위기를 넘겼었다. 그때 사실은 늦은 시간에 인터넷 등록자가 한 명 더 생겨나서 어쨌거나 폐강 위기를 넘길 것이었지만, 나는 그때 그에게 큰 빚을 졌었다. 폐강에서 구해 준.

지금은 무지의 상황에서 폐강 통보를 받았다. 이번에는 누가 미리 언질도 주지 않았다. 프랑스어에서 한국어로 갈아 탄 내가 별로 달갑지 않았을까? 한국어 담당도 국어 전공이 아니라 영어라고 들었는데. 대학 갓 졸업한 직원이니 우리 강사들보다도 한참 젊다 못해 어릴 것도 같은데? 하긴 직원은 입에 불과하다. 학교 시스템이 총장부터 많이 바뀌고, 언어교육원도 새 원장이 입성한 때이니 처리 방식뿐 아니라 콘셉트 자체가 달라졌을 것이다. 오래된 ─ 내가 오래된 강사에 속할까? ─ 오래된 강사들을 물갈이 하겠다는 선언이 나온 것이 불과 몇 주 전이다.

강사 워크숍에서 부장 교수가 쇄신의 원칙을 일갈했다. 3년 이상은 어느 대학이고 무조건적으로 강사 위촉 연장을 하지는 않는 추세입니다. 초창기에 한국어 강사 2급 자격증 없이 양성과정 수료증만으로 임용되신 분들은 바로 가을 학기부터 위촉을 배제하겠습니다. 총 30퍼센트 선에서 위촉을 제한하려고 합니다. 그분들은 새로이 어플라이 하시는 분들하고 함께 신청하시면 되겠습니다.

상당수 불안한 웅성거림이 일었다. 진짜 기술적 질문 두 가지를 생각하며 메모를 하고 있었던 나는 숨을 죽이고 말았다. 자격증이 없이 강의를 잘하고 있는 강사들이 있는 사실도 나는 금시초문이었다. 정말 초창기 때 임용되어 근 십 년도 된 경우들이 있는 모양이었다. 당장 질문이 나왔다. 한국어 2급 교원자격 검정시험이 연 1회로 10월에 있는데, 그러니까 가을 학기까지는 기회를 주어야 하지 않겠느냐고. 그때까지는 자격을 구비할 법적인 가능성이 없으므로. 부장 교수의 답은 단호했다. 원장 교수님하고 충분히 논의된 사항이고, 어쨌거나 무자격은 일단 이번 학기로 끝이라는 요지였다. 거의 살벌한 분위기에서 점심들을 어떻게 함께 했는지 모르겠다. 물론 나는 점심은 다른 핑계로 사양했다. 회식이라고 부르는 어정쩡한 밥을 잘 먹어두는 겸손함을 아직 못 배웠다. 당장 강의 시간도 없어질 주제에. 당장 버는 밥값에 축이 날 것인데도.

하긴 이 대학의 문제만은 아니다. 새 학기를 맞아 많은 대학들이 시간강사에 맡기는 강의는 줄이는 대신 전임교원에 배정하는 강의를 대폭 늘리고 있다. 내년 1월에 시행된다는 개정 고등교육법 ― 우리는 강사법이라고 하는데 ― 때문에 대학들이 저마다 구조조정에 나섰기 때문이다. 교원확보율을 제고하기 위해서는 시간강사를 줄이고 대신 전임교원에 포함되면서도 연봉은 적은 강의전담교수나 겸임교수 채용을 늘린다고 한다. 그러니 잘났으면 그렇게 채용되라는 말이 된다. 수강학생 수를 늘리고, 아예 졸업 이수 학점을 조정하는 대학마저 있다고 하여 강의 수가 통째로 줄어들 거라서 흉흉한 터다. 시급 5만 원이 안 되는 ― 시간당 평균 47,100원이라는 뉴스가 있었지만 ― 십만 명 보따리 장사들, 두 과목을 해야 강의가 있는 달에 100만 원 정도를 받는 우리들. 허울뿐인 알바들. 이공계는 운이 좋으면 연구재단이나 기업들의 연구 프로젝트에 꼽사리 끼는 경우가 있고, 영어는 학원이라도 가면 되지만 순수인문학은 상황이 심각하다. 그러니 참고 강의나 열심히 해 보자, 그런 마음이었다.

정말 어리석은 내 모습이 떠오른다. 바로 엊그제. 일주일 뒤 폐강이 될 것을 모르는 채 열심히 수업안내를 하는 나. 나를 간단히 소개하고…… 프랑스 문학을 가르쳤습니다. 그러다가 한국 문학

표현형

에 관심을 가지게 되었고, 서투른 소설을 써보기 시작했고, 국어 공부를 더 하려다가 한국어 선생님이 되었습니다. 이번이 첫 학기인가요? 가을에 도착했어요? 한국의 봄은 처음이지요? 한국의 봄은 개나리와 진달래 색으로 대표된답니다.

개나리와 진달래 예쁜 사진을 구하느라 한참을 헤매며 만든 자료들. 이름을 한국어로 쓸 때 유의해야 할 것, 외래어 한글 표기에 관한 규정을 열거하고, 그중 중요한 것, 받침에는 'ㄱ, ㄴ, ㄹ, ㅁ, ㅂ, ㅅ, ㅇ'만을, 파열음 표기에는 된소리를 쓰지 않는 것을 원칙으로 한다고 역설했다. 그러니 프랑스 빠리는 안 되고 파리입니다. 유난히 베이징보다는 북경식 이름을 선호하는 중국 학생들을 위해 모옌의 예를, 왕웨이의 예를 들어주었다.

모옌이 누구죠? 예, 중국의 노벨문학상 수상자 맞습니다. 한국에서 한자 읽는 식으로 모언이라고 하지 않고, 중국어 발음대로 모옌이라고 합니다. 등소평 아닌 덩샤오핑, 호금도 아닌 후진타오 – 그렇게 말하려다가, 일본인 학생도 있어서 정치인 이름은 들지 않았다. 소용없었다. 중국 학생들은 자신들의 이름을 한국 사람이 한자 읽는 식을 고집한다. 아마도 유학 오는 과정에서 한글 이름을 그렇게 부여받는 것인지.

소용없었다. 일주일 이상을 고심하면서 내 나름대로 부족한 미학적 요소까지 공들여 만든 첫 시간 수업안내 파워 포인트. 또 애써 준비했고 내 나름대로 성공적으로 끝낸 제1과 수업, 내일을 위해 준비하던 모든 것들이 아무 소용없었다. 폐강 결정되었습니다, 그 한마디에 아무 소용없었다. 나는 다시 강의를 잃었다. 기초교육원에서 한국어 강의가 신설되었다는 것, 그리로 학생들이 분산되었을 것이라는 핑계도 나를 구해 주지 못한다. 언어교육원의 모든 교양한국어가 폐강이 아니라 살아남았다. 분반도 없는 내 강의만 죽었다. 처음부터 수강생 숫자가 적은 것은 매력 없는 강의계획서 탓이었을까? 일주일 사이에 하나둘 불어나는 학생들을 보면서 회심의 미소를 띠었던 어리석음이여! 내 강의가 학생들을 내쫓지는 않는구나, 하고서 난 살짝 자부심을 가질 뻔했다. 실제로 한국어 수업을 거쳐 갔던 외국인 대학생들 중에 크리스마스와 새해, 더러는 구정에 맞춰서 보내오는 짧은 이메일 인사들로 마음 흐뭇해 하는 소인배가 나였다. 불시에 폐강이 되었다. 아무것도 소용이 없었다.

언어교육원 원장과 한국어 부장 교수님들에게 폐강 인사를 남겨야 할 것 같았다. 내 무능한 소치로 언어교육원 과목 하나가 죽었다. 그러면 뭔가 죄송하다는 메시지를 전달해야 한다. 형식을 갖추어 감정을 배제하고 메마른 인사를 남겼다. 막상 다음날 수업 시간에 폐강 안내를 하러 교실에 들어갈 엄두는 나지 않았다. 다행스레 한국어 지원실에서 담당 직원이 후속 조처를 안내해 줄 것이란다. 수업 시간이 다가오자 나는 선고를 기다리는 죄수처럼 우두커니 컴퓨터 앞에 앉아 있었다. 그 시간이 지나갔을 때에서야 모든 것이 확정되었음에 큰 숨을 쉬었다. 아무도 돌이키지 못하는 시간. 폐강. 한국어용 가방을 뒤적여서 이미 자기소개서를 제출해 놓은 학생들 가운데 휴대전화가 있는 네 명의 학생에게 문자메시지를 넣었다. 각각의 이름을 넣어서. 교양한국어 폐강 유감입니다. 수강인원 미달로 폐강되는 걸 몰랐습니다. - 곧 전화벨이 울린다. 저 한국어 폐강 어쩌고……. 아, 마ㅇ, (목소리로 이름이 생각났다, 지난 시간에 자발적으로 문단을 읽은 남학생이니까.) 폐강된 게 미안해서 문자 넣었어요. 선생님이 수강인원 미달로 폐강되는 제도를 몰랐어요. 지난 학기까진 외국인 학생 대상 강의는 그렇지 않았거든요. 중국 학생이 잘 알아듣는지 걱정되었지만, 뭐라고 말을 해야 했다. 학생들 다 왔고, 더 많이 왔는데……. 아, 다들 왔어요? 글쎄, 선생님이 몰랐어요. 폐강되는 줄 알았으면 친구들 몇 사람 더 데려와야 한다고 미리 말했을 것을. 한국어지원실에서 안내 나왔지요? 예. 나왔어요. 어떻게 하는 줄 알죠? 예. 금요일에 인터넷으로 수강신청 또 하고……. 의사전달은 된다. 예, 그럼 다른 과목 수강신청 잘하고 열심히 하세요! 우물쭈물 그렇게 전화를 끊었다. 다시 네 명의 학생들에게 문자메시지를 보냈다. 새로운 과목 수강신청 잘하고, 즐겁고 유익한 유학생활이 되기를 바랍니다. 끝이다.

아니다, 한 과정이 더 남았다. 한국어 지원실에서 빌려다 본 책 하나가 있다는 생각이 났다. 잘 싸서 등기우편으로 보낼 것이다. 마침 다른 우편물도 있다. 언어교육원 원어민 강사에게. 영어 클

래스에 나가는 일도 못할 것 같았기 때문이다. 강사 소개 페이지에 그의 이메일 주소가 없어서 간단한 메모를 써두었다. 정말 아무렇지도 않은 듯이 언어교육원에 드나들 수 없을 것만 같다. 아니, 이것은 무슨 일인가. 학교 앞 원룸에서 살면서 학교에 나가는 일이 불발이라면? 닫혀 있는 철문으로 시용 성이 되고 말 것인가. 시용 성 ─ 함부로 쓸 말은 아니다. 이 자발적인 잠금은 수 년을 묶여 감금되었던 정의의 사도 프랑수아 보니바르 신부를 욕되게 하려나? 감금 아닌 잠금의 비겁함이여.

이순규 ─ 갑자기 이순규가 떠올랐다. 줄어드는 강의를 아예 접고 낙향하고 싶다던 그 사람. 시간강사가 수업시간이 없어지면 아무 소용이 없다. 처음엔 모교에서, 다음엔 아예 갈 곳이 어렵다. 어찌어찌 모교 선배가 전임교수가 되어 있는 대학에서나, 그것도 지방일 경우 가뭄에 콩 나듯 시간이 난다. 그것도 해마다, 학기마다 좌불안석이다. 보따리 장사 10년 세월, 간이역의 삶을 더는 견디지 못해 낙향하리라던 그. 한국인, 비인기 인문학 전공, 비정규직 젊은이, 그밖에는 나와의 공통점을 모르겠는 내게 동반자를 구한다는 객관적 표현으로 어리둥절하게 했던 그. 그는 동반자를 구했을까? 정말로 고향에 내려갔을까? 고흥군 봉래면. 쉽게는 외나로도. 연륙교와 연도교를 차례로 지나 이제는 배를 타지 않아도 된다는 섬 아닌 섬.

군청에서 차로 한 시간도 안 걸려요. 뱃길이 아니라 찻길이라니까요.

그래도 섬은 섬 아닌가요?

그렇지요. 바다로 둘러싸였으니 섬은 섬이지요. 언제 멋있는 일몰과 일출을 보러 오실래요? 거긴 나로도 건너가기 전이니 겁먹을 것 없어요. 신년 일출 어때요? 추워도 밀려오는 파도 소리를 들으며 일출을 볼 수 있다니까요, 동쪽 남열리예요, 드넓은 백사장에서 해돋이를 본 적 있어요? 전날 밤에 미리 가서 석화를, 굴 말예요, 굴을 장작불에 구워 먹는 재미를 상상해 봐요! 고흥 9품 중 여섯 번째가 굴이죠. 그 전에 해 질 녘에 잠시 남양면 중산리에서 서쪽을 향해 보아요. 한낮의 빛을 잃고 사그라져 가는 멋진 낙조를 다른 어디에서도 못 보았을걸요. 그리고 맘 내키면 우리 동네 구경을⋯⋯.

나는 어처구니없어 하는 표정으로 그저 듣고만 있었다. 너무 갑작스럽고 또 열심인 것도 얼떨떨했었다.

우리 동넨 면소재지 근처라서 이것도 저것도 아니고. 더 아래 남쪽 외가가 있는 외초리엔 농사가 많아요. 쌀농사는 물론 밭에서 마늘을 본격적으로 출하하고. 유자도 꽤 있고요. 거긴 최씨 집성촌이었는데, 초계 최씨. 지금은 많이 섞였고요. 이씨들은 그 옆 예내마을에 삼사백 년 전부터 난세를 피해 들어와서 살았다고 하대요, 박씨들이랑. 숙종 때 사화들 좀 많았어요? 이씨들도 외나로도 전체에 퍼졌고요. 그러기에 내나로도에 가까운 진기나 축정에 까지 흩어진 채로, 또 일가들 가까이 살게 되었고. 울 아버진 할아버지가 진기에 들어오신 뒤에 태어나셨다던 걸요. 진기는 좀 척박하지만, 그래도 거기까지 내려가 보면 좀 좋을까. 근처 나로항도. 나로도 절경을 일별하려면 나로항에서 유람선을 타면 되지요. 나로항을 출발해 한 바퀴를 돌면 그 광경을 못 잊어 평생 나로도에 눌러 살게 될지도 몰라요, 히히. 삼치파시라고, 거긴 삼치 어장 중심지라서 한 세기 전에 벌써 전기와 수돗물이 들어온 곳이라요. 그땐 고흥 세금 반의반은 모두 이곳에서 냈다고들 하지만, 과거 영화를 말하면 뭐해요. 지금도 어선 수백 척이 들어설 수 있는 부두가 있으니, 주변에 넓은 상가도 많고, 수협 외판장은 외지 사람들에게 인기라요. 낙지며, 꽃게, 활어들, 조개류들. 수산물이 일단 좋고 싸니까요. 반대편 나로해수욕장은 이삼백 년 된 곰솔 몇백 그루가 엄청나죠, 바로 해변에. 또 봉래산 사백 미터 산정에는 거긴 백 년 된 삼나무와 편백나무가 셀 수도 없이 많아 울창하기가 서슬이 퍼럴 정도라요. 거기까진 아니더라도, 어때요, 한번 남도 행 여행을 감행하는 건?

그때 난 대꾸도 않고 이순규의 말을 끊었다. 내가 끊은 것은 아니지만 내가 아무런 대꾸를 않자 그가 거기서 입을 다물었다. 왜 그때의 그의 말이 생각나는지.

319

표현형

포두면에서 내나로도를 잇는 연륙교 380미터, 내나로도에서 다시 450미터가 개설된 지 10년이 넘어도 아무 소용없어요. 이천 명 가까운 내나로도 사람들이나 삼천 명 다 되는 외나로도 사람들은 각각 따로 살아요. 다리 연결로 서로 십 분이면 갈 수 있으나 애초에 중학교가 따로 있죠. 내나로도의 백양중과 외나로도의 봉래중은 대강 사십 명, 육십 명 수준의 학생들이 있을 뿐인데, 교사는 각각 열 명은 될 걸요. 교사–학생 비율로는 서울 강남 학교들이 못 따라올 환상적인 환경이지요. 문제는 연륙도와 연도교가 덩그러니 놓아졌어도 고흥 주민의 경제적 정신적 통합은 요원하다는 데에 있지요. 외나로도 봉래엔 겨우 외초리에 농사가 넉넉할 뿐, 유자 산업이라거나 예컨대 지금 각광받는 포두면 중심의 신석류산업에 외나로도 사람들이 참여하기란 아주 어려운 문제고.

포도가 아니라 포두라고? 포두라는 말을 그가 처음 말할 때 나는 포도나무와 관련된 것으로 들으며 의아해 했었다. 포도면 포도지 왜 석류가 거기서 끼어드는가 하고. 물론 대꾸는 하지 않았다.

종형은 석류산업 시작할 때 그쪽에 뛰어든 이후로 거의 포두에서 살다시피 한다는군요. 왜 종형이 농업대학 진학 문제로 서울, 그러니까 일산에 올라갔다가 지금의 종수를 만났다고 했잖아요. 중국에서 온 조선족이라고 이야기했었죠? 원래 우리 마을은 나로항 쪽이니 결국 수산업이에요, 많지는 않아도 다시마나 미역 등을 양식하죠. 농사는 마을 뒤가 암반 같은 바위산이라서 잘 안되죠. 거의 산비탈에 집이 있는 셈이니까요. 겨우 사오십 호 정도. 노인들이, 독거노인들만 많은 동네에 아이들이라뇨, 축복인 셈이죠. 하지만 벌써 동생네도 육지로 떠날 건가 봐요. 제수가 군 단위에서 하는 다문화가정 사업에 자원봉사랑 간단한 강의를 하기도 한다나 봐요. 한국어랑, 가정간호 관련해서랑. 원래 필리핀에서 간호대학 다니다가 우리 동생을 만났었다고 말했었죠? 또 봉사활동 하면서는 더 이상 필리핀이라고 불리지 않고 조안이라고 이름을 불러준다는군요, 조안 선생님, 조안 샘! 또 종형네도 포두 산업단지 쪽으로 옮겨야 하는지 생각 중이래요, 형이 아예 집에 못 오고 있으니까. 형은 섬사람이면서 왜 농업에 그리 관심을 갖는지 의아했는데, 지금은 형의 선택이, 아니 취향이 배달민족 본성에 더 가까운 거다 싶어요, 특히 남쪽 사람들. 이 좁은 반도 땅에서는 유목민의 피가 흐르는 건 아닐 테니까요. 배달민족의 밈은 고구려 이래로는 반도 안으로 안으로 안정을 향하여 축소되었다고 보아야죠. 그런데 다시 글로벌 시대가 되자 밖으로 튕겨진 듯 나가는 거예요. 이건 뭐랄까 북방적, 고구려적인 모험과 용맹 같은 것이 새로운 환경에서는 그 환경에 뛰어난 적응을…….

밈? 밈이라면 비유전적 문화요소 말예요? 환경에 따라 적응하는 정보가 유전된다는? 정말 어리둥절해진 내가 이번엔 끼어들었다.

예. 경주평야와 김해평야를 가진 신라나, 김제평야, 호남평야, 나

주평야를 다 가진 백제와 북쪽 고구려는 비교나 되었나요. 땅이 풍부하지도 비옥하지도 않았으니까 말을 타고 사냥을 해서 먹거리를 얻다 보니 고구려인들의 기상이 더 용맹해진 거요. 배달민족이라지만 표현형은 자연환경 조건에 따라서……. TV에도 매주 등장하잖나요, 〈글로벌 성공시대〉인가 거기 나오는 인물들 안 보세요? 세계 최초로 시각장애인이 직접 운전하는 자동차를 개발한 미국의 로봇공학자도, 바다에서 돌아가신 아버지를 위해 꼭 바다에서 성공하겠다고 원양어선에 몸을 싣고 시작해서 연매출 1조 원에 40여 척의 배를 갖게 된 국제적인 선박왕도 한국인인데요. 우리 배달민족의 유전자가 폭발적인 확장된 표현형을 가지게 되는 것이…….

그럼, 그 이전에 우리 유전자의 고유한 형질은 옅어지나요?

이를테면 혈연자 같은 거 말요? 그렇지요. 예, 물론 근연도(近緣度) 계산을 보면 ― 이것도 도킨스의 『이기적 유전자』에서 읽은 개념인데요, ― 부모자식 간은 1/2로서 가장 가까운 근연도를 나타내기 때문에, 자식 사랑을 그렇게 설명합디다, 유전자의 이타적 행동이 작용하는 것이라고. 그에 비하면 친형제는 평균적 1/2로서 불안정하고, 삼촌과 고모나 이모와 조카, 조부모와 손자는 1/4, 사촌끼리라면 1/8, 육촌이라면 1/32로서 남보다 조금 더 특별한 사이 정도에 머물고 만다고. 그런데 특출 난 것과는 상관없이 전혀 다른 환경, 가령 북반구 서쪽이라거나, 아예 남반구에 위치시킨 동아시아인의 유전자라면 필시. 하지만 그 이기적 유전자가 몸 밖으로까지 멀리 확장되어, 그러니까 확장된 표현형의 형질이, 그곳에서 태어난 후손은 물론 그곳 토박이들의 신경계에 영향을 미치고······.

그럼, 이건 또 다른 접근인데요. 자식이 부모를 속이고 심지어 해치고, 남편과 아내가 서로를 속이고 심지어 해치고, 형제들끼리 속이고 심지어 해치는 것을 날마다 뉴스에서 보면서, 진화와 종의 이익이 관련된다고 말할 수 있나요?

거기까진 나도 잘 모르네요. 그런데 같은 근연도 1/2인 부모자식 간과 형제 간 사이가 이타적 애틋함에서 다른 이유는 있지요. 부모자식 간에는 확실성이 형제 간 사이는 가능성이라는 거요. 유전자형이란 놈이 가능성보다는 확실성 쪽에 이타적인 선택을 하는 것이라고요. 그럼 부모의 자식 사랑과 자식의 태도가 같을 수 없는 이유는 뭐냐! 그건 생존가능성과 관련이 있다고 하던데. 이타적 행동이라면 최소한 자신의 유전자형의 지속을 위한 것인데, 먼저 죽을 확률이 확실히 아주 높은 부모에게 자식이 이타적 행동을 하는 것은 손익계산상 손해라는 거요. 이것을 인간의 정의적 측면으로 설명하지 않고 유전자형이 자신의 가능한 무한 복제를 위한 혈연 선택이라고 설명하는 게 참 흥미롭더군요. 물론 인간의 이익, 좁혀서 배달민족의 이익? 그런 것은 정확히 말하면 추상적이지요. 개체는 의사소통 체계를 이기적으로 이용하고야 마니까. 유전자의 작용으로 이기적인 거요, 모든 동물들이 똑같이. 먹이를 찾고, 먹히지 않으려고 하고, 질병이나 사고를 피하려 하고, 짝을 찾아 자손을 퍼뜨리려 하고, 자기들이 누리는 것을 자손들에게 물려주려 하고⋯⋯. 그러다 보면 필연적으로 이기적 행동을 하게 될밖에요, 사람을 포함해서. '모든 동물의 의사소통에는 처음부터 사기 요소가 포함되어 있다고 보는 것이 타당할지 모른다. 왜냐하면 모든 동물의 상호작용에는 적어도 어느 정도 이해의 충돌이 내재하기 때문이다.' 정확한 인용은 아니지만, 이 비슷한 말을 그 책에서 읽었을 때 머리가 띵 했어요. 모든 생물은 생래적으로 거짓말을 한다, 그런 말 아닌가요. 하지만 도킨스는 설명이 친절했어요. '유전자의 팔은 길다'는 표현이 회화적이면서도 정의적으로 마음에 들어왔었거든요. 그때 난 확장된 표현형이란 적응도의 능력에 따라 발휘될 수 있는 것이라고, 건장한 뻐꾸기 새끼들이 왜소한 양부모를 착취, 그래 착취라 하죠, 이건 제 표현이니 이해하시고, 양부모를 이용하는 능력으로 확장된다는 이야기요. 새들이라면 당연히 얌전히 제 둥지에 있다가 제 어미가 물어다 주는 먹이를 먹는 유전자를 공유하고서도 그렇다니.

우와, 도킨스 학설에 완전 공감하는군요!

딱히 도킨스라기보다도 기본적으로 진화론이 자연스럽게 이해된다고나 할까요. 하늘에 계신 분을 하느님이라고도 하지 않고 유일신 하나님이라고 부르는 개신교의 창조론은 신앙이 아니고서는 납득이 가지 않더이다. 하느님이 6일간 천지를 만드셨다는 창세기의 창조설화를 문자적으로 해석하면서 그 6일 동안 지구와 우주가 함께 창조되었다 하질 않나, 우주의 나이도 기껏 육천에서 만 년이라는 주장이 설득력을 갖기는 어렵지요. 지구에서 수십억 광년 거리에 있는 별을 관측할 수 있다는 사실만 봐도 그렇잖아요.

아, 잠깐. 그것은 좀 피하죠.

뭐요, 진화론이다 창조론이다 그런 대립 말인가요? 저도 그런 토론에는 관심없어요. 다만…….

아직 열려 있는 창으로 냉기가 들어온다. 바람이 차다. 만물이 생동한다는 봄날, 휜한 대낮에 좁은 방구석에서 환기한다고 창을 열어놓는 것이 밖과 교류하는 전부? 대인공포증도 자폐증도 아닌데. 하긴 어려서 자폐증으로 진단받고도 동물학자가 되어 콜로라도 주립대학 교수로 정년 가까운 나이까지 재직하고 있는 미국 여자가 있었다. 영화가 있었는데 실존인물이었다. 태리 그램든? 자폐증도 아니면서 이렇게 박혀 있는 나는?

창쪽 선반의 화분이 둘이 되었다. 한 분에 있던 두 개의 서로 다른 작은 선인장들을 며칠 전 따로 나누었다. 두 개의 서로 다른 작은 선인장이 한데 심긴 분이 늘 마음에 걸렸기 때문이다. 두 개의 서로 다른 물건이 나란히 있으면서 서로 어울리지 않으면 참으로 곤란하다. 꽃집에서, 아니 아마 이런 것들도 공장 식의 화원에서 대량으로 만들어졌겠지만, 처음에 누구는 어떻게 그런 발상을 할까. 한 분에 서로 다른 두 개의 종을 심을 생각을. 마지막 수업에 내게 그것을 가져다준 중국인 여학생 연○는 예쁜 비닐 종이로 포장된 선인장 분을 예쁜 마음으로 샀을 뿐이다. 두 달이 지나도록 그 둘을 함께 소화하지 못하고 있다가 드디어 갈라서 심은 내가 문젠가 싶기도 하다. 문제까진 아니더라도 매사에 소화불량증이 심한 종이다. 유전일까?

나는 도킨스의 책들을 다시 찾아보았다. 『이기적 유전자』와 『확장된 표현형』은 집에 두고 온 것 같았다. 아버지도 재미있다고 읽으셨다는 생각이 난다. 근년의 『만들어진 신』만 보인다. 생물학자가 웬 종교서일까, 라고 하면서도 신드롬의 와중에 책을 샀다. 번역판 표지의 현란한 수식어는 오히려 반감을 일으켰다. 신은 없고 모든 종교는 틀렸고, 오히려 신을 믿음으로써 참혹한 전쟁이, 기아 그리고 빈곤 문제들이 생겼다는 원론적 도발이다. 물론 그런 식으로 읽을 생각은 애초에 없었다. 다행히도 그는 신이 없을 가능성이 매우 높다고, 인간은 종교가 없어도 경이로움을 느끼고 감동하고 영적인 체험을 할 수 있다고만 말하고 있었다. 그는 많은 지식인들의 종교적 회의를 대변하는 것에 불과하다고 했다. 그러면 굳이 이런 생각을 출판한 이유가 뭐냐, 그건 부시 행정부의 4년 정치를 겪은 이후 어떤 의무감이 발동했다니, 과학도 철학도 정치와 무관하지 않다는 생각을 다시 하게 되었다. 그런데 역사철학자 이순규는 자연과학도의 엄밀성으로 도킨스의 진화생물학 책들을 줄줄이 외고 있었다. 참 독특한 사람이다.

이순규. 난데없이 그의 가족들이 떠올랐다. 말로만 들었던 다문화가정의 아이들이 자라고 있는 남쪽. 중국, 필리핀 그리고 베트남에서 온 여자들이 사촌 간에 동서들이 되어서 살아간다는 그곳. 셋 다 엄마들이 되었고, 각각 제 이름도 없이 중국, 필리핀, 베트남으로 불리는 가운데서도 씩씩하게 일곱째 아이를 키우고 있다는 동네. 변방의 초라한 환경에서도 생의 활기로 떠들썩할 사람들이 그리웠다. 그리움의 대상이라면 뭔가 잘 알고 있는, 기억에 사무치는 어떤 것이어야 한다는 고정관념은 문제가 되지 않았다.

고향으로 내려가겠다던 그는 정말 그리로 갔을까? 아무렇지도 않게 동반자를 구한다고 말하던, 그 말을 어디 안 쓰는 컴퓨터나 노트북 같은 것 하나 구한다는 것만큼 스스럼없이 말하던 그. 그가 정착하려는 그곳, 그곳에서 배달민족 고유의 유전자형은 동남아 피와 섞이어 또 어떠한 자연선택에 의해 변화되며 확장된 표현형들을 낳을 것인가.

아니 배달민족 자체도 이미 북방형과 남방형의 유전자 형질이 섞이고 섞이어 내려온 것 아닌가, 그 출발에서부터. 단군의 조상 환인은 누구인가? 환인, 환인 - 천제라는 의미나 발음상 하느님과 비슷한 존재이리라. 웅녀 설화 또한 몽골족 특유의 곰 숭배사상에서 곰의 신성을 생각하면 인간의 신성을 말할 뿐이리라. 신성? 신성은 우리의 생명의 신성을 말하지 않을까. 살아 있는 것의 신성. 살아 있음의 신성. 찰나 후에 끝날 수 있는 생명이 아직 살아 있음 자체가 신성 아닌가. 누구라도! 그런데 신성한 단군의 후손 배달민족 '우리'는 학교에 입학하자마자 '우리는 하나'라고 배우면서 단일민족 신화 속에서 배타적이 되려는 것이나 아닐까. 단일민족이라는 의식 또한 어떤 생물학자가 유전학적 실체를 증명해 낸 학설에 근거한 것이 아니질 않는가. 오히려 반만년 동안 외세에 시달려온 반도의 역사가 낳은 민족적 자부심을 위한 지향적 관념은 아니었을까.

예로부터 배달민족은 섞이었다. 주몽 또한 해신의 딸 유화가 천제의 아들 해모수와 통하여 낳은 자식이었다. 왜 나라를 세운 빼어난 인물들은 하나같이 하늘에서 내려오거나 알에서 깨어나는가. 하늘에서 오는 것은 북방계의, 알에서 깨어나는 것은 남방계의 유입이라는 설명도 설득력을 얻는다. 김수로왕은 인도 아유타국 공주와 혼인했고, 석탈해는 용성국 왕과 적녀국 왕녀의 자식이다. 용성국은 최근에는 '왜국 동북쪽으로 멀리 떨어진 곳'이라는 문구에서 유추하여 캄차카반도일 수도 있다는 설이 등장했다. 중국과의 교류를 말함은 이미 사족이다. 벌써 「황조가」의 주인공 치희는 고향 중국으로 돌아가서 유리왕의 애를 태웠으니 말이다. 또 신라의 시조들은 해양을 통해 널리 타국과 닿아 있다. 「처용가」의 처용은 그 탈의 모양을 보면 검은 피부에 눈과 코가 큰 페르시아 인으로 여겨진다는 설이 있었다. 또 최근 이란에서 발굴된 고서 「쿠쉬나메」는 절반이 신라에 관한 이야기를 다룬다고 해서 처용의 페르시아인설을 뒷받침한다. 쿠쉬나메, 즉 쿠쉬의 이야기는 쿠쉬에 밀려 신라로 망명한 페르시아 왕족 아비틴이 신라의 공주와 혼인하여 사내아이를 낳고 그 아이가 장성하여 페르시아의 영웅이 되었다는 줄거리라고 한다. 그것이 7세기경에 필사된 고서라고 하니까, 처용과 관련된 신라 헌강왕 시절과도 맞아 떨어지는데. 이런 건 우연일까 그저 상상의 소산인 설화에 불과할까.

혼혈은 이어진다. 세종대왕의 거란족과 여진족 귀화 정책 또한 배달민족의 혼혈 가능성을 증거하는 요소이다. 불행한 전쟁도, 이익을 좇는 교류도, 유학생활도 혼혈을 조장한다. 이제 와서 순백의 혈통 배달민족이라는 용어는 무색해진 것이 아닐까. 민족의 이상화가 걸림돌이 되는 세상이 되었기 때문이다. 배달민족이라는 유전자형이 있었다 하더라도 그것의 표현형은 날로 확장되고 있을 운명에서 자유로울 수 없다. 우리 또한 모든 생물체의 자연선택에 종속된 존재이니까.

내 몸, 이 생물체, 나의 유전자형의 생존기계는 어떠한 상호작용으로 자기 복제를 시도할 수 있을까. 나, 두 개의 서로 다른 물건이 나란히 있으면서 서로 어울리지 않은 것을 참으로 곤란해하는 내가. 장구 깨진 무당처럼 시들해서는.

나는 이순규의 전화번호를 찾는다. 아직 017을 쓰고 있는 그의 번호가 쉽게 눈에 들어온다. 01…… 아직 나는 다이얼을 다 돌리지 못하고 그만둔다. 어디에서 용기를 낼 핑계를 만들까.

물

엄마, 엄마아······.

내가 처음 그 땅을 밟은 대낮은 해가 따끈했다. 입하가 지나면
다르다더니 이삼일간은 계속 온도가 올라서 오늘 최고기온은 27
도라는 예보를 보고 나선 길이다. 그 땅, 그 바닷가 마을. 버스로
이어졌지만 두 번째 섬. 내나로도 다음의 외나로도. 참으로 신기
했다. 두 번째 섬까지 버스로 오갈 수 있다니. 물론 이런저런 상
념을 뚫고 단말마의 비명이 들여온다. 엄마, 엄마앗······. 시야에
들어오는 것은 작은 물체, 인체, 사람일 물체의 일부분이었다. 내
상념과 그 물체의 사이는 영원만큼 먼 거리가 있었지만, 소리는
내 귓가에, 아니 내 귓속으로 깊숙이 침투하고 있었다. 엄마, 엄
마앗······.

무슨 상황인가. 순간 나는 무작정 노란 경계석을 넘어 물속으로 발을 내딛는다.

아침, 오늘 아침에 나는 굳센 의지로 집을 나섰다. 폐강은 둘째 주였고, 그 몇 주를 머리가 터지는 느낌으로 보낸 뒤였다. 이상하게 도착한 봉투를, 발신인이 내게 부치지 않은 것을 어찌어찌 입수하게 된 그 봉투를 개봉하는 일은 잊기로 했다. 발신인은 돌아와 강의를 하고 있을 터인데 놀랍게도 아무런 소식이 없었기 때문이다. 그 ― 객관화하자, 배승한 교수 ― 에게는 봉투 자체가 이미 그의 과거에 속하는지도 몰랐다. 문자 그대로 이역만리에 버려두고 온 물건이 아니던가. 그것이 내게 와 있으리라고는 상상도 못 할 수도 있다. 나로서는 망설이다 못해 제쳐두기로 할 밖에. 그와 교정에서 우연히 맞닥뜨릴 일은 없었다. 강의가 없어졌으니 덤으로 듣는 영어회화 시간에 나가가도 멋쩍어 학교 쪽은 아예 바라보는 것도 피하던 나날이었다. 창밖으로 마른 나뭇가지에서 새순들이 돋더니만, 이젠 부드러운 연초록 잎들이 너풀거렸다. 무언가 새 희망을 움켜쥐기라도 하듯이 나뭇잎들에서 연초록을 흡입했다. 굳어가던 사지가 꿈틀거렸다. 그렇게 불쑥 집을 나섰으나 목적지라는 곳도 멋쩍기는 매한가지다. 어쨌거나 예상보다 오랜 시간을 거쳐서 그리 멀지 않은 이곳에 도착하려고 한다. 버스는 느리고 갈아타야 하고, 생각은 김유신의 말 모양으로 늘

가던 데 책상으로 향한다.

출발하기 전에 밀린 일이 없는지 확인하려고 컴퓨터를 켰었다. 며칠 전 본 가슴 아픈 뉴스가 첫눈에 들어왔다. 차마 버리지 못하고 바탕화면에 놓아두었나 보다. 머리가 아팠다. '15,600원짜리 티셔츠 가격의 비밀'이란 기사를 읽어버린 때문이었다. 예컨대 티셔츠 하나가 생산되는데 들어간 모든 과정의 비용들을 공개하는 의류판매업에 관한 뉴스였다. 한마디로 15,600원짜리 티셔츠의 원가는 6,310원인데, 이중에서 원단 및 재단 비용으로 4,100원, 운송비와 관세로 1,150원, 구매대행 업체에 200원, 간접비로 80원을 지출하고 나면, 수익은 780원이라고. 그중에서 공장 주인은 650원의 수익을, 남은 130원이 직원, 즉 노동자의 몫이란다. 공장 주인이 직원의 5배를 벌지만, 더 우스운 것은 다만 구매대행이 직접 생산자인 노동자보다 더 많은 이익을 얻는다는 점이다. 우리나라의 경우 생산 원가가 7,000원이지만 고급 브랜드가 붙어 15만 원에 팔리는 고급 가죽벨트의 인건비가 고작 700원인 경우도 있었다. 공정한 사회는 공정한 임금을 기초로 할 때 가능할 것이다. 최저임금이 아니라 생활임금이 보장되는 사회. 최소한의 의식주가 보장되는 수준의 임금. 나는 내 의식주를 보장하는 임금을 받고 있는가. 나는 이 경제 정글에서 생산성을 지닌 인간인가. 적자생존의 인간사회는 생활임금이라는 도덕적 개념을 불허하는 것이 자연스러운 생리다. 어떤 도덕적인 개념이 자연을 거

표현형

스를 수 있는가. 역부족일 터.

나는 마음이 더욱 무거워졌다. 내가 섬을 지나 섬으로 내려가려는 그곳에는 어떤 임금의 가능성이 있을까. 나는 그곳에 정착할수 있을까. 이순규의 동반자로서 ― '동반자를 구하거든요.' 그것이 그가 연전에 불쑥 내뱉은 말이었다. 아니면 이순규의 이웃으로서.

그것도 아니다. 동반자라면 어쨌거나 공유할 무엇이 있어야 하는데. 누군가와 무엇을 공유하는 습성이 안 되어 있는 내가 어떻게. 나는 심지어 은실과도 그랬었다. 함께 부모를 떠나 서울 고모 집에서 학교를 다니던 시절에마저도 나는 내 일에만 골몰했었다. 동생을, 다른 누구를 별로 의식하지 않았다. 맏언니가 되어가지고도 아무런 의식이 없었다. 우리는 자매간이라거나 어쨌든 가족이라거나 그런. 나에게 언니나 오빠가 없어서 내게 신경을 써주는 누군가가 없었던 것처럼, 나도 똑같이 아무에게도 마음을 쓰지 않았다. 내가 누군가의 동반자 자리에 관심을 갖는다면 그것은 순전히 생물학적인 욕구이다. 성인으로서 짝짓기의 본능이 상당히 늦게라도 발동했다면, 결국 생물학적인 본성이 나의 미토콘드리아를 퍼뜨리기 위한 숙주로서의 동반자를 구하는 것에 불과하리라. 그렇게 해도 여전히 위험부담이 있다. 다행히 2세를 얻게되더라도 딸아이가 아니라면 나의 미토콘드리아는 내 어머니 그 어머니 그 어머니들을 부정하고 내 육신과 더불어 소멸하고 말리라. 뭔지 모를, 저 밑바닥에서 꿈틀거리는 이 욕구는 유전자 증식을 위한 생물 차원의 욕구인 것을. 그렇다고 언제까지 딸을 얻기 위해 출산을 거듭할 수도, 할 수나 있을지도 의문 아닌가.

아버지 – 나는 이쯤에서 아버지의 얼굴을 떠올린다. 행복하지도 불행하지도 않아 보이는 얼굴. 아버지는 생물학적으로 불행하시다. 의식을 하시건 안 하시건 아버지는 당신의 Y염색체를 자신의 몸 안에 묻어버린 실패자일까.

염색체로 말하자면 46개 그것으로 이루어진 인간이 8개의 초파리랑 별반 다르지 않다고 한다. 기본적으로 초파리의 단백질 시퀀스 50%가 척추동물과 동족체라니. 그러니까 포유류와 거의 동일한 신경계가 있어 고통도 느끼고 심지어 학습까지도 한다는 사실이다. 더구나 인간의 질병을 유발하는 유전자 결함의 60, 70%가 초파리에게서도 발견된다니, 알츠하이머, 파킨슨병 같은 것마저. 우리랑 같이 알코올과 코카인, 다른 마약에 대해 중독성을 보인다니. 아니, 더 있다. 겨자 같은 매운 것에 대해서 화학적 통감을 공유한다는 것이다. 믿거나 말거나. 아니, 믿어야 한다. 전문 연구원들의 발표 결과다.

결과적으로 초파리 유전자 세 개 가운데 하나는 인간의 유전자와 동일하다고 볼 수 있다고. 파리 목숨만도 못하다는 말을 자주 쓰는데, 어차피 인간은 파리랑 비슷하다. 파리 수보다 기생이 셋 많다는 속담을 고쳐, 파리 수보다 인간이 셋 많아서 주인 행세를 하고 사는 모양이다. 우리는 어쩌면 이 지구상의 유일무이한 주인이 아닌 것인데. 그러니 동물들의 번식에 대한 집착을 공유하는 것이 마땅하다.

번식이라고 말할 때는 생식과 비슷하게 들리지만 그보다는 더 넓다. 식물이라면 꽃가루받이, 열매 맺기, 씨 퍼뜨리기 등을 다 포함하는 것이 번식이다. 동물은 짝짓기에 그치지 않고 출산과 육아 등을 망라해서 번식활동을 한다. 이 강한 본능으로 인하여 종은 멸종을 맞지 않는다.

알을 낳고 생을 마감할 것을 알면서도 - 혹은 알을 낳고 곧 죽을 운명은 개체가 모르도록 장치되었나? - 머나먼 험난한 여정을 거쳐 번식지를 찾아와 알을 낳는 연어들. 허기진 곰들이 눈이 빠지게 기다리고 있는 강물을 거슬러 기를 쓴다. 산란을 위해. 죽기를 위해. 또는 암사마귀의 밥이 될 것을 알면서도 - 혹은 그 역시 모르도록 장치되었나? - 종족번식의 강한 본능에 끌려 짝짓기에 나서는 수사마귀들. 아들딸의 탄생을 결코 볼 수 없는 장엄한 아비의 숙명을 이행한다.

새침데기 공부벌레 매력 없는 노처녀의 가슴 속에도 여전히 숨어 꿈틀거리고 있는 본능의 부름 - 이 부름에 나는 두 개의 다리를 버스를 타고 건너서 그의 고향으로 가는 것이다. 연륙교인 나로1대교나 연도교인 나로2대교 모두 경간이 150미터나 되는 다리라지만 무서울 것도 없다. 하루 통행 차량이 3,000대 정도라니 안전 확률은 높을 것이다. 그 다리, 그 성수대교를 생각해 보면 말이다. 성수대교의 차량은 하루에 10만 대를 육박한다고 하질 않나. 그렇지만 경간이 120미터인 성수대교를 두고도 장경간이라 했는데, 여기는 왜 150미터나 될까. 다리 높이라면 그 1/10인 15미터쯤이 안전하다고 했는데 여긴 20미터도 넘는다 했다. 다리가 어떤 상황인지 미리 알아두었다. 둘 다 다리 길이가 500미터도 안 되는 거리이니 눈 한번 딱 감으면 그만이기는 하다. 다리 길이 1킬로미터가 넘는 성수대교의 1/3, 반도 안 된다. 문제는 겨우 10분쯤 달렸는가 싶은데 다시 다리가 나온다는 점이었다. 버스를 타고 다리를 건너……

버스를 타고 다리를 건너는 그 대목에 이르러 나는 갑자기 소름이 돋았다. 은실을 떠올렸다. 정확히는 그날 친구의 몸과 함께 물속으로 빨려 들어가 버린 은실의 마음을. 그러니까 은실이 고등학교 1학년 때, 우리가 팽성에서 서울 양재동 고모네로 나와서 학교에 다니던 첫해 일어났던 성수대교 사고 때 말이다. 짝의 책상이 그날 이후 텅 비어버린 교실에서 은실이 견뎌야 했을 무서움을 난 너무 간단히 모르는 체 했었다. 우리는 그날 함께 사고 현장을 피했으니, 난 그것으로 되었다 싶었다. 아침이면 은실이 대학생인 나랑 함께 나가겠다고 늑장을 부리다가 아침 자율학습 시간에 늦기 십상이었고, 늑장 덕에 사고 시간을 비꼈으니 그냥 행운을 누리면 그만이었다. 세상에 사고가 좀 많은가 말이다.

물론 다리 상판조각이 통째로 강물로 떨어지고, 그 순간 하필 그 상판에 버스며 차들이 지나가고 있었고, 하필 은실네 학교 학생들이 많았고, 그중에서도 은실의 친구가 희생되었고……, 그러니 어쩌란 말인가. 쉬이 털어버리고 일상에 복귀하는 것이 유일한 바람직한 일이었다. 고등학교 생활 내내 마음을 잡지 못하고 아파했다가 결국 대입에도 실패하고 만 일은 은실의 몫이었다. 은실네 반 학생들이 다들 은실이처럼 결석투성이 부적응자가 되지는 않았을 것이니 말이다. 그런데 갑자기 이 두 번의 연륙교와 연도교를 거푸 지나는 찰나, 나 또한 타고 있는 버스째로 바닷물에 떨어질지도 모른다는 공포가 엄습해 왔다.

물, 물속…….
난생 처음으로 비행기가 내 몸을 실어 창공으로 올라갔을 때의 감각이 되살아났다. 1998년 늦은 봄, 그때는 모든 비행기가 김포공항에서 이륙하였다. 김포공항에 이르는 지하철 5호선은 그 자체가 경이였다. 지루한 마음도 없이 아버지와 둘이서 내심으론 발을 동동 구르며 다가가던 공항. 지루한 마음도 없이 출국수속을 마치고, 내심으론 발을 동동 구르며 기다리던 출국장 입구. 하지만 챙겨 먹은 멀미약에도 불구하고, 아니면 멀미약 때문에(?) 덜컹거리던 소리가 멎고 동체가 이륙한 그 순간부터 나는 토할 것 같은 어지러움에 몸을 가누기 어려웠다. 마비되었던 감각이 온통 스멀거렸다.

감각의 마비는 외부세계와의 차단에서 충분히 훈련되었다. 대학 시절을 통틀어 나는 정치적 견해를 갖지 않았다. 반란죄와 내란수괴죄 혐의로 전직 대통령들이 구속되고 사형과 무기징역을 선고 받은 사실, 그러다 이듬해에는 특별사면에 복권까지 되는 소식에 정치적 감각은 형성되기도 전에 동결되었다. 그 전에도 그 후로도 내가 알고 싶지 않았던 것들은 많다. 예컨대 어느 강대국 대통령이 1995년 어느 가을날에 시작해서 3년 가까이 아홉 번에 걸쳐 어떤 한 여자와 혼외정사를 가졌다는 것을 나는 알고 싶지 않았다. 인간의 뇌의 무게가 500g도 안 된 상태로 태어나서 세 배 정도로 성장한다지만, 뇌의 무게가 많건 적건 세상의 소식들에 할당할 면적은 없다고 생각했었다.

비행기가 안정이 되었다는 안내가 나오고 창문들이 여기서 저기서 열릴 때 밖으로 내려다보이던 망망대해. 그때 나는 바다가 몹시 그리웠다. 만일 뱃길 여행이라면 어지러움이 더 나을 것 같았다. 적어도 배 위에서라면 하늘에서 추락할 것 같은 불안보다는 나을 것이었다. 하지만 오늘 바다 위를 달리는 버스에서는……

버스가 다리 상판째 바다에 떨어진다. 버스가 다리 상판째 물속으로 떨어진다. 은실이 그렇게 현실과 상상을 혼동했을까. 버스와 함께 사라져간 친구가 그렇게 마음을 준 친구였을까. 잉에보르크 바흐만이 옛 연인을 기리어 그렇게 말했듯이.

나의 생은 끝났다. 왜냐하면 그가 이동 중에 강물에 빠져 죽었으니까, 그는 나의 생이었으니까. 나는 그를 나의 생보다 더 사랑했다.

나는 바흐만의 『말리나』라는 읽어도 읽어도 알 수 없는 소설을 읽으면서 그 구절을 절대로 이해하지 못했었다. 기껏해야 그때까지 아직 그녀가 잊지 못한 연인 파을 향하는 상징적인 표현이라 생각했었다. 그는 바흐만에게 상처를 주었고, 그녀가 그 소설을 쓸 때 아주 잘 살아 있었고, 더 잘나가는 작품들을 발표하고 있었으니까. 그러다가 아주 늦게야 나는 알아차렸다, 그건 또 다른 연인, 어쩌면 짧게 끝났지만 더 깊이 남은 파울 첼란의 이야기라는 것을. 첼란은 바흐만과 간단히 헤어지고 다른 여자를 만나서 결혼했다. 시쳇말로 빵빵한 여자네 집안의 반대에도 불구하고. 18년 결혼생활 동안 둘은 서로에게 수백 통의 편지를 남겼다. 이 전설적인 결혼생활에도 불구하고 첼란은 센 강을 택했다. 유대인 혈통으로, 독일어가 모국어이면서, 법적으로는 프랑스인이었던 생. 독일어로 글을 썼으니 독문학에서 다루어진다. 그 첼란이 자살로 생을 마감한 이듬해에 『말리나』가 출판되었다는 것, 그것이 그녀의 공식적인 마지막 작품 출판이 되었고, 그녀 또한 거의 자살 같은 화재로 - 공식적으로는 덜 꺼진 담뱃불에서 발화한 화재로 - 곧 생을 마감했음을 나중에야 알게 되었다. 우리 중 김박이 독문과 강사라서 얻어들은 풍월이다. 모교에서는 유럽문화연구소를 꾸려 불문과 독문과 강사들이 함께 연구팀에 들어가기도 했었다. 그러면서 독문학자들 가운데서도 감성이 넘쳐나는 이들이 꽤 있음을 발견하면서 나는 내 선입견이 부끄러웠다. 한국의 독문학자들이 이러할 때 실제로 독일의 작가들이 얼마나 낭만적인가를 알게 되면서는 경탄을 금치 못했다. 사실적이고 논리적이기는 프랑스 사람들이 더하다. 어려서 심어진 선입견이 문제였다. 독일은 감성과는 먼 나라, 그저 나치 독일이 아니더라도 역사 속에서 프리드리히 대왕이나 비스마르크 재상의 이름으로 기억되는 군국주의적 사회라는 인상만 있었다. 절대적 심미주의의 노발리스라든가 횔덜린의 시, 호프만이라 불리는 환상소설 작가들이 독일 낭만주의의 정수였다는 사실을 들어본 적도 없었다. 낭만주의라 하면 워즈워스와 콜리지 등의 영국 낭만주의에 이어 프랑스의 라마르틴, 위고, 비니, 뮈세 등 거장들만 낭만주의 작가를 대표한다고 생각했었다.

누군가가 강물에 빠져 죽었고, 그래서 나는 죽었다? 그렇게 쓰는 독일 작가를 - 정확하게는 바흐만은 오스트리아인이다 - 생각하느라고, 나는 오히려 바닷물에 빠지는 공포를 극복했다. 생각은 생각을 낳고, 그러는 사이에 버스는 바다 위에 걸친 다리를 두 번이나 안전하게 넘고 다시 조금 우측으로 달리다가 멎었다. 나로도버스터미널. 몇 시간 만인가. 고흥터미널까지 2시간 반, 거기서 다시 농어촌버스로 1시간 반. 중간 중간 기다리는 시간을 더하면 집을 나서서 다섯 시간은 족히 지났다. 농어촌버스의 간격이 보통 두 시간인 것을 감안하면 나는 운이 좋았다. 그런데 바보같이 고흥버스터미널 사거리에서 점심 먹는 것을 깜박했다. 낮이 한참 겨웠으니 배가 고파왔다.

가까이에 위드락 지점 간판이 보였는데 그건 프랜차이즈 치킨집이다. 언제 한번 동료들이랑 시켜다 먹은 적이 있었는데, 천연 벌꿀을 함유한 허니 프라이드 치킨에서 허니 오븐구이 치킨까지 다들 감탄하는 메뉴였었다. 나는 그저 공룡알 같은 빵, 쫀득쫀득하고 속에 단호박인지 물엿인지가 들어 있는 달콤한 꼬마 빵을 먹었던 기억이 났다. 아니올시다. 이번에는 버스 냄새를 잊기 위해서라도 김치찌개 같은 매콤한 것을 먹고 싶었다. 두리번거리니 간소한 식당이 보였다. 이것저것 메뉴가 섞이어 있는데 잔치국수를 시켜 고춧가루를 듬뿍 얹어서 들이켰다. 따뜻하고 화사한 봄, 계절에 안 어울렸지만 따끈한 국물이 소주를 청했다. 얼른 한 잔, 천천히 한 잔. 아, 세상이 내 것이었다. 낮술은 장모도 몰라보게 하는 것이라 했거늘. 하긴 누구네 사위가 아닌 내가 뭐 어쩌랴. 이순규의 집, 이제 그곳으로 간다. 맨 정신으로 만나는 상상을 했었는데 알코올에 기대게 되었다. 그것도 나쁘지 않다.

이순규 – 이쯤 해서 그에게 전화를 할까? 그가 낙향을 결심했다고 말한 이후로 나는 그의 귀향을 의심치 않았다. 그는 무엇이건 고향에서 할 수 있을 사람이었다. 그는 그렇게 말했으므로 그렇게 있을 것이었다. 물론 아침에 나설 때 이제라도 전화를 해볼까 하는 마음이 일었던 것이 사실이다. 하지만 난데없이 내가 그곳을 찾아가겠노라고 했을 때의 그의 반응을 생각하기가 싫었다. 그는 어떻게든 의미를 둘 것이고 나를 평상심으로 맞지는 못할 것이리라. 그러니 그냥 그의 고향에 나타나보기로 한 것이다. 사람이 사람이 그리우면 사람이 있을 법한 곳으로 찾아가면 그만이다. 나는 이 발걸음을 그냥 하루의 방문으로 가벼이 여기고 뒤돌아 나설 수 있을 것이다. 하루에도 수많은 사람들이, 아니 대다수의 사람들이 어디론가 가고 어디론가 온다. 그래도 갑작스레 전화를 하면 놀라겠지.

한샘? 뭐예요? 나로도터미널 근처? 어떻게 여길, 어떻게 그 먼 길을. 난 하필 여기 외가 동네 내려와 있는데…….

아니나 다를까, 그는 놀랐다. 십 분이면 가요, 십오 분. 거기 그냥 있어요.

나는 그가 어떤 모습으로 차에 오르는지 눈에 선했다. 챙 큰 모자를 쓰고 차 문을 열고 들어가다가 모자가 걸려서 벗겨져도 그냥 오를 것이다. 원래도 잘 입는 개량한복을 입었을까? 외가라면 일하러 갔을 터인데 청바지를 입었을까? 설마…….
그는 처음부터 아저씨 같은 옷을 입었다. 티셔츠나 트레이닝은

속옷이라고 치부하는 아저씨. 개성은커녕 아무런 특색이 없는 남방셔츠와 신사바지. 거기에 재킷을 걸친다. 시간이 지나면서 그는 재킷 대신 개량한복식의 윗옷을 입더니, 언제부터인가는 바지도 그렇게 편한 복장을 해서 더 아저씨처럼 보였다. 오늘 그의 복장은 전혀 중요하지가 않다.

십 분을, 십오 분을 어떻게 천천히 걸으면서 그를 기다릴까. 집을 나서 몇 시간째인데 이제 조금 조바심이 난다. 우선 하늘을 올려다본다. 구름이 듬성듬성, 어렸을 때 작은 도화지에 그렸던 그런 구름이다. 밝은 초록빛 낮은 산들도 그런 그림에서의 초록빛 그대로이다. 그때 나는 이런 하늘빛과 이런 초록을 본 적이 있었을까? 분명이곳은 난생 처음이다. 하긴 하늘은 어디에서도 같은 하늘이고 초록은 같은 초록이리라, 이 작은 한반도에서는 변수가 없을 터.

아니, 내가 지금 할 일은 어떻게 말문을 열까 그런 것을 생각할 일이다. 뭐라고 말해서 이 느닷없는 방문을 설명할까. 어떤 시나리오가 통할까.

내가 버스로 달리는 다리를 좀 무서워하는 것 알죠? 이젠 그런 걸 졸업하고 싶기도 하고…….
언젠가 이샘이 말하던 연륙교와 연도교를 꼭 한번 보고 싶었죠. 섬과 섬을 도대체…….
아니다, 본론을 바로 말하자.

동반자 구함 – 아직 유효한가요?

아니다, 어떻게 그래.

그 자리 그냥 있으라고, 십 분이면 도착할 거라던 그의 말을 잊은 듯 발은 자동으로 움직인다. 페인트가게, 다실, 교회, 전봇대, 다시 주류, 다시 전봇대……. 길을 따라가다 보니 벌써 바닷가였다. 아니 수평선은커녕 바로 너머가 보이니 샛강이었나? 노란 페인트가 칠해진 드문드문한 경계석 주위에 여자아이가 들락날락 에스 자를 그리며 돌고 있었다. 춤을 추는 듯, 잘 보니 그 앞에 강아지 한 마리가 똑같은 길로 돌고 있었다. 둘은 마치 장애물레이스를 하듯 팔랑거리고 있었다. 그 순간 강아지가 뒤를 힐끗 보더니 경계를 훌쩍 넘었다. 도망가는 모양새가 확실했다. 여자아이도 덩달아 경계를 팔짝 넘는다. 그러고는 강아지 발길을 따라…….

아뿔싸. 그건 아니었다. 여자아이는 순식간에 짧은 치마폭만을 내놓은 채 물 표면에서 사라졌다. 나도 덩달아 물속으로 내닫는다. 수영은 배우지 못했지만, 설마 코앞의 저 작은 여자아이 하나쯤 주워 올리지 못할까. 내 키는 작지 않다.

물은 제법 긴 시간 따사로운 햇살을 받던 피부를 깜짝 놀라게 한다. 바닥은 자갈인지 모래인지 물컹하지는 않다. 첫발의 느낌으로 나는 신발을 채 벗지 않았다. 몇 발짝 가는 동안 곧 맨발이 되었다. 물이 가슴께를 넘는다. 슬쩍 겁이 난다.

물에 뜨는 법 – 간단해요, 긴장을 풀어요! 그리고 고개를 박아요, 물속에다 나란히.

강사의 목소리는 점차 높아지고 있었다.

한금실 씨, 뭐해요! 할머니들도 잘들 하시는구먼.

나는 고개를 처박으려야 처박을 수 없어 쩔쩔매다가 뒷목을 살짝 가격당하고서는 물속으로 가라앉았다.

자, 이렇게. 제가 붙들고 있을게요.

강사는 내 또래 튼실한 여자였는데, 나중에 보니 훨씬 젊은, 그러나 아기 엄마였다. 손의 힘도 강했고, 내 몸을 번쩍 들었다. 겨우 고개를 처박자 이번엔 다리였다.

다리를 올리고, 그렇게, 발차기를 계속해요, 계속! 계속 발을 움직여야 가라앉지 않죠!

강사가 나 한 사람 수강생에게 시간을 쏟을 수는 없는지라 나는 그렇게 낙오자가 되었다. 겨우 수영보드를 잡고 한 발짝 따라 나가면 다른 수강생들은 벌써 돌아오는데 내가 방해만 되었다. 옆을 비켜섰다가 음파~ 하고서 숨을 배웠다. 음파~ 음파~.

그게 또한 그리 어려울 수가 없었다. 음~ 하고 들이쉬는 숨이 짧으니, 파~ 하고 내쉬는 숨 또한 짧을 밖에. 그런 숨길이로는 네 박자에 한 번씩 물 표면에서 제대로 공기를 들이마시는 박자에 적응한다는 것이 무리였다.

한금실 씨, 어, 한금실 씨!

그때처럼 이름을 제대로 수없이 불러본 적이 없는 것 같았다.

한 달을, 정확히는 열두 시간을 그렇게 보낸 나는 개인지도를 권유받았다. 그냥 여기서 그만두면 수영을 절대로 배울 수 없으니, 그래도 개인지도에선 누구나 다 배우게 된다고.

계속 할까, 그만둘까. 망설임 끝에 사무실에서 개인지도를 정하고 수강료를 따로 지불한 그날, 출발은 그런대로 희망적이었다. 자, 그럼 힘내세요. 지금 들어오실 거죠?

예, 그럼.

늘 그렇듯이 수영복으로 갈아입고 샤워장을 거치면 풀이 나온다. 샤워장 입구에서 아는 얼굴을 만났다.

어떻게, 개인지도 받기로?

예, 그렇게라도.

잘했어요. 우리보다 얼마나 젊은데! 금방 우리보다 훨씬 더 잘하게 될 게요.

예.

그날따라 알 수 없는 부끄러움에 종종걸음으로 샤워장을 들어섰다. 빈 수도꼭지까지는 이삼 미터. 그것이 전부였다. 나는 수도꼭지에 이르지 못하고 미끄러져서 엉덩방아를 찧었다. 오른쪽 엉덩이가 더 세게 부딪친 것 같았다. 그 순간 역시 풀로 향하던 강사가 내 손을 잡아 일으켰다. 괜찮으세요?

얼떨결에 일어선 나는 어색한 웃음기를 흘렸다. 예, 좀 아프지만 뭐.

그리곤 엉거주춤 서서 대강 비누샤워를 했다. 풀로 들어가는 길에
있는 두서너 개 계단이 무서웠다. 하루에 두 번씩이야 넘어질까만.
벌써 풀에서 기다리고 있던 강사는 손을 잡아끈다.
아무래도 처음 하는 기분으로 천천히 시작합니다!
예. (한 달 내내 내가 배운 것이 전혀 없단 말인가?)
강사가 손을 잡아당기는 데 따라 어깨가 소스라치게 아팠다. 무
슨 힘이 이리 세담!
한금실 씬 우선 뜨기는 어느 정도 되는 것 같았어요. 그런데 발차
기만 시작하면 왜 가라앉고 말죠. 왜 그럴까? 발차기를 곧 멈춰버리
니까 그렇죠. 죽어라 차는 거예요. 누군가가 뒤에서 쫓아올 때 어떻
게 달려야죠? 그런 기분으로 죽어라 발을 움직여야 해요. 자⋯⋯.
아이쿠⋯⋯.
아까 다친 곳은 엉덩이인데 오른쪽 몸 전체가 오므라드는 느낌
에 더는 계속할 수가 없었다.
선생님, 아무래도 오늘은 좀.
안 좋으세요? 어쩐지, 아까 소리가 장난 아니게⋯⋯. 그럼 조심
히 가시고, 낼 나오세요!

그것이 전부였었다. 버스 속에서 몸을 움켜잡고 간신히 집에 돌
아온 나는 ― 그때도 학교 앞 원룸에 혼자 나가 살고 있었다. ― 겨
우 몸을 바르게 펴고 자리에 누워 저녁나절을 보냈다. 배고픔은
아픔과 무관한 것이라서 꼬르륵 하면서 공복감에 무언가를 먹고

싶어졌다. 그러다가 깜짝 놀랐다. 거의 몸을 뒤척일 수 없을 만큼 아팠기 때문이다, 몸통 전체가. 요구르트만으로는 허기가 가시지 않아, 떠먹는 사이에 물을 끓이고 라면을 넣었다. 왜 그렇게 게걸스럽게 먹었을까.

이튿날 아침엔 정말 울고 싶을 만큼 아팠다. 버스정류장 근처 주유소 옆에 정형외과가 있었다는 생각에 거기까지 서다말다를 되풀이 하면서 걸어갔다. 코앞이라 택시를 탈 거리도 아니고 택시도 없었기 때문이었다.

아니, 이러고 하룻밤을 잤단 말요?

어젠 이렇게 아프지는…….

그러니까 여기 부러진, 여기 사진 안 보여요? 이렇게 나무젓가락 분질러 놓은 요 모양새가 안 보여요? 이게, 이 뾰족뾰족한 것 하나라도 폐나 심장 어디 장기를 찔렀으면 어찌 되었겠소? 내출혈이요, 내출혈로 스물네 시간 안에 사망이란 말요, 사망. 알 만한 사람이.

장기를 찔러요?

봐요, 이 모양새를. 짜장면 시켜먹고 나무젓가락 분질러서 이쑤시개 하잖아요! 꼭 그 부러진 모양이구먼!

나이가 좀 있어 보이는 정형외과 의사는 소리를 질렀다. 의학 상식이 무식인 내가 한심한 모양이었다.

그 길로 처녀 가슴을 몽땅 내비치고 앉아서 흉부에 붕대 깁스를 했다. 이대로 깁스는 풀지 말고 4주쯤 조심하고 있으면 자연치유가 되니까, 병원엔 그 다음에 오란다. 일주일은 꼼짝 말고 더 조심해요!

월수금 오전 강의가 있던 때라서 당장 그날은 괜찮았다. 하지만 방학까지는 아직 한 달이 더 남았는데, 그 한 달을 이런 상황으로 다녀야 할 모양이었다. 첫 시간에 맞춰 학교까지 천천히 걸어가려면 더 일찍 일어나야 했다. 책가방을 왼손으로 들고도 오른쪽은 뭔가 가벼운 파일 같은 것을 들어 몸을 커버했다. 그리고도 사람을 피해서 걸었다. 내가 좋아하는 푸른 오월이 괴로운 오월이 되었다.

그래도 시간은 갔다. 4주 후 다시 사진을 찍었던 날 의사는 또 한 번 나무랬다.

뭐했소, 다이어트라도 한 거요?

예?

젊은 사람 갈비가 이리도 안 붙어요? 뭘 통 안 먹었구먼.

먹는 것하고…….

먹는 것하고 직결 되지, 그럼요. 왜 사람들이 수술 끝에 개고기를 먹는 줄 모르고 하는 말요? 지방 적지 단백질 풍부하지, 수술 후엔 그놈이 제격이란 말요. 뭐라도 고기를 좀 먹었어야지!

제가 원래…….

원래가 어딨어요, 아프면 먹어야지. 오리를 먹어요, 의무적으로. 훈제오리, 그건 고기 싫어하는 사람들도 잘 먹던데. 실은 아내가 그 모양이오, 도통 고기를 안 먹더니. 부신기능부전이라고 들어봤소? 영양결핍에서 온 신체적 스트레스도 그런 질병을 초래

한단 말요. 우리나라 1인당 일 년간 육류 소비량은 40킬로그램에 계란은 200개, 유유는 60킬로그램 정도라는데, 그 정도 이상을 먹어야죠, 갈비뼈 부러진 환자라면. 우유라도 많이 마신 게요?

잠깐, 신체적 스트레스라고요?

아, 아내가 그렇단 말요. 피부가 말도 못하게 하얗던 사람이 거무스레 변하더니만. 아니, 일반적으로 신체적 스트레스를 모르니 하는 말요. 몸도 스트레스를 받아요, 왜 그걸 몰라요!

난 그렇게 수영을 접었었다. 갈비뼈가 붙었다 해도 제 모습은 아니었다. 흥부전에 나오는 제비 부러진 다리 고쳐놓은 듯 배불뚝이로 꿰어졌다. 엑스레이가 그런 모습을 고스란히 비춰주었다. 엑스레이가 좋은 것만은 아니다. 그게 아니었더라면 나는 내 갈비뼈가 처음과 똑같은 모양으로 붙었을 것이라 믿었을 것인데. 어쨌거나 다시 수영장에 갈 마음이 생기지 않았다. 하늘의 섭리인지도 모른다고 생각했다. 사람이 모든 것을 다 할 수는 없다는 사실 ─ 그것이 핑계였다. 수영을 못 하는 것이 큰 죄는 아닐 터였다.

하지만 수영을 못 하는 사람은 누군가를 물에서 구할 수 없다. 그런 사실을 행여나 잊어서는 안 된다. 그런데 사람들은 그런 결정적인 것을 잊기도 한다.

엄마, 엄마아······.

나는 벌써 발을 물에 적셨다. 허리로 가슴께로 물이 올라오는 것은 순간이었다. 순간 꼬마의 옷자락을 잡았다. 순간 뒤뚱거렸다. 순간……

이순규는 어디쯤 오고 있을까. 그런데 배 교수의 봉투 안에는 무엇이 들어 있었을까. 처음처럼 그저 메모 쪽지들만 있었을까. 형의 흔적은 있었을까. 행여 내게 보내는 사적인 메시지는 없었을까. 아침 집을 나서기 전에 최소한 봉투를 개봉은 했어야 하는데. 그렇담 나는 또 메모 쪽지들에서 '소설을 만들어'…….

아니, 선택은 아니다. 두 사람 사이의 선택은 정말 아니다. 그렇지만 이순규의 고향 집을 향하기 전에 배승한의 봉투를 열었어야 마땅했으리라는 후회가 든다. 하나를 미진한 채로 두고 다른 일을 감행해서는 안 되는 것을. 그 다른 일을 시작도 하기 전에 나는 물세례를 받고 있다. 침례 의식이라면 다시 태어나려는 것일지. 이것이 정녕 레테 또는 스틱스 강물일지. 생을 향한 본능이 두 팔을 내젓게 한다.

그는 와야 한다. 너무 늦기 전에.